[日]广濑正 著 韩思雨 译

负

マイナス・ゼロ

零

科学普及出版社
·北京·

图书在版编目（CIP）数据

负零 /（日）广濑正著；韩思雨译. -- 北京：科学普及出版社, 2025.6. --（世界科幻名著经典书系）.
ISBN 978-7-110-10891-8

Ⅰ. I313.45

中国国家版本馆 CIP 数据核字第 2024M8J617 号

策划编辑	王卫英
责任编辑	齐倩颖
封面绘图	周　舟
封面设计	北京中科星河文化传媒有限公司
正文设计	中文天地
责任校对	吕传新
责任印制	徐　飞

出　版	科学普及出版社
发　行	中国科学技术出版社有限公司
地　址	北京市海淀区中关村南大街 16 号
邮　编	100081
发行电话	010-62173865
传　真	010-62173081
网　址	http://www.cspbooks.com.cn

开　本	880mm×1230mm　1/32
字　数	262 千字
印　张	11.625
版　次	2025 年 6 月第 1 版
印　次	2025 年 6 月第 1 次印刷
印　刷	北京长宁印刷有限公司
书　号	ISBN 978-7-110-10891-8 / Ⅰ·779
定　价	65.80 元

（凡购买本社图书，如有缺页、倒页、脱页者，本社销售中心负责调换）

总　序
穿越时空的对话：科幻文学与人类未来

科幻文学是人类文明进程的镜像与未来预言的先驱

自古以来，人类对未知的探索便如星辰般璀璨不息，从古希腊神话中代达罗斯的飞翔之梦，到东方哲学家庄子笔下鲲鹏展翅的逍遥游……古今中外那林林总总的寄寓了人类美好理想和希望的神话、传说，历来都被视作文学创作想象力最丰富的源泉。这种探索精神跨越时空，同样也是科幻文学萌芽的肥沃土壤。

随着工业革命的轰鸣，科幻文学正式登上历史舞台，成为人类文明进程中一面独特的镜子，不仅映照出现实世界的科技变迁，更以其非凡的想象力，预见了未来的诸多可能。我们今天所生活的世界，实际上正是诸多科幻作家在100多年前就着力描述过的世界。

英国科幻作家玛丽·雪莱在1818年出版的《弗兰肯斯坦》，被视为现代意义的第一部科幻小说。小说中，一个名叫弗兰肯斯坦的青年科学家，幻想通过创造自己的生物来理解生命，最终却又被自己所创造的"怪物"所害。这部科幻开山之作不仅开启了人类对生物科技与伦理道德的深刻反思,也揭示了人类创造生命的复杂情感——既渴望,又恐惧。书中关于科技发展及其对社会影响的描述,令人不禁想到了一个进退维谷的人类代表站在新时代的十字路口时所可能具有的种种复杂心态。200多年来,这种尖锐的冲突在人类与技术进步之间一直没有停止。

《弗兰肯斯坦》问世数十年后,法国科幻作家儒勒·凡尔纳和英国科幻作家乔治·威尔斯也相继推出了他们风格迥异的科幻作品——著名的有如《从地球到月球》《地心游记》《海底两万里》,还有《隐身人》《时间机器》《世界大战》等。大半个世纪过后,钟情于"时间旅行""时间悖论"的日本科幻作家广濑正创作的科幻小说《负零》,则以精巧的情节安排构建了一个完美的时间闭环。

这些作品中关于未来科技进步以及未来世界的描述,向读者展现出了一个现实与想象相结合的迷人世界,进一步拓宽了人类的认知边界。它们不仅是对当时科技发展的艺术再现,更是对未来科技文明走向的敏锐洞察,如同预言书般,预示了从移动通信到太空探索的诸多科技成就。

科幻文学是时空交织下的文明反思与探索

科幻文学不仅仅是对科技发展的简单描绘,它更深刻地触及了人类文明的本质与未来走向。在时间维度上,英国作家阿道司·赫胥黎的《美丽新世界》与乔治·奥威尔的《1984》分别以技术专制与极权主义为背景,提出了对人性自由与社会伦理的深刻警示，促使我们在科技进步的同时，不断审视与守护人性的尊严与价值。

这类科幻作品有的尽管显得离奇乃至危言耸听，但也不无思想启迪意义：先进的科技一旦被毫无人性之人滥用就有可能导致灾难，同时也预示了利用科学反人类的潜在危险。苏联科幻作家亚历山大·别利亚耶夫的多部科幻作品都揭示了"社会的丑恶歪曲了科学的目的"这一主题，他善于在矛盾与冲突中展开情节，人物刻画十分鲜明，并富于思想性。如《跃入虚空》通过荒诞的生态想象和阶级对立叙事，批判了资本主义的腐朽本质。

在空间维度上，科幻文学则更深入地引领我们跨越星际，探索宇宙的奥秘与生命的多样性。英国哲学家奥拉夫·斯塔普尔顿出版于1937年的科幻小说《造星主》，以其宏大的宇宙观与深刻的哲学思考，不仅丰富了人类的宇宙认知，更引发了关于生命意义等终极命题的广泛讨论。这些作品不仅是对未知世界的想象之旅，更是对人类文明本质的深刻追问。

科幻文学的人文价值与社会影响

科幻文学的价值不仅体现在其艺术魅力与想象力上，更在于它对科技发展伦理困境的敏锐洞察与深刻反思。从克隆技术到人工智能，从基因编辑到意识上传，科幻作品总是能提前预见并探讨这些新兴科技可能带来的伦理挑战，引导我们未雨绸缪，思考科技发展的合理边界。

此外，科幻文学对人类社会的影响日益深远。它不仅塑造了大众的科学认知，影响了科技创新的方向，更在潜移默化中改变着世界的思维方式。从科幻迷到科技巨头，从文学爱好者到政策制定者，科幻文学以其独特的魅力，激发了人们对未来的无限憧憬与深刻思考。

因此，科幻文学不仅是人类想象力的盛宴，更是人类文明进程的镜像与未来走向的预言。在科技日新月异的今天，科幻文学将继续以其独特的视角与深刻的洞察力，引领我们探索人类文明的无限可能，思考我们将成为怎样的文明，以及我们将走向怎样的未来。

如果说科学技术是社会变革的工具，那么科幻小说则是变革的文学。而且正是科幻小说以其严谨的推理式想象手法，为人类开拓了广阔的视野和思维空间，并预见到未来发展的方向。

100多年来，科幻作家们在创作实践中已经形成了某种深刻的社会责任感，他们认为自己肩负着一种使命，那就是通过自己的作品，为今天的人们探寻人类所可能趋向的前途与未来，同时能够清醒而又明智地趋利避害。本套"世界科幻名著经典书系"陆续推出的作品，都具备这样的特质：它们既以时空为经纬丈量未来图景，又以人物为镜鉴穿透人性幽微；既以科技为基构筑文明高塔，又以思想为盾警惕技术异化的暗涌。

站在新时代的门槛上，我们不妨向自己发问：假如失去科学幻想，这世界将会怎样？

尹传红
中国科普作家协会副理事长

目 录

正零 ……………………………… 001

正十八 …………………………… 014

负三十一 ………………………… 088

零 ………………………………… 263

负零 ……………………………… 304

后记 ……………………………… 363

正零

　　大本营发布（昭和二十年①五月二十六日十六时三十分）

　　昨日五月二十五日二十二时三十分许，南方基地约二百五十架B-29敌机着重针对帝都城区使用燃烧弹展开了约两个半小时的无差别轰炸。

　　轰炸导致宫城②内外宫殿及大宫御所③皆失火。

　　都内各地虽均遭重创，但大火截至今早已基本扑灭。

　　我军迎击战果显示，我方共击落敌机四十七架，另损伤敌机数架。

---

① 即1945年。"昭和"是日本天皇裕仁在位时使用的年号，自1926年（昭和元年）起到1989年（昭和六十四年）止。
② 日本天皇住所。
③ 大宫御所是日本皇太后或太皇太后（驾崩的天皇的皇后）所居的女院御所。这里指的是昭和天皇于1930年为节子皇太后（大正天皇的贞明皇后）建造的吹上大宫御所，毁于1945年东京大空袭中。

二十五日夜间空袭受损情况如下：

秩父宫邸、三笠宫邸、闲院宫、山阶宫、伏见宫、梨本宫等皇家府邸及李键公邸[①]全部烧毁。

受灾地区中，麹町、涩谷、小石川、中野、牛込、芝、赤坂各区受损严重；麻布、目黑、四谷、板桥、京桥、世田谷、荒川各区部分地域受损；其余区部全域亦有受损情况。

主要受灾设施：外务省[②]、运输省、大东亚省、读卖新闻社、东京新闻社、文理科大学、庆应大学、增上寺、济生会医院、东京医院、泰国大使馆、苏联大使馆、原美国大使馆、德国大使馆、阿富汗公使馆、瑞典公使馆。

（摘自昭和二十年五月二十七日，朝日、东京、日本产业经济、每日、读卖报知五家出版社共同发行的《共同新闻》）

1

漆黑的夜色中，滨田俊夫心烦意乱地坐在檐廊边上。

刚睡着就被吵醒，不管是谁心情都不会好到哪儿去。更何况现在的俊夫还是正食欲旺盛的初二学生，近来又没吃上过一顿饱饭。在肠胃没有负担时人往往会睡得更沉，但也正因如此，被吵醒后的怨气会更大。

---

① 以上均为日本旧皇室成员宅邸。
② 日本的"省"相当于中国的部级行政机构。

两三天前，学生动员①处的厂长把俊夫他们这批在工厂干活的学生集合起来训话，先是声明了"军机不可泄露"，之后才透露道："其实你们正在生产的是至关重要的飞机零件！"他这么说显然是想给学生们加油打气，但要是换成"明天开始增加粮食配给"，效果可能会更好吧。他们的主食配给量是每天两千几百大卡，据说是根据专家的研究结果做出的安排，这个量是维持生存的基本要求。然而自从去年空袭以来，就连这最低限度的配给都难以保证，每周的主食也换成了少得可怜的一点儿干玉米面，能活下来就已经是奇迹了。幸好急红眼的母亲想方设法从黑市上买了些粮食，俊夫才不至于因营养不良而倒下。

对于一个吃不饱饭的初二学生来说，仅剩的乐趣大概就只有睡觉了。俊夫觉得至少在温暖的被窝里睡上十个小时这件事不用遵循配给制，然而他的这个想法还是太天真了。

昨天夜里发生了空袭，持续了两小时左右。俊夫本以为今夜该消停一下了，却不料刚睡着就被警报声给吵醒了。今天有位同学瞪着满是血丝的双眼强调道："每天晚上的空袭是美国的心理战术，千万别中了他们的圈套！看我，就算空袭警报响了也还是照睡不误！"可俊夫却无法做到如此大胆，因为他自己曾经遭遇过一次空袭。

那是在一月二十七日发生的事，俊夫可以算是最早的空袭受害者之一了。那时他还和母亲住在京桥，眼看着B-29轰炸机的

---

① 学生动员是指随着日本全面侵华战争的发动，日本政府为满足战争需要、增强生产力建立起的国家总动员体制，即对学生采取强制劳动，动员他们到各农田和工厂从事生产，为战争提供所需物资。

编队在光天化日之下，投下了二百五十千克的炸弹和大量燃烧弹。周围四户邻居家瞬间被夷为平地，俊夫家的房子和各种家具器物也被烧了个精光。俊夫经常向朋友描述飞机投弹时那惨绝人寰的景象，但实际上，那些都是他事后从邻居口中听来的。他当时一直和母亲躲在防空洞里，只听到一声巨响，耳朵都快被震聋了，整个人像丢了魂一样。就在这时，邻组①的人在防空洞口朝他们大喊。俊夫和母亲跑出来一看，发现整个房子都在熊熊燃烧。要是再晚出来一步，他们就要被浓烟呛死了。

俊夫母子在那天晚上就搬到了小学礼堂，和五十多个人共同生活在一起，住到第五天的时候，俊夫母亲的一位朋友前来探望。那是一位在茅场町经营大型纺织线店的老人，家住在小田急线的梅丘站。老人问："在这种地方住着很辛苦吧？"俊夫却回答："没关系的，这里毕竟是我的母校。"老人听后便换了恳求的语气道："说实话，东京现在的情况越来越危险，我想过几天回老家信州避一避。如果可以的话，你们能不能住到我家来，帮我照看照看房子？"

那是四个月之前的事情了。

刚才警报响的时候，只有预警发布员和警防团的人跟着在大喊大叫，除此之外，周围听不到一丝动静。与平民区的京桥不同，这一带的住宅全都很大，并且带院子，因此很难听见邻居说话的声音。不过也可能因为这里的居民从未经历过空袭，还若无其事地躺在被窝里。

---

① 日本在二战时期有以"组"为单位的居民组织，这些"组"可以是生活互助、应对灾难或者进行防空等活动的单位。

然而，最近的警戒警报相当于去年的空袭警报。现在的空袭警报绝对不是吓唬人的，而是真的有敌机来袭，等到警报响完后再起床就晚了！如果因此而白白送死，那真是愧为国民。俊夫不想这样，于是挣扎着从床上爬了起来。

"小俊，把鞋子穿好吧。"母亲一边在屋里摸索着收拾行李一边呼唤道。

俊夫一脸不高兴，装作没听见的样子，但最后他还是改变了主意，拿起脚边的鞋子穿了起来。母亲不知道穿鞋对他来说是一件多么痛苦的事。这双绑带皮鞋是俊夫一周前在动员处用抽到的配给券换来的，但小了整整一圈。俊夫必须使出全力用手把鞋子撑开才能勉强塞进去，而且穿上它们以后，小脚趾上磨出的水疱就让俊夫疼得头皮发麻，这两天俊夫走路都是一瘸一拐的。但他之前穿的那双帆布鞋已经被母亲拿到农家换了红薯，所以现在也只能这样了。

今天晚上俊夫心情不好，还有另外一个原因，那就是被警报声吵醒的时候，他正在做美梦。但他怎么也想不起来那到底是个什么样的梦了，而且他越努力回忆，大脑就越是一片混乱。

月亮并没有出来，但好在眼睛适应了黑暗，院子里的菜畦和防空洞口看起来蓝蓝的，像深海底部的照片一样浮现在了俊夫的眼前。

两坪①大小的菜园里，南瓜快熟了，不过毕竟是外行人种的，估计只能结出三四颗小南瓜，煮到粥里最多也就够吃两天。边上是房主挖的防空洞，入口处修得很气派，但徒有其表，里面房顶

---

① 日本传统计量单位，1坪约等于3.3平方米。

仅仅是几块铺了土的门板,体重二十贯①以上的人肯定能踩塌。后面还有一棵没什么用的柿子树,秋天就算结那么几颗果实,也涩得让人难以下咽吧。还有柿子树对面那栋邻居家研究室的圆顶,不知为何偏要弄成那种诡异的迷彩色……

突然,俊夫脑中的迷雾一下子消散,他想起了刚才梦到的内容。

一想起来,俊夫的脸就像火烧一样发烫。幸好现在是一片漆黑,他不用担心自己通红的脸会被母亲发现。就让它那么红着也不碍事。

启子小姐现在在干什么呢?俊夫的目光透过黑暗,落在了隔壁家的圆顶房上。

那房子十分坚固,说不定启子小姐正穿着她的裙子躲在里面。别的女人平时都穿劳动服②之类的长裤,只有启子小姐有时会穿裙子。

邻居家的女儿启子小姐不仅有一双漂亮的腿,还有一张和电影明星小田切美子一样漂亮的脸蛋。这可不是俊夫一个人的主观想法,就连常来附近卖米的黑市商贩也总说:"这长得也太像了,我都吓了一大跳!"商贩说那些话的时候,俊夫的母亲从来都没有任何反应,她没怎么看过电影,听不懂也正常。同时,这也意味着母亲还没有发现自己偷偷夹在《航空少年》杂志里的那张小田切美子的照片。

对于启子小姐,俊夫只有一点不满意。每次他去隔壁的时

---

① 1贯约等于3.75千克。
② 日本农村妇女劳动时穿的一种长裤。

候，启子小姐都会端出薯粉做的蛋糕之类的点心说："饿了吧？多吃点儿！"完全是招待小孩子的口气。自己上初二，她上女校五年级①，两个人只差了三年而已。

其实俊夫去邻居家真正的理由是想请启子小姐的父亲帮忙辅导功课。启子小姐的父亲是大学老师，无论是英语、物理还是数学，俊夫都可以向他请教。每当遇到俊夫最棘手的数学题时，如果启子小姐恰好也在旁边，他就会在心里暗暗埋怨母亲——女校的题目比普通中学的简单多了，如果母亲再早三年生下自己，他就能辅导启子小姐了。

然而，母亲最近经常叮嘱俊夫："你最好少去邻居家哦。"不过这并不是因为启子小姐，而是因为老师。老师戴着和天皇陛下同款的无框眼镜，鼻子下面蓄着一小撮胡须，为人很温和。但他有时候会在辅导完功课后激动地说："这场战争日本一定会输，得尽快结束这场草率的战争。"听说他在大学演讲的时候也说过同样的内容，引来了特高课②和宪兵的调查，从那以后，周围的人都说"那老师是个赤化分子"，不和他来往了。母亲是受到了周围人的影响，但俊夫也还不具备判断反战主义者和赤化分子区别的知识，所以只好回一句"嗯"，那天没再去邻居家。

不过，母亲的性格并不像这里的有钱人那么不近人情，她

---

① 日本明治维新后到第二次世界大战结束前，中等教育机构主要分为男生上的初中和女生上的高等女校，学制均为五年。
② 即特别高等警察课，是日本在20世纪初期至第二次世界大战时期设立的一个政治警察组织，主要负责监视和镇压国内的反对派和反政府活动，同时也涉及对外的情报收集和间谍活动，日本在第二次世界大战战败后解散了这一组织。

很同情相依为命的启子父女，即使食物所剩无几也会分一些给他们……

突如其来的警报声打断了俊夫的思绪。那高频而急促的尖厉声响，就像是警报员发了疯般不停按开关一样。或许事实正是如此。

与此同时，檐廊上的收音机也响了。警报声太大，播音员的声音时不时被盖过，不过仍然能听出收音机里是在说"关东地区发布空袭警报"。

俊夫站在院子里，回头看到母亲也已经在院子里。她穿着劳动服的样子看着就像个小女孩。去年这个时候，俊夫刚好和母亲一样高，但现在俊夫已经比她高三厘米了。

母亲用一只手紧紧按住斜挎在肩膀上的帆布包。包鼓鼓囊囊的，是因为里面不仅有配给簿和印章，还有六年前在中国中部地区战死的俊夫父亲的照片和牌位。

警报响了很久，好像已经超过了规定的鸣响时长。

警报声停止后，只剩下一阵低沉的、地动山摇般的轰鸣声。那是重型轰炸机特有的声音。显然来的不是我方的飞机，因为东京周边的我方飞机只有迎击用的战斗机。

轰炸机的声音越来越大。以防被爆炸产生的气浪震碎而贴着纸的玻璃门噼噼啪啪地震动起来。

"妈妈，快进防空洞啊！"俊夫大喊。他的声音和轰鸣声混在一起变得含糊不清。

母亲看了一眼檐廊，那里放着的两件可以随时带走的行李就是滨田家全部的财产了。

"快!"俊夫大声说道。

母亲跑到防空洞的入口,转过头问:"小俊,那你呢?"

"我在外面盯着,一有危险就进去。"俊夫说着走上前来,按住母亲的肩膀把她推进入口。

母亲的身影消失在防空洞里。不知道从哪里传来了惊慌失措的叫嚷声,他心想,这一带的人果然还没有经历过空袭啊。

轰鸣声响彻云霄,完全分不清是来自哪个方向。敌机的编队来到了正上方。

俊夫一听到什么东西极速下落的嗡嗡声,便立刻俯身趴在地上。面对轰炸的时候,没有比这更好的选择了。

然而,周围响起像竹刀相碰时发出的"咔咔"声。是燃烧弹!俊夫瞬间意识到了,紧紧闭上眼睛,身体紧紧贴在地上。

俊夫保持着那个姿势仔细听着。听见爆炸声渐渐远去,他悄悄站起身,发现左边有什么东西在发光。定睛一看,院墙边的灌木丛里蹿出焰火般的火苗。伴随着"呲呲"的声响,火势越来越大。

俊夫慌忙站起来,环顾四周。其他地方并没有火花,防空洞也安然无恙。

"妈妈,是燃烧弹!赶紧来帮忙……"

俊夫朝防空洞的入口喊了一声后,向檐廊尽头的消防蓄水处跑去。水泥砌的蓄水池前面,三个装满水的水桶正严阵以待。俊夫提起最大的那个冲进灌木丛。

学校的《防空必备手册》上说要"拼命往火上泼水",但这照亮夜空的火焰的猛烈程度是训练时用的发烟筒比不了的。俊夫只能站在三米开外的地方来回取水,往那个方向泼去。火势虽然

009

一时有所减弱，但很快又烧了起来。

俊夫提着空桶正要返回蓄水池的时候，碰上了提着水桶的母亲。母亲的脸在燃烧弹的火光映照下，显得充满活力，仿佛回到了在京桥开店的时候。俊夫把空桶换给母亲，回到燃烧弹前面，这次他站在两米远的地方将水泼了出去。

母亲把三个水桶轮流盛上水递给俊夫。她很沉着冷静，因为这里并不是她自己的房子，就算有什么紧急情况，只要拿着装有全部家当的两件行李，跑到房子前面的田地里就没事了，至于明天之后的住所，区政府自然会安排。

但尽管如此，俊夫还是在努力灭火。他总共提了几十桶水，虽说里面的水大部分都洒在了地上，自己的脚也被浇湿了，但还是有将近一半的水确实泼到了燃烧弹上。妈妈也不用去拿行李了。

"好了，已经没事了。"俊夫说着，从妈妈手里接过最后一个水桶，为了慎重起见，还是把水缓缓浇在冒着热气的燃烧弹残骸上。他打算明天把那个六角圆筒的残骸拿到工厂里给朋友们看看。

"太好了！你没受伤吧？"母亲喘着粗气，掏出一个绣着"八纮一宇①"的手帕为俊夫擦拭身上湿了的地方。

然而，俊夫却提着空桶，呆呆地望向邻居家。那个研究室的圆顶旁边依稀还能看到正燃烧着的红色火焰。

"哎呀！"母亲也注意到了，拿着手帕的手停了下来，"启子小姐没事吧？"她下意识地问道。

俊夫想了想，说道："得去看看才知道。"

---

① 当时日军宣扬大东亚战争正当性的用语，意为"天下一家"，本质是为日本发动侵略战争提供一个"正义"的口号。

2

从院门口还看不见火焰,但玄关①上面已经有火星在四处飞舞。

俊夫沿着每次回家必定经过的那条榆树下的小路绕到了院子里。

距离主屋四米左右的库房已经着火,周围却不见老师他们的身影。

"老师!"俊夫大喊。已经有火星飞上主屋的屋顶,再不赶快泼水就要烧起来了。

俊夫只喊了这么一声,就径直跑向了最里面的研究室。老师家省去了防空洞,把这栋混凝土砌的圆顶房用作避难所。这父女二人肯定和俊夫他们在京桥的时候一样,正躲在里面,对外面的状况一无所知。

湿透的绑腿和鞋子十分沉重,俊夫好几次都差点儿摔倒,最终还是在院子中间栽了个跟头。但是,俊夫感觉他的脚好像被什么东西绊住了,边起身边回头看去。

"啊!老师!"他不禁大喊道。

俊夫爬了过去。老师直挺挺地仰面倒在地上,头上既没戴铁头盔,也没戴防空头巾②,身上穿的还是平时那件黑色西装。

---

① 日本住宅入口处的空间,位于大门之后,是人们脱鞋进屋的地方。
② 经过特殊耐热耐火加工的含铝防灾头巾,用来保护头部不受掉落物或玻璃碎片等的伤害。

"老……老师……"

俊夫从后面把双手插到老师的腋下试图把他扶起来，但怎么也不行，便放弃了。老师软绵绵地躺在地上。

俊夫陷入了迷茫，他不知道该不该就这么把老师留在纷飞的火星中，去找启子小姐。一想到都这种时候了，启子小姐还悠闲地躲在圆顶房里，俊夫就十分气愤。

然而这时，老师突然"唔"了一声。俊夫赶忙来到老师身边，注视着他的脸。只见老师微微张开双眼，他的眼镜已经不知道去哪儿了。

"老师！"俊夫呼唤道。

老师像是听见了，他的脸颊和嘴唇抽动着，终于勉强用微弱的声音回应道："俊夫……"

"老师！"俊夫一下子来了精神，"我这就去叫启子小姐！"

"俊夫……"老师提高了一点儿音量叫住正要起身的俊夫，用含糊不清的声音继续说着，"别走，我有件事情要拜托你。"

"啊？"俊夫不由得望向老师的家。平时老师为自己辅导数学的那间屋子，屋顶已经烧起来了，想要从里面拿出什么东西应该是不可能了。

这时，又传来了轰鸣声——敌机来了。但俊夫还是扯下防空头巾，把右耳凑到老师嘴边，又用手指堵住了左耳。他看见燃烧中的房子就快要倒了，屋檐上火星四散，眼看就要塌了……

邻组的人们赶到时，俊夫正茫然地站在倒地的老师身边。

"啊，怎么回事？"

"这不是住在这里的老师吗？"

人们纷纷跑了过来。

"巡回救护队的人应该就在那边,快去叫来!"

站在前面的邻组组长朝身后的组员大喊,紧了紧铁头盔的带子,来到老师身边蹲下来。

"他头受伤了。"俊夫说完,捡起防空头巾,向研究室跑去。

身后响起人们传递水桶的声音,但老师的家已经完全淹没在了一片火海之中。

研究室的圆顶在烟雾中若隐若现,探照灯的光线在它上面交织。

就在俊夫触到门把手的瞬间,左边夜空中突然亮起了一个光点,随后便有什么东西坠落了下来。那似乎是我方的飞机。

正十八

1

六三年盛夏时装

光泽细腻、质地顺滑的印花丝绸,精美雅致的利巴蕾丝①,凉快舒适的全身拉舍尔经编蕾丝②,充满知性与格调的高级布料……夏季最新款即将闪亮登场。
……

文字旁边配了一张身穿盛夏时装的美女彩照。身上的衣服当然很不错,但更吸睛的是模特皮肤的色泽和质感,肌肤上汗毛的柔软质感被生动地再现了出来。最近的印刷技术发展突飞猛进,

---

① 模仿刺绣蕾丝的机械蕾丝,纤细、薄透,由英国人约翰·利巴于1813年开发的利马花边机编织,故名利巴蕾丝。
② 由拉舍尔经编机制造的蕾丝,因机器针较粗,梳栉多,所以花纹表现丰富。

也难怪这样的广告中禁止使用裸体照片了。

对私营铁路来说，这种车厢广告一定是一项相当可观的收入来源。除了看报纸杂志一族和打瞌睡一族，只要车厢里没有美女，无事可做的乘客们在几分钟到几十分钟的时间里，多少都会看两眼广告。

滨田俊夫最近一段时间没坐过私营有轨电车。他现在住在东京市内青山的一所公寓，就算偶尔去郊区办事，也会开自己的车，或者坐公司的车。他今天晚上本来也想开车去的，但临出门前看了一眼表，突然改了主意，打算坐一回电车。

晚高峰已经过去，车厢里有空座位，但他还是靠在门边站着，因为这里视野会更开阔一些。

对面坐着一个领带有些松垮的男人，像是下班以后出去鬼混了一趟，他仰面望着天花板，肯定是在想回家之后该找什么借口应付妻子。与男人相隔两个座位的地方坐着一对边看路演节目边热烈讨论的情侣。坐在他们旁边的是一个正紧紧拉着打瞌睡的父亲的手、提着塑料水壶的男孩。还有一个抱着小提琴匣子、穿着大红色衬衫的年轻女孩，那红色十分鲜艳，好像要在人的视网膜上留下永恒的烙印。

包括广告在内，整个车厢充斥着各种各样的色彩，比起只有脏兮兮的卡其色的十八年前，可以说是发生了翻天覆地的变化。

不过，当时的俊夫没怎么坐过有轨电车。那时候的满员电车和现在不同，列车员不会强行把乘客往车里塞，而是就那样开着门，任由挤不进去的乘客像一串串铃铛一样挂在车外。俊夫经常和朋友一起坐在车厢连接处。至于五月二十六号那天早上，没有电车,他只能沿着断落的架空电线下烧焦的铁路,向动员处的工厂走去……

俊夫抱着手臂,闭上了眼睛。新型轻金属车身的电车跑起来又轻又快速……

车内广播响起的时候,俊夫松开了抱着的手臂。

"下一站是梅丘,梅丘就要到了……"

2

曾经的田地全都成了住宅,完全变了模样。俊夫只在这里住过一年多,所以对地理位置的记忆已经很模糊了,更何况他本来就是个连去公司上班都会迷路的路痴。不过,所幸时间还算充裕,倒也不用太着急。

以前,他每天从车站回家只需要四分钟,但今晚花了二十多分钟才总算来到当时和妈妈住的那个房子前。门牌上依旧挂着当时去了乡下避难的纺织线店老板的姓氏,他那上过战场的大儿子现在应该是这里的户主吧。那位先生在战后曾经来探望过母亲两三次,但最近一直没再联系了,所以他也没必要过去跟对方打招呼。然而,俊夫一看到那和当年一样的老旧玄关,心里还是不禁有种想要进去说一声"我回来了"的冲动。

门前的马路比以前宽了很多,铺得很平整,在路灯的照耀下十分亮堂。在那灯光下,左边邻居的家门泛着白光。俊夫毫不犹豫地朝那里走去。

房子左边依然立着那两根混凝土制的门柱,间隔大约四米。

木制的双开门朝里敞着,一条四米宽的路笔直地通向正对面的车库,玄关在路的右手边。这是一座轻量钢筋结构的平房,设计十分大胆,在那平平的房顶上面能看到一个白色球状物体。

俊夫向后退去,来到马路的另一边。和预期的一样,在这里可以将研究室的圆顶结构尽收眼底。当然,迷彩已经脱落,圆顶在月光下泛着银白色的光辉。

俊夫左右挪动了几步又盯着看了一会儿,才穿过马路,走进院门。门牌上只写了"及川"。俊夫完全不知道及川是个什么样的人,不过他已经事先通过104查号台,分别在大约一个月前和今天早上打了两通电话,已经听到过及川夫妻的声音了。及川先生的声音很像是一个经常给外国电影配音的演员。不过,听说那个总为老年角色配音的演员实际才三十多岁,所以很难通过声音判断及川先生的年龄。俊夫的第一通电话是及川先生亲自接的,他直接大着胆子问出:"下个月二十五号晚上,您在家吗?"当时及川先生似乎很疑惑,不过还是回答说:"嗯,在家。"把一个月后的事答应了下来。俊夫又小心翼翼地继续问道:"我想来府上拜访,有件事情想请您帮忙……"结果及川先生爽快地答应:"好的,那我在家恭候您。"这反倒令俊夫十分震惊。不管怎么样,都是一个陌生男人打来电话说要登门拜访。他本来还在焦虑及川先生会不会因为心生怀疑将电话挂断,但后来仔细一想,或许及川先生是个作家,常会有编辑来家里拜访约稿,想必他早已习惯了这种预约电话吧。不过,俊夫心想既然已经得到了及川先生许可,也就没有对他的身份进行更深入的调查。今天早上俊夫再次打电话确认时,听筒里传出一个女人的声音。她说:"啊,我知道这事,您过来吧。"从那种主人一样的口气来看，应该是及川先生的夫人。

俊夫站在及川家的玄关处，看到门中间的毛玻璃有光透出来，这才放下心来。他检查了一下自己身上穿的定制粗花呢上衣，扯掉右边口袋上的线头，才按下门边的按钮。

屋内响起了门铃声。俊夫松开按钮，往后退了一步静静等待。就在他刚要抱起手臂时，门突然开了，里面的人探出头来，把他吓了一跳。距离他手指放上按钮还不到四秒钟吧，这速度简直和自动售货机出货一样。俊夫推测这人肯定是正好要出门。

对方是个白发苍苍的老人，戴着一副厚厚的琥珀色眼镜。

俊夫微微低头说："这么晚来打扰您，实在是不好意思。我是之前给府上打过电话的人，这是……"

他正要递出准备好的名片的时候被老人打断了。

"哎呀，快进来吧，我们在屋里聊……"

及川先生用比电话里听起来更浑厚的声音说道，随后打开门，邀请俊夫进玄关，又亲切地搂住他的肩将之带到了隔壁房间。及川先生虽然是个老人，但身高和一米七三的俊夫差不多，俊夫只能乖乖照做。

俊夫在沙发上浅浅坐下后，又递上了印有公司职务的名片。虽说今天晚上的事情与工作无关，但他没有准备不带职务的名片，所以只能用这个将就一下。

不知道是不是及川先生的老花镜度数不合适，他接过名片看了很长时间，然后才将名片小心收进灯芯绒便服的内侧口袋里。

"如你所见，我是个退休老人，没有名片，叫我及川就好。"

及川先生戴着厚厚的玳瑁眼镜，所以俊夫并不能看清他的表情，不过他觉得及川先生肯定在想，电机公司的部长来找自己会有什么事情呢？

俊夫把手放在膝盖上，盯着自己的手开口说道："我今天晚上想厚着脸皮拜托您一件事。我也知道有点儿唐突，您家院子里有一座研……圆顶房吧？今晚能不能……不对，请您务必允许我借用一下那个地方……"

及川先生只是说了声"哦"，似乎是在等待俊夫的后文。

"其实是因为有人……不，有个人拜托我……让我一定要来这里……那时候那个人……战争期间就住在这里，就是他让我今晚在这里……"俊夫语无伦次地说道。他还是觉得自己的请求怎么想都实在荒唐，完全没办法像前几天在公司的股东大会上发言时那样自信沉着。

不过好在有及川先生及时为他解围。

"原来如此，有时确实会有这种事，比如在战场上约好十年后在神社见面之类的。"

"对。"

俊夫想，自己老了以后也一定要像及川先生一样善解人意。

"明白了，我这边完全不介意。那就请你自便吧。"

俊夫掏出手帕，擦了擦汗。

"太感谢您了！实在不好意思跟您提出这么过分的请求……"

"没事没事。"

及川先生说完这个就没有再继续追问下去，应该是不想打探别人的隐私吧，他果然是一位绅士。

不过俊夫觉得，及川先生内心肯定很想知道这件事情的来龙去脉。而且他本来也打算在今晚向及川先生全盘托出后,再获得使用研究室的许可的,因此他预留出了充足的时间。及川先生刚才也说过他已经退休了,应该不会很忙,所以自己没理由浪费昨天晚上就在脑中打好的草稿。

"如果您不觉得叨扰的话,"俊夫先是说了一句毫无意义的客套话,"我还是想跟您解释一下事情的原委……"

"好,那个……啊,请稍等……"

外面传来了敲门的声音。及川先生以一种与年龄不符的速度迅速起身,把门打开一条缝,把头伸出去小声说了几句。对方好像是位女性。

不久,及川先生就端着放有红茶和点心的托盘回来了。

"是我太太,说她穿着睡衣不方便进来打招呼。"

"哪里……"俊夫赶忙起身接过托盘,"是我这么晚还来叨扰……"

"你要牛奶还是柠檬?"及川先生把手停在离托盘二十厘米的地方问道。

"那就加牛奶吧……啊,谢谢。"

及川先生把牛奶倒进红茶后递给俊夫,给自己也加了牛奶。

俊夫等到及川先生把砂糖放进茶杯,搅拌均匀之后,才喝了一口红茶,并把杯子放到桌上开始讲述整件事情。

"其实,我刚才说的那个约定就发生在十八年前的今晚——东京遭受空袭的那个晚上,是住在这里的那个人被燃烧弹击中后最后留下的遗言……"

3

由于已经是十八年前的事了，俊夫的记忆有些模糊。

但是在他那本珍藏至今的泛黄笔记本里，有一行用战争期间的劣质墨水写下的字，那些字现在已经变成了淡褐色：

一九六三年五月二十五日午夜零点，去研究室。

因为老师反复叮嘱了是一九六三年，所以他在"六三年"这几个字旁画了线。老师跟俊夫说，一定要在那个时间到自己的研究室，之后他还要再说些什么的时候就咽气了。为了不忘记老师的嘱托，俊夫第二天一早就用钢笔写在了笔记本上。俊夫把它保管了整整十八年。

由于还处在战争期间，第二天老师的葬礼十分简单，来参加的只有俊夫、母亲和住在附近的一位老人。那位老人是之前经常拜访老师的一位建筑工人，他十分耐心地帮老师办了很多手续。据说有很多人在那天夜里的空袭中丧生，但凡手续办得慢一点儿就可能连棺材也领不到了。多亏那位老人的协助，葬礼总算办完了。但是有一位关键人物缺席——老师的女儿启子小姐失踪了。

俊夫在大火中冲进研究室的时候，里面空无一人，其他地方也都没有她的身影。但是因为被烧毁的废墟里并没有发现尸体，他仍旧还留一线希望。直到多年以后，俊夫的母亲还会时不时地念叨:"启子小姐说不定正在哪儿好好活着呢!"发生空袭的那段时间,东京有很多人下落不明,这些人要么已经被炸得支离破碎,要么是在外遭遇空袭,变成了身份不明的焦尸被草草掩埋,但他们的亲人还是不愿放弃那万分之一的希望,坚信他们还活着。妈妈会说这样的话,也是因为她把启子小姐看作了比邻居更亲近的人吧。

但比起这个,老师的遗言却令俊夫更加在意。他总是担心自己是不是把一九六三年这个时间听错了。俊夫后来想过很多数字,却并没有找到会被听成"六三"的数字,老师说的肯定是一九六三年。俊夫毫无头绪,不知道老师让自己在十八年后的同一天同一时间去同一个地方究竟是何用意。但反正是很久之后的事,除了等到那个时候,他别无选择。

俊夫并没有将遗言的事情告诉母亲,因为母亲和老师几乎没什么往来,就算告诉她她也帮不上忙。

战争结束后,俊夫便和母亲回到京桥,在废墟上搭了间木板房,重新开起了之前被烧毁的理发店。俊夫本打算念完初中后就到店里帮忙,但临近毕业的时候,有位匿名人士通过学校为他捐助了学费。

虽然俊夫对一个陌生人为什么要帮自己交学费这件事多少感到有些不安,但因为对方没有提出任何附加条件,又有班主任做担保,他还是接受了这份好意。那时候正赶上六三学制[①]改革,俊夫从旧制初中毕业后,直接升到了新制高中的二年级,高中毕业后,又考入了日本大学的工学部。在那期间,他还是时常惦记着

---

① 日本战后的义务教育实行小学六年、初中三年的制度。

老师的遗言。进入大学后不久，俊夫突然想到自己可以试着去查一下老师的身份。然而他遇到的第一个难题就是老师的户籍不明，世田谷区政府的人口登记簿上没有老师的名字。而距离战争结束也已经过去五年了，遇难者名单早已无处可寻。于是，俊夫又试着找到了老师工作过的文理科大学，但不巧的是那个学校当天也受灾严重，并没有留下任何相关记录。最后，俊夫又拜访了几位老师教过的学生，只知道了老师是一位很普通的生物学家。

俊夫的专业是电气工程，那个匿名捐助人在他毕业的前一年又通过他的初中母校告诉他，希望他去一个电机公司就职。当时那家公司还只是一家名不见经传的小工厂，但因为是恩人的意思，俊夫还是毫不犹豫地答应了。虽然他猜测那个人应该和公司有关系，但他至今都不知道对方到底是谁。如果知道的话，为了报恩自己什么都愿意做，因为在他入职之后，公司就凭借生产录音机和半导体收音机迅速发展起来了。

随着公司规模越来越大，作为元老的俊夫在两年前被提拔为技术部部长。母亲早就关掉理发店，享受起安逸闲适的退休生活，然而没过太长时间，就带着对俊夫出人头地的欣慰离开了人世。没能让母亲抱上孙子是俊夫唯一的遗憾。母亲在因风湿病卧床之前的几年里，一直热衷于帮俊夫物色对象，但俊夫每次看到母亲拿给自己的照片都不太感兴趣。

去年春天，俊夫又忽然想起了老师的遗言。一年后他就要再次去拜访那间研究室了，但俊夫不禁有些担心，不知道那里现在变成了什么样子。战争结束以来，他还一次都没去过梅丘。

俊夫和母亲的想法一样，都仍然抱有一丝希望觉得启子小姐可能还活着。她可能只是在空袭中受到刺激，导致失去记忆，现在正在一个陌生的地方生活。如果真是那样，一旦她因为某种契机恢复了记忆，回到梅丘，一定会从那位认识的老人口中得知安葬老师的地方在滨田家的菩提寺①，去过寺院后她就会得知俊夫现在的住所，并且主动和俊夫取得联系。所以，俊夫觉得即使去了梅丘，等待自己的也只有失望，因为那反而会证明启子确已死亡，所以一直没有回去。

其实仔细一想，不管那间研究室所在的地方现在变成了什么样，都不影响自己完成老师的遗愿。老师肯定是和某个人约好一九六三年在自己的研究室见面，至于为什么要隔这么多年，也许是因为会面的目的跟各自的研究内容有关吧。另外，对方很可能是一位外国学者。如果对方来自遥远的国外，那半夜见面也就说得通了。就算研究室已经不在了，自己也只需要在附近等待那样的人就可以了——这是三十一岁的俊夫得出的结论。

但是，当俊夫看着那旧笔记本上的字时，总觉得会发生某种更加神秘、更加出乎意料的事情。为了否定自己那样的想法，俊夫尽量不去看公寓写字台抽屉里的那本旧笔记本，他连着三天都在银座喝酒喝到很晚。

4

说完这些，俊夫终于感觉心里的石头落了地，轻松了许多。

及川先生并不是一位很好的倾听者，既没有在适当的时机插

---

① 菩提寺在日本指供奉祖先牌位、墓地所在的寺院。

话附和，也没有表现出有所触动的样子。不过这对于一个局外人来说也实属正常，毕竟及川先生只是把地方借出来而已。

"正因如此，"俊夫说，"一会儿可能还会有人拜访，如有打扰还请您多多包涵。"

"啊？"及川先生一脸诧异。

"我觉得在深夜前来叨扰实在冒昧，所以提早来了一会儿。不过我想，那个人应该也不会半夜偷偷溜进来吧，他应该也快到了……"

"啊，原来如此……"及川先生站起身，"那我就先回屋了，这里和研究室您都可以随意使用。我还不打算睡觉，所以如果有什么事情就按这个铃叫我。"

及川先生指了指墙上的按钮。

"另外，如果觉得无聊，这里的电视和收音机都可以……"

俊夫回头一看才发现，后面矮书架上放着的小收音机和电视机全都是自己公司的产品。俊夫对这位及川先生的好感又增加了几分。

"烟这里也有，您需要的话……"

自己的烟刚好抽完了，这正解了燃眉之急，最近烟抽得好像有点儿多。

"那还请您自便……"

俊夫深深地鞠了一躬，在目送及川先生离开之后，他看了看手表，快十一点了。

俊夫站直身子，走向书架的位置。这种时候应该听一些安静的音乐。

正当他想打开收音机的时候,突然注意到旁边倒扣着的小相框,他顺手把它立了起来。

"啊……"

不过俊夫很快就意识到虽然长得很像,但那并不是……

照片上是以前的电影明星小田切美子,这张照片上有亲笔签名。及川先生应该也是她的影迷吧。

俊夫盯着照片看了几秒后按原样扣了回去,打开了收音机。为了不吵到及川太太,他把音量调到很小,坐回到沙发上。

收音机里播放的是约翰·柯川①的男高音,俊夫很想好好欣赏,但心思还是不知不觉到了其他地方。

那个人应该快来了吧。这间屋子就在玄关旁边,如果门铃响了,自己要去开门吗?还是等及川先生出来?他不停地设想着各种可能会出现的人物和场景。

到十一点五十五分的时候,俊夫已经抽完了九根和平牌香烟,喝掉了三杯及川先生留下的红茶。

初夏的夜晚气温急剧下降。虽然时间快到了,但俊夫实在憋不住了。

他刚走到门前,门就自己开了,及川先生探出头来。

"我刚才忘记说了,洗手间就在走廊尽头左拐,直走到头后的右手边。"

俊夫心想,及川先生可真是贴心啊!但现在已经顾不上道谢了,他急忙沿着及川先生说的路线走去。

---

① 约翰·柯川(John Coltrane,1926—1967),美国爵士萨克斯风表演者和作曲家,对20世纪六七十年代的爵士乐坛有着巨大的影响。

俊夫回到客厅的时候，里面空无一人。还有两分钟就到十二点了，难道说那个人是打算直接去研究室吗？俊夫把自己放在桌上的打火机放进口袋，赶紧到玄关穿上鞋子。他想起来收音机还开着，但已经没时间关了。对方可能是外国人，作为一个日本人，他可不想迟到。

俊夫沿着草坪中间的小路往研究室走去。这个视角看到的圆顶房和当年那晚一模一样。它看上去被维护得很好，在月光下闪耀着银白色的光辉。研究室门前空无一人。

俊夫看了看手表，涂着夜光涂料的时针和分针马上要重叠在一起了。

他停下脚步，回头看了看。只有主屋最前面的窗口还亮着，不像有人来访的样子。

俊夫快步走上研究室前的四级台阶，握住了门把手。

就在这时，门把手竟然自己转了起来，门开了。

5

俊夫并没有太过惊讶。

屋里的光线很刺眼，他最先感受到的就是对方比自己矮。

紧接着，逆光中逐渐浮现出对方的轮廓。这个人的衣服很奇怪——带帽兜的外套，厚实的半长灯笼裤。俊夫感觉这种像滑雪服一样的装扮很眼熟。

对方往研究室里退了几步，屋里的灯光映出了那人的脸。

帽子下面，一双细长而清秀的眼睛瞪得老大。那个人一开门就突然撞上俊夫的脸,被吓到也很正常。

俊夫尽力用平静的语气说:"好久不见。"

当然,在这样的情况下,除此之外他也不知道还能说些什么。

但是,对方依旧瞪大眼睛,继续后退。她就像背后长了眼睛似的,动作灵巧地退向左手边的墙壁。

"是我啊,我是俊夫!好久不见啊。"

俊夫匆忙报上自己的名字追了过去。前几天,他把自己上大学时的照片拿给公司的下属看,大家都说照片里的人一点儿都不像他。更何况他们俩不是从大学,而是从初中之后就没见过了,这样一想,她能认出自己才奇怪呢。

"俊夫……先生?"她终于停了脚步,害怕地说。

"嗯,"俊夫微笑着说,"我的变化有那么大吗?"

然后,他为了表明自己不是在说奉承话,又回到严肃的表情说道:"不过你倒是一点儿都没……"

但是,她脸上没有浮现出俊夫期待的笑容,而是皱着眉,说出了一句奇怪的话。

"您说您是俊夫,那您是,特高课的……"

"啊?"俊夫惊讶地喊道。

"要是找我父亲的话,我现在就去叫他,您稍等……"

"那个……"

俊夫震惊地呆在原地,只见她微微点头后,迅速往门口走去。

俊夫急忙追上去拦住她。

"你没认出我吗?是我呀,滨田俊夫!我那时候就住在你家隔壁……"

看她一脸不明所以的样子,俊夫为了加重语气,边说边着急地把手搭上了她的肩膀。

"啊!"俊夫的裤裆被狠狠踢了一脚,他惨叫着蹲在地上。

虽然已经疼得眼冒金星,但俊夫还是咬牙站了起来,捂着前裆,踉踉跄跄地追着她跑出了研究室。

"启……启子!"

草坪在月光的照耀下泛着天鹅绒般柔和的光,身穿劳动服的启子小姐正站在上面。

她双手紧紧捂着被防空头巾包裹的脸颊,嘴里不停念着:"这到底是怎么回事?我的家不见了!我家没了!啊,那是什么东西?不对劲,这太奇怪了……爸爸,爸……"

俊夫终于赶了过来,从后面捂住了她正要大喊的嘴。有了刚才的教训,他一边小心提防着她的动作,一边在她耳边轻声说:"小声一点儿,不然会把住在这里的人吵醒的。走吧,我们到那边慢慢说。"

"唔!"她挣扎着又叫出了声,俊夫无奈只能用手从背后控制住她。

考虑到对方是女性,他没有用太大力气,但她还是一下子瘫软下来。就在她快倒在地上的时候,俊夫赶忙跪地扶住她。手忙脚乱中,他的左手不小心碰到了她的胸部,但事情紧急,他也顾不了那么多了。所幸她正耷拉着头紧闭双眼倒在俊夫怀里,对这一切毫不知情。

俊夫看了看主屋,发现屋里灯还亮着。他双腿一蹬,抱着启子站了起来。他在十八年前就体会过一个昏过去的人有多重了。尽管这次对方是个女人,自己也已长大成人,但能否一口气把她抱到三十米开外的主屋玄关去,他心里依旧没底。而且,就算通情达理的及川先生没意见,及川夫人应该也会被吵醒,如果她看到深更半夜有个陌生男人抱着一个昏迷不醒的女人回家,不知道会做何反应。一想到这,俊夫就觉得无论如何都不能去及川先生家了。他把怀里的女人往上托了托,转身向后走去。

最后,俊夫几乎是在地上拖着两条腿才总算把她抱回研究室的。他发现角落里有一张沙发,于是用尽最后的力气走到了那里。把启子小姐放在沙发上后,他才总算松了一口气。看着她那"大"字形的睡姿,俊夫心想,还好她穿的是劳动服。不过说起来,她居然还穿着空袭时的全套防空服。俊夫把她的双腿合起来,搭在沙发扶手上,又把她压在腰下的帆布包挪到身前,解下她的防空头巾垫到头下面。

他可不是什么柔道高手,不知道该怎么把人救醒。他环顾四周,想要找点儿水来。

他发现旁边的架子上有一样比水更有用的东西——一瓶威士忌,旁边还放着酒杯。不仅是现在这种情况,包括俊夫在内的许多人在任何时候都会这么认为。

俊夫把酒倒进杯子里。因为刚刚干了重活,他拿酒杯的手一直在抖,酒还没端到她的嘴边就快洒光了。

"没别的办法了。"俊夫低声说着,回头看了一眼门口,不过那里肯定不会有人在偷看。他在嘴里含了一口威士忌,俯身靠近她。他近距离盯着启子的脸看了一会儿后,贴上了她的嘴唇。

启子可没有喝酒或是接吻的准备,所以大部分的威士忌都顺着她紧闭的嘴唇流到了脖子。不过那好像恰好达到了泼水的效果,她一下子打了个哆嗦,睁开了眼。俊夫赶忙起身,装出一脸无辜的样子。

突然,她猛地站了起来。看那架势,俊夫生怕她又和刚才一样,慌忙护住下体。

"啊呀……"她轻轻叫了一声,赶忙红着脸捂住自己的胸口,"不好意思!您是俊夫的父……不对,他父亲战死了。啊抱歉,那您是俊夫的亲戚吧?"

"不,我就是……"

她怎么还在说这些,这令俊夫感到十分头痛。他不由得对这位将一根筋遗传给启子的老师生出了一丝怨念。

"俊夫母亲一直很照顾我们,就算在空袭的紧要关头,还特意……"

"空袭?"俊夫惊讶地反问。

"我父亲很快就会来。不过,您这穿西装的样子还真……"

"启子小姐,启子小姐!"

俊夫大声打断了她,她怎么总说一些莫名其妙的话,这到底是怎么回事?

这次轮到俊夫吓得后退了。不过他还是深呼吸一口站稳了脚步,盯着她的眼睛缓缓说道:"请你明确回答我的问题好吗?你叫什么名字?"

"伊泽启子。啊,这么说您果然是警察啊?"

她马上立正站好,不过因为只穿了胶皮底袜子,所以没有发出脚后跟碰撞在一起的"啪嗒"声。

"我是伊泽启子,今年十七岁,是圣仁高等女校五年级学生,目前正作为学生挺身队的一员在大森某工厂劳动,工厂的名字需要保密……"

"哎?你在说什么啊?什么十七岁……那你后来住在哪儿,怎么生活的?"

"您说的'后来'是指?"

"空袭那天晚上之后啊。昭和二十年五月二十五日,从那天开始直到现在,你去哪儿了……"

"'直到现在'是什么意思?今天不就是五月二十五日吗?"

"对,但我说的是昭和二十年的。"

"可今年不就是昭和二十年吗?"

"什么?你怎么会这么想?"

这出乎意料的回答让俊夫彻底迷糊了。

"就是昭和二十年啊。皇纪① 二六〇五年……"

俊夫试着在脑海中回想了一下皇纪二六〇五年发生了什么。皇纪二六〇〇年举办纪念典礼的时候,正在上小学的他还得到了红白相间的鸡蛋形点心。紧接着第二年就爆发了太平洋战争……俊夫想明白了,她肯定以为现在还在战时。一定是这样!

是失忆症。严重刺激导致她丧失了这十八年的记忆,而那个严重刺激……一定就是十八年后两人的重逢。

俊夫想这责任有一半在自己身上,激动地说道:"启子小姐啊,你现在……"

---

① 自神武天皇元年(公元前 660 年)算起的纪年法,第二次世界大战后被废除。

他刚开口，忽然想到自己或许可以打她一耳光。他曾经读过一本书，上面写着由刺激导致的失忆，可以通过再次刺激来恢复。但是，俊夫刚才已经领教了她防身术的厉害，所以还是决定直说。

"听着，你搞错了。现在是昭和三十八年，早就没有空袭了！"

"三十……八年？"

她微微动了动嘴唇，那小巧精致的嘴唇明明没涂口红，却还是像苹果一样红润。

"是的，今年是昭和三十八年，公历一九六三年。"

俊夫本来想把皇纪年号也加上，但一下子没算出来。

"你到底……"

她抬头看着俊夫，脸上浮现出淡淡的笑容。

俊夫认为，这个在今晚第一次露出的微笑就是她已经被自己说动了的证据。

"不，我说的是真的。你好好看看我，我不是什么滨田俊夫的亲戚，我就是本人。那时候我还是初中生……"

她那像是在审视打折商品的眼神，让俊夫有点儿不自在，但是在这种紧要关头，俊夫还是努力睁大眼睛给她看。

她忽然又微笑着向后退去。

还是行不通，俊夫心想。她那是假笑，她认为有问题的并不是自己，而是俊夫。

俊夫赶忙从西装内兜里掏出了驾驶证。

"真的是这样。这个上面写着昭和三十八年对吧？你看，这里还有我的名字，我真的没骗你。"

俊夫追着沿圆顶房墙壁后退的启子，像接力赛交棒一样，翻开驾驶证递了过去。

驾驶证上写着：

> 签发日期　昭和三十七年十一月二十二日
> 有效期至　昭和四十年十一月二十一日
> 东京都公安委员会

她比对了一下俊夫和驾驶证，慢慢停了下来，把视线定格在驾驶证上。

她把驾驶证上的字来回看了两三遍之后，又看了看俊夫，接着又紧张地看了一眼研究室的入口，最后盯着墙上的某个地方不动了。

俊夫看向她的胸前。她的胸部在点缀着白花的深蓝色衣服下剧烈起伏着，左胸上缝着名牌：

> 圣仁高等女子学校学生挺身队第五班六十五号伊泽启子

她一定是一直好好珍藏着这件劳动服，为了纪念今晚这个特殊的日子才特意穿上的吧。但是俊夫却随便穿了一件新做的衣服就来了，一想到这里，他就不禁对自己的粗心而感到生气。不过，俊夫很快就给自己找了个借口：就算他保留着当年的衣服，现在也肯定小得穿不进去了。

对,不应该说现在,而是应该聊聊当年的事。

俊夫决定换个方法试试,那就先弄清她的记忆是从哪里开始缺失的,然后再顺着帮她回忆吧。

"启子小姐,过去的事你还记得多少?"

"记得多少?"她转头看着俊夫问道。

"嗯。你还记得昭和二十年五月二十五日晚上的事吗?"

"啊?"

"嗯……对了,二十五日晚上十点半左右警报响了。你记得吗?"

她盯着俊夫点了点头。

"好,那你说说当时的场景吧。你在警报响了之后都做了什么?"

"警报一响,我就马上起床换上了防空服。因为枕边的夜光钟显示的时间是十点五十四分,我想父亲应该还没睡,就去了书房找他。"

"哦……"俊夫对她超强的记忆力感到十分钦佩。

"我过去发现父亲好像在整理什么文件。他看到我之后,就让我坐在旁边,一边整理,一边聊起了战况。冲绳的……"

她突然不说了,好像还在怀疑俊夫是特高课的人或者宪兵。

老师大概是给她也讲了那套自己的反战思想。

"不用说那些。总之就是老师和你说了战况,然后没过多久空袭警报就响了对吗?那时候你做了什么?"

"警报响了,我听到外面有人在喊敌机来袭,于是劝父亲赶快去研究室避一避。但是父亲只是口头上附和了一下,依旧没有停止整理文件。所以,我又跟他说,文件可以明天再整理,赶快去研究室吧……"

"总而言之,就是你和老师两个人来了这里,对吧?"俊夫觉得她的话太啰唆了,忍不住推进了进度。

"嗯。"

"来到这里之后,没过多久老师又出去了,没错吧?"

"对,他又出去了,说是要去拿什么东西。不过你怎么会知道……"

"然后,你就一直在这儿等着,对吧?"

"嗯,我一直等着……但是父亲过了很久都没回来,我就想出去看看是不是出了什么事,可是那个门却怎么也打不开。"

"啊?"俊夫顺着她手指的方向看去,这才注意到那个东西,"那是什么?"

在圆形研究室的中央有一个大约两米高的灰绿色箱子,看着像是放大版的文件柜。

没等她回答,俊夫就走了过去。他绕到后面,发现有一扇门,用拳头在门边敲了敲,听到了砰砰的闷响。

"怪不得。"俊夫回头看着跟在身后的启子小姐说,"这么厚的金属,就算被炸弹炸到也不会有事。空袭的时候你们都会躲在这里吧?"

她摇头否认:"没有,今晚是第一次。"

启子说的今晚是十八年前的今晚。那这个防空箱应该是那一天刚做完的吧。这样的话,这个特制的防空箱只用过那么一次。

俊夫抬头看着那个箱子,拉回到刚刚的话题。

"所以那天晚上你就在这里面?"

她看着俊夫的脸,迟疑了一下,然后意识到他说的"那天晚上"应该就是自己说的"今晚",才点了点头。

"是的,我在。父亲说这里面要更安全……一开始我们两个人都进去了,后来父亲说要拿点儿东西就出去了,所以我就一个人在里面等着……"

"等一下,你们是空袭警报刚开始响起就马上进去了吗?"

"嗯,很快……也就一两分钟。"

那样的话,刚好就是燃烧弹开始投下来的时候,所以老师是为了拿忘记的东西才又去了院子……

"后来呢?"

"我在里面等了很长时间,但父亲一直都没回来,所以我就想开门,可是怎么也打不开。"

"……"

"我困在里面急得差点儿哭了,然后突然听到咔嗒一声,那扇门就自己开了。我赶紧走出来想去找父亲,结果打开房门一看……"

"然后呢,你看见了什么?"

"你站在门口。"

"你……"事情的发展急转直下,"你确定站在门口的不是十四岁的我,而是现在的我吗?"俊夫急切地问道。

"是啊,就是现在站在我面前的这个你。"

"……"

"再后来就是你一直和我在一起,你肯定知道都发生了什么。"

俊夫抱起胳膊，仰头看向防空箱。她今晚来到这里走了进去，出来以后就失去了这十八年间的记忆……

"这里面是什么样子？"俊夫看着她问道。

她默默走到箱门前把它打开，俊夫把头探进去看了看。

箱内的光照出四周奶油色的墙壁，正对面墙上有几个像开关的东西，内部空间像潜水艇舱室一样小，冷冰冰的。

突然，俊夫把头收回来，关上了门。紧接着，他开始上上下下仔细打量起站在那里的伊泽启子。

6

俊夫常常因为公司应酬需要出入酒吧和夜总会，和女招待聊天的时候，最让他头疼的问题就是"你猜我多大了"。俊夫没办法，只能根据她们提问的严肃程度来回答。他通常会将脑中猜测的年龄减去二到五岁，这时候，她们就会调侃他说："你肯定觉得我是个老太婆吧。"然后再做出一副"也不是不能告诉你"的样子，小声告诉他答案。她们说的基本上都和俊夫推测的年龄差不多。不过这也不能证明俊夫对女人的年龄判断很准，因为女招待们口中所谓的真实年龄肯定多少是有些水分的。

俊夫的公司里也有很多年轻女性，她们的真实年龄都记录在身份文件上。以前俊夫浏览那些文件的时候，会在脑中回想她们本人的样子。他不禁惊叹有些女性为了掩饰自己的年龄，究竟会在化妆上下多大的功夫。

但是俊夫觉得，任何事都有个限度。无论近年来美容技术有多先进，女性对蕴藏在其中的奥妙领悟得有多深刻，能够掩饰的年龄范围应该也不超过十岁吧。姑且不说那些用粉底或是散粉涂了厚厚一层的情况，至少素颜的时候一定如此。

时隔十八年，俊夫在及川家的研究室里再次见到的伊泽启子，今年应该是三十五岁。三十五岁这个年纪放在过去应该算是比较大了。即使是现代，也会有眼角长皱纹、皮肤变松弛这样岁月的痕迹了。虽然不会像西方人那么明显，但也会发胖，尤其是在腰间。大部分人都能一眼看出年龄。

俊夫在门口看到启子的第一眼，就注意到她身上没有那些特征。他本来以为这是她一直努力在做健身操的缘故，但是在仔细观察她的身体之后，俊夫发现并不是这样。总结来说就是她看起来比十八年前还要年轻。

对俊夫来说，当时每天都会见面的启子小姐只是个比自己大三岁的女性。在初中生的眼里，十七岁的她和附近那些二三十岁的女性一样都是大人。可是现在站在自己面前的启子却比自己小得多，全然一副少女模样，怎么看也不超过二十岁。

俊夫很后悔当初没能鼓起勇气向伊泽老师要一张她的照片，否则自己一定会在这十八年里好好保存那张照片，还能用它和今夜的启子做个比较。

俊夫有个大胆的推测：如果真的可以比的话，眼前的启子很可能和照片上长得一模一样。其实今晚的她看起来更像是十九或者二十岁。但像她这样五官端正的美女，通常看起来会比实际年龄稍微成熟一些，所以她现在很可能就是十七岁的样子。

这显然和打扮的技术无关。俊夫为佐证自己的猜测找到了几条依据。

首先就是刚才那个类似防空箱的东西。从里面的样子看，它完全不像是防空箱，而且防空箱通常都会建在户外，否则一旦周围的建筑倒塌，即使防空箱再结实，困在里面的人也逃不出来。而且，老师说过这间研究室很坚固，完全可以替代防空洞，那就更没必要在里面建一个防空箱了。所以，老师建那个东西一定是另有目的。

还有，伊泽启子今晚奇怪的言行举止很难用失忆来解释。她的记忆似乎是在昭和二十年五月二十五日午夜十二点中断的，可是人脑怎么可能会选定一个如此精确的时刻，然后把那之后的事忘得一干二净呢？

最后一条依据是他在往防空箱里看的时候突然想到的，或许称之为联想更为贴切，那得益于他超常的记忆力。

战争期间，伊泽老师经常会给俊夫看自己家里的外国杂志。战前的《生活》《时代》等杂志上的文章对于才上初中二年级的他来说，确实有些晦涩难懂，但光是看照片就已经很震撼了。当时备受关注的癌症治疗情况，还有生平第一次看到的裸体照片，都让俊夫大开眼界。但最令他记忆犹新的是其中一组按顺序记录美国某研究者实验过程的照片。

那时的俊夫不明白为什么要在烧杯中放白球和金鱼，于是跑去请教老师。老师只是看了一眼杂志，就解释说那是某位博士的实验。烧杯里像开水一样的东西是已经达到零下一百多摄氏度的液态空气，处于超低温状态，橡胶球一泡在里面，立刻就冻得硬邦邦，用锤子一敲就会像陶瓷一样变得粉碎。紧接着，博士又把金鱼放进去，可怜的金鱼也被冻成硬邦邦的。但是这一次博士并没有拿出锤子，而是在观察了一会儿之后，又把金鱼放回到装着普通水的鱼缸里。没多久，那金鱼就又苏醒过来，开始欢快地游动。

老师还说，这个人正在研究如何延长冷冻的时间，以及能否让比金鱼更高等的动物在冷冻后复活。不知道什么时候起，老师口中"博士"的称呼不见了。俊夫对此很感兴趣，正想继续提问的时候，启子小姐进来了。她说起了红薯配给的事，之前的话题只能作罢。接下来的几天，冷冻金鱼那哀怨的眼神一直残存在俊夫的脑海之中。

老师在解释的过程中，不知不觉便把对那位学者的称呼从"某某博士"变成了"某某君"。这一点让俊夫感到有些奇怪。直到十八年后的今天，他才终于明白了其中的缘由。

老师要么是跟那个美国学者有交情，要么就是并不看好那个研究。有可能两者都有，总之后面这个原因肯定没错。

7

俊夫在想到底该如何把自己的想法解释给启子小姐听。

当然，他对自己的结论非常自信，因为这能够合理解释今晚发生的一切。

但问题是该如何使用措辞。为了不让她再次晕倒，肯定要避免用刺激性的语言。"冷冻"之类的词绝对不能说，因为那会让她想到结霜的冷冻食品，"冷藏""冻结"这些也是一样。但是如果用"低温"这个词的话，意思又太过含糊。

俊夫忽然想起自己曾经在某本小说里看到过"人工冬眠"这个词。对，就是这个！如果用它的英文"cold sleep"就更好理解了。

还有，不能让她觉得自己被父亲当成了实验品。身为人道主义者的伊泽老师是不会做那种事的，老师肯定是用金鱼和小白鼠做过实验的，应该对成功很有信心。他让启子沉睡到未来的和平时代，只是想把心爱的女儿从空袭和喝红薯粥的生活中解救出来。那个在长达十八年的时间里依旧可以正常运转的定时开关也彰显着老师的自信。

不过这也得益于及川先生把这台机器完好无损地保存了下来。要是在这期间有人把门撬开……俊夫一想到这就不免有些害怕。他又开始犹豫到底要不要告诉她了。

在俊夫抱着胳膊左思右想的时候，启子也在一旁陷入了沉思。看样子她好像也意识到不对劲的是自己，正在努力唤起自己的记忆。

但她一直在昏睡，自然什么都不记得了。她看起来有些着急，变得不安起来，有时焦虑地搓着双手，有时又扭动身体转向别处，而且速度越来越快。

过了一会儿她说："那个，我去一下洗手间。"

"啊？"

俊夫一时不知道该怎么办。外面很冷，而且她还是女性，总不能在外面草丛里解决问题，看来只能带她去及川先生家里了。但是，及川先生看到这位身穿劳动服的年轻女性会做何感想呢？

然而，她并没有去门那边，而是转身向研究室深处跑去。

俊夫不禁有些担心，及川先生有没有将十八年前的卫生间保留到现在呢？

好在她很久都没回来，俊夫下定决心要找个像样的地方，再慢慢和她说清楚。

他走到房间角落的电话机旁。这个研究室的所有东西都摆在各个角落，宽敞的房间里只有那个机器摆在正中间。

他拿起听筒，拨通了朋友开的小型出租车公司的电话，里面传出经理困倦的声音。俊夫立刻表明身份。

"是滨田啊！这么晚了，找我什么事啊？"

"打扰了打扰了。"俊夫朝天花板道了个歉，"能不能给我派辆车来啊，我有急用……"

"你自己的车呢？抛锚了吗？"

"没有，有点儿事情没开车……另外，如果可以的话，最好派辆破一点儿的车。"

如果启子看见来的是一辆四个车灯的六三年款新车，肯定又会吓晕过去。

"真是奇怪的要求啊。哦对了，有辆三〇年的福特，前一阵还有个美国人想拿六三年的新车跟我换呢。"

"啊，那真是太好了！我就要那辆。还有，能不能让司机穿上国民服①，戴上战斗帽……"

俊夫顺嘴开了个玩笑，把对方逗得咯咯笑。

"看来你是有什么有趣的安排啊。行了，知道了，交给我吧。"

俊夫带着启子离开圆顶房的时候，主屋的窗户依旧亮着，肯定是及川先生还在创作。

---

① 日本在 1940 年专为男性设计的制服，其目的是对民众的服装进行规范和简化。

启子停下脚步，瞪圆眼睛朝那个方向望去。俊夫赶忙用身体挡住她的视线。

"我们快走吧！要不然就晚了。"

他说了句废话催她出门。俊夫心想，擅自闯进别人家里肯定不行，但是从别人家里出去应该没事吧。而且他本来就打算明天再找及川先生聊一下机器的所有权，等那时候再向他道谢也不迟。

出租车公司的车库就在代代木上原，所以没过多久那辆三〇年款汽车就晃晃悠悠地出现了。

"呀，原来您太太也穿了劳动服……所以那个化装舞会在哪儿？"

头上戴着武士发髻[①]假发的出租车公司经理从驾驶座探出头来。

8

俊夫睡醒的一瞬间就掀开被子坐起来往旁边看去。喜欢赖床的他之所以这回能这么干脆利索地爬起来，是因为梦里一直在担心同一件事。

看到启子小姐在旁边的被子里睡得正香，俊夫才长长地舒了一口气。这不是梦，因为梦里的她每次都会消失。

昨天晚上，俊夫一直在车里纠结到底该把她带去哪里，自己的公寓太现代了，很可能又把她吓晕。日式旅馆倒是不错，但是又担心那里太敞亮了不够私密。总之，就是不能让她贸然接触太

---

① 明治维新以前男子梳的发髻。

多人，也不能让她一个人跑出去，暂时还不能让她离开自己的视线。就在他考虑该去哪个旧式旅馆的时候，意识到他们并不是要去什么化装舞会的出租车公司经理，自作主张地把车开到了一位熟人开在代代木的旅馆。启子小姐从 A 型福特上下来的时候小声嘟囔道："这地方居然还有温泉……"俊夫这才意识到温泉旅馆是在战后才变多的，不过他还是决定先住在这里。

启子睡得很香，明明已经连续睡了十八年，但她好像还是没睡够。不过那个机器里面很狭窄，也没有柔软的床垫，所以她才想趁现在尽情享受舒适的睡眠吧。她的睡相不是很好，她已经脱掉了劳动服，两只胳膊都露在被子外面，右胳膊更是一直露到了肩膀处。

昨晚女服务员把浴衣拿来之后她就立刻换上了，估计是因为那个女服务员一直盯着她，让她意识到自己穿的劳动服有些不合时宜。果然女人不管遇到什么事，都还是十分在意自己的穿着的。

没穿过无袖衫的她如果知道自己的睡相是这样，肯定会比俊夫更震惊。俊夫给她重新盖好被子，把她的手放了回去。她丝毫没有察觉，依旧和身穿防空服晕过去的时候一样安稳地睡着。

俊夫看了看枕边的手表，刚过九点。今天是周日，倒是不用担心公司的事。不过今天必须把启子的事情安排好。俊夫拿起昨晚女服务员送来的和平牌香烟，盘腿坐在被子上。

他吐着烟环顾整间屋子。

带有一些廉价的现代化设计的日式装修，正好有助于她适应新的环境。

壁龛旁边的隔板下面有一台十六英寸的电视机。她昨天晚上看了一眼，不过好像并没有意识到那是电视机。现在电视机的设计和二十年前人们所预想的完全不同。

放在另一边角落里的深蓝色碎花劳动服被叠得整整齐齐的，帆布防空包就放在上面。俊夫偷偷瞥了启子一眼，心想现在是查看里面东西的最好时机。

不知道是不是因为太热，启子又把被子掀开了，不过好在她翻过身去背对了俊夫。俊夫在烟灰缸里把烟掐灭，轻手轻脚地站起来。

正当他走到防空包前准备蹲下的时候，注意到了自己那件挂在上方衣架上的粗呢外套。衣服口袋里露出了一个白色的东西，他想起那是昨晚在研究室的机器里发现的一个笔记本，出门的时候随手放在了口袋里，之后就完全忘了这回事。他掏出笔记本，背对着启子坐了下来。

那是一个小尺寸的大学生用笔记本，已经很旧了，封面和封底都没有写字。

翻到第一页，上面用细笔密密麻麻写着像符号一样的东西，俊夫从未见过，翻到下一页依旧是同样的符号。

俊夫试着把笔记本横过来倒过去地看，那些符号一样的东西应该是将笔记本放好之后横着写的。那既不是英语，也不是德语，倒是感觉跟阿拉伯文字很像，俊夫觉得那可能是伊泽老师生物学里的专用符号。总之这里面肯定写了和那个机器有关的内容。

然而，不管他怎么看都看不明白，他索性放弃了尝试，把笔记本扔向枕边，想着等之后去图书馆再查一下。

结果笔记本"啪嗒"一声，径直落到了榻榻米上。这时，背后传来一阵窸窸窣窣的声音。

俊夫在脑海中默念了十个数之后，转过身去，只见启子睁着眼睛躺在重新盖好的被子里。

俊夫冲她微笑了一下，但她却依旧是像昨晚来到这里时一样表情凝重，充满警惕。她的手在被子里动了动，想把双肩再往里藏一藏。

"我先去洗个脸。"他说完站起身，去了洗手间。

在里面上完厕所又洗好脸后，俊夫从走廊往电话间走去。

转动拨号盘，他和对方说："请帮我转到七号房间的山田小姐。"

等了很久，电话那头才传来一个听起来有些困倦的女声。

"喂……"

"啊，小梢小姐，我是滨田。"

"啊，阿滨啊，前天真是多谢啦！"

"你还在睡吧？抱歉把你吵醒了。"

"阿滨的话没关系啦。哎？这不是刚九点半吗……今天可是周日啊。你要打高尔夫吗？"

"不，今天……其实我有点儿事情想拜托你。"

"啊，是吗？那我们在哪里见？"

"不，我现在不太方便出门，就在电话里说吧。其实……是我想请你帮我准备一点儿年轻女孩需要的日常用品。"

"哎呀，真是没想到啊。不过你这也太不够意思了，现在才告诉我你有女朋友……没问题，你是要准备礼物吧。想要什么？"

"我想想……首先要一套马上就能穿的套装，不用太花哨。然后是鞋子、手提包……还有能装在包里的化妆品，袜子和手帕……大概就这些。"

"不错,阿滨果然不一样啊,不会只拿一个手提包敷衍人家。那你知道她的尺码吗?"

"对啊,还有尺码的事。这我还真不太清楚,但我急着要。"

"那说个大概也行,她多高啊?"

"嗯,应该和你差不多吧,胖瘦是你的一半左右。"

"你太过分了……我知道啦,就是标准码。那我直接把东西送到你家吗?"

"不,不是我家,是代代木的,呃……一个叫若叶庄的地方。"

"那你现在是和她在那里……"

"嗯。"

"嚯,真不错啊。"

"不,其实事情不是你想的……"

"好啦好啦,我都懂。放心交给我吧!"

俊夫告诉她具体的位置后就挂掉电话,从走廊走到了前台。

他把住宿费结清之后,又顺便借了一份报纸。他蹲在前台入口处,趁着老板娘找零的间隙,扫了一眼放在那里的报纸,想着还是得把对启子冲击太大的报道去掉。

他先把电视专栏的部分从《朝日新闻》的晨刊中抽掉了。就算跟她解释了电视机的存在,但在东京已经有六个频道这件事还是太有冲击性了。

今天是星期日,所以报纸还有八页的周日版面。俊夫把里面出现的对核能中心的介绍也统统去掉了,毕竟她连原子弹是什么都不知道。

最后，俊夫总共去掉了十二页，还剩下十二页。不过，反正空袭期间的报纸大小只有现在的一半，而且只有一页，所以光这些就已经够多了。

俊夫回到房间时，启子小姐正穿着宽袖棉袍站在已经收拾干净的房间窗边，认真地盯着窗外。

俊夫见她转过身，默默递上了报纸。她接过报纸原地坐下读了起来。

她最先看的是上面的日期。她把那行"昭和三十八年（一九六三年）五月二十六日，星期日"看过来看过去，又检查了其他页上面的日期。或许她是觉得报纸也可能会有印刷错误。

检查完以后，她又翻回到第一页。俊夫坐到她旁边，也看起报纸上的内容。

那上面并没有什么大新闻。最上面是《住宅用地债券开放公募》，旁边是一则《劝告委指出，公共劳动法有违 ILO 条约[①]》的报道。版面中间那篇的标题是"命运多舛的物价政策——白糖价格疯涨"，但报道中只提到了关税额，却没有给出具体的价格。她肯定还以为一斤砂糖也就涨了两三钱[②]吧。

接着，她连着翻了好几页，打开了社会版面。

她似乎对一篇题为"联合女警假扮情侣设伏商场，盗窃团伙主犯于东京被捕"的新闻很感兴趣，认真读了起来。俊夫走到烟灰缸旁，点起一支和平牌香烟，站在那注视着她。

---

① 全称为"国际劳工组织公约"，该公约由国际劳工组织制定，旨在通过国际劳工立法的方式保护劳工权益、协调劳资关系，并对加入国发生效力。

② 日本旧货币单位，1 钱相当于 0.01 日元。

她认真地看了一会儿社会新闻,忽然拿着报纸走到俊夫身边。

"那个……"她指着社会版面的最下面说,"这是什么啊?"

那是写着"大扫除请用味之素公司①的DDT②"的广告。

"啊,这个啊,双对氯……"化学不太好的俊夫一时语塞,"正式的说法我忘了,反正就是战后美军带来的强效杀虫剂。托它的福,东京现在基本上没有苍蝇和蚊子了。"

"你说是谁带来的?"

"美军,美国军队。"

"什么?美国军队……"

她露出一副不相信美国鬼子会提供这么好的药的表情。

这时,女服务员送来了早餐。

就算不考虑这十八年启子的生活状态,过去也是粮食匮乏的时代,所以她应该很久没吃过海苔和鸡蛋了。但即便如此,她依旧没怎么动筷子,端着一碗米饭不知该如何处理,只喝了一些味噌汤。

"要不要来点儿冷饮?"俊夫说完,并没有等她的回答,而是直接走到室内电话机的地方点了可口可乐。

"什么,还有可口可乐?"她提高嗓门说道。

"哦?"俊夫吃了一惊,"你知道可口可乐?"

"我早就想尝尝了,我在家里的一本书上看过它的广告,看起来很好喝的样子。"

---

① 日本一家食品企业,主要生产氨基酸、加工食品、调味料、冷冻食品等。
② DDT,又叫滴滴涕,化学名为双对氯苯基三氯乙烷,是有机氯类杀虫剂。

"这样啊。"

她家里那本战前的《生活》杂志封底上确实印着可口可乐的彩色广告,里面的图片非常逼真,仿佛都能听到冒着气泡的沙沙声。

她自己一口没吃,但是给俊夫添了饭。

"如果可以的话就把我的这份也吃了吧。"

看着启子把第三碗饭端给自己时,俊夫猛然发现这和她当年给自己端上薯粉蛋糕时的表情一模一样,看来她已经完全相信自己眼前的就是滨田俊夫本人了。

俊夫想,这下无论如何都必须把她剩下的饭全部吃掉,毕竟那时候的自己胃口很大,现在可不能破坏当年那个形象。

但是,三十二岁的俊夫在吃完第四碗之后实在是不行了,及时送来的可乐拯救了他。

启子兴冲冲地倒了两杯可乐,然后马上端起一杯送进自己嘴里,结果她刚喝了一口,就皱起眉头说:"有一股赛璐珞[①]的味道。"

俊夫把自己的杯子放在鼻子底下闻了闻,认同了启子的想法。

但她还是一小口一小口地喝完了那杯可乐,然后打了一个嗝。

"啊呀,真是不好意思。"她红着脸,赶紧用手捂住嘴。

看样子,她自己也会不断吸收新知识,不需要跟她过多解释什么了。下午带她在东京转转应该也不成问题。

但她又沉默着陷入了沉思。

俊夫猜,她应该是在想那台机器的事吧,毕竟启子那么聪明,肯定能自己判断出那到底是个什么机器。

---

① 即合成塑料,由硝酸纤维素制成,使用樟脑来增加塑性,无色透明。

这时，她盯着榻榻米低声说："我父亲已经去世了吧？"

俊夫手里的可乐杯子掉到了地上。

自己真是太粗心了。她在十八年后重新回到这个世界，但是在自家研究室里迎接她的不是父亲，而是邻居家的儿子，无论如何，这都意味着自己的父亲可能遭遇了某种变故。他应该早点儿想到这些，用更委婉的方式告诉她的。

她盯着可乐渗进榻榻米后留下的泡沫，小声嘀咕了一句："是什么时候的事？"

事已至此，与其再用这些拙劣的小把戏隐瞒，不如直接告诉她真相。

俊夫重新坐直身体，对她说："就是那天晚上。昭和二十年五月二十五日快到晚上十二点的时候，他被燃烧弹击中了。我不知道你们家的寺庙是哪个，所以就先把他葬在了我家所属的寺庙里。"

她震惊地抬起头。

"昨天刚好是老师的忌日，在去研究室之前，我已经到谷中的寺庙为他烧香祭拜过了。我的母亲前年去世之后也葬在那里。有我父母，我想老师应该也不会孤单了吧。"

她盯着俊夫，那双细长的大眼睛里泛出了泪花。

"之后一起去寺庙看看老师吧。"

她点点头，然后"哇"的一声哭倒在俊夫膝盖上。

俊夫紧紧抱住了她。

9

小梢是在中午的时候到的。

女服务员告诉俊夫:"有客人找您。"他应了一声"好",正要过去的时候,入口的门开了,女服务员抱着两个纸箱站在前面,身后是抱着一大堆纸袋的小梢。

"够快吧?我可是跑着逛的银座。"

"这么多啊!"

俊夫打量着那些东西。他本来的预算是两万日元,现在看来估计还要再高出一倍。

启子被突然造访的陌生人吓得躲到了房间的角落里,脸上的表情和昨天晚上在研究室门口第一次见到俊夫的时候一样,唯一不同的是她哭肿的眼睛。

小梢对启子笑了笑。

"我的第六感果然很准啊。"她对俊夫低声说,"从你平时的喜好看,我就猜会是这种女孩。我选的这套衣服绝对合适。"

小梢在最大的纸箱前面坐下开始拆封。显然她的手没有嘴巴那么灵巧,半天都没打开那封得严严实实的箱盖。

启子不知何时也走了过来,注视着小梢手头的动作。那个把箱子搬进来的女服务员也站在原地,期待着箱子里的东西。

小梢注意到女服务员的粗腿还站在旁边,于是停下手里的动作,站起身来。

"啊,辛苦你了。"

她递过去两张一百日元的纸币，女服务员一脸不舍，往外走着也不忘回头看。

紧接着，小梢又说："阿滨，你也出去吧。"

"啊？"

"我要把她打扮得像时装模特一样，在此期间男士请离开。"

看着启子哭肿的脸，小梢似乎认定她是个没穿过洋装的乡下姑娘。拜这所赐，接下来的一个小时里，俊夫都是在阳台和和平牌香烟一起度过的。

听到里面终于传来"已经好啦"的声音，俊夫才走进去。小梢让启子从正面到背面，全方位展示了一番，然后说："那我就先走了。"

俊夫把小梢送到玄关。

"这些一共多少钱？我现在手上没多少现金……"

"啊，没事啦。"

"没事？你……"

"我在银座可是很有面子的，这些全都是赊账买的，等拿到账单我再转给你。话说回来，她那身打扮怎么样，很不错吧？"

"是啊……我都差点儿认不出来了。"

"她原本就是个美人胚子，再加上我的精心雕琢，效果肯定是非同凡响。你要是不请我吃饭可就说不过去了。"

"小小心意，"俊夫把提前准备好的两张一千元纸币递给小梢，"回去的路费。"

"哎呀，那我就收下啦。那你加油，拜拜。"

看着小梢走向公交车站后，俊夫回到了房间。

启子正跷腿坐在阳台的藤椅上，桌子上放着一个带镜子的粉饼。

"小梢让我代她问好。"俊夫说完，坐到了启子对面的椅子上。

启子笑着说："她人真好。"

她那跷在桌上、穿着长筒丝袜的脚尖正钩着拖鞋来回晃。

"嗯，就是说话不太注意，算是白璧微瑕吧……启子小姐，你这口红是不是有点儿太浓了？"

俊夫还是没忍住说了出来。还有这歌舞伎妆容一样浓重的眼影和眼线，让她看起来像是不入流的夜总会小姐。

启子听完放下跷着的腿，赶紧伸手去拿粉饼。

"我也这么觉得，但是她……"

从耳垂就可以判断出她藏在浓妆之下的脸已经通红，她站起身，飞奔到梳妆台前。

启子在大约十分钟后重新回到俊夫面前。此时，小梢历经一个小时取得的成果已经被擦得干干净净。

"还是这样好呀。"

俊夫发现自己说话又变得礼貌起来。

"这个是你的吗？"启子说着，把那本写着奇怪文字的笔记本放到桌上，"……在梳妆台旁边放着的，可别忘了。"

"啊，对了！"俊夫说，"启子小姐，你能看懂这里面的字吗？"

仍然保留着战前习惯的启子拿着笔记本，从右往左翻了起来，然后一脸诧异地在翻开的笔记本和俊夫的脸之间来回打量。

俊夫看到她翻开的那页，"啊"的一声叫出来。那上面竟然写着日语。

"给我看一下……"

俊夫把笔记本从启子的手里抢了过来，看到了这样一行字：

这件事一目了然。

俊夫翻到下一页，那上面同样是日语，后面几页也全都是日语。他意识到了什么，翻到了最前面。第一页确实写着之前那种类似阿拉伯文的字符。他哗啦啦连着翻了好几页，发现整本笔记几乎有一半都是同样的字符，后面就变成了把笔记本横过来后竖着写的日语。

俊夫开始从最早出现日语的部分读了起来。

四月三日（星期六）
　　我下定决心要从今天开始用日语写这本日记。我已经学会了很多字，可以……

俊夫啪的一声合上了笔记本。

10

笔记本里很可能写着什么不得了的内容，所以俊夫觉得还是自己先一个人看一下比较好。

在此期间，必须把启子的注意力转移到其他的事情上去。

"你要不要看会儿电视？"俊夫试着提议。

战前的人恐怕怎么也想不到，昭和三十年代的电视会这么发达吧。现在的电视一定会让启子大吃一惊。

果不其然，启子眼睛放着光在房间里搜寻起来。

"你说的电视是那个吧？"直觉敏锐的她马上意识到那个放在壁龛旁边的东西就是所谓的电视。

"十年前就开始播节目了，东京现在有五家电视台。"俊夫说着，走到了电视前。

跟在他身后的启子盯着那台电视机感叹道："这屏幕可真小啊。"

俊夫有些失望，启子根本不懂现在的电视是怎么一回事，战前的人只知道电视就是用无线电波放的电影。

"不用把房间变暗就能看，"俊夫抢先一步解释着，打开了电视机的开关，"嗯……"

他看了看手表，现在是一点半。

"今天是周日，不知道现在在放什么节目。"

俊夫刚要换台，看到启子的样子后停了下来。她正像在看阅兵式一样一脸严肃地盯着电视画面。

突然，她像看到老朋友一样欢呼起来："啊呀，是花柳章太郎[①]！"然后转过头对俊夫说，"花柳章太郎胖了好多啊。"

于是，俊夫绕到电视后面，把控制垂直振幅的旋钮调整了一下，让花柳章太郎的圆脸变回了正常的样子。很多人家里电视的

---

① 花柳章太郎（1894—1965），日本男演员，活跃于昭和时期，以饰演女角色而闻名。

垂直振幅都没调整好,甚至有些人已经认定,电视就是一种会让腿显粗的东西,所以眼前的启子这样想并不可笑。

俊夫拍掉手上的灰,问启子:"肚子饿了吧?"

他自己倒是还好,但启子早上几乎没怎么吃饭。

启子盯着明治剧场的新剧转播,答了一声"不饿"。

"可是不吃东西对身体不好。这里不提供午饭,不过可以让服务员给我们做点儿饭团。吃饭团总可以吧?"

俊夫刚要拿起室内电话,启子就转过头对他说:"别浪费了,我自己带了吃的,吃那个就行。"

"啊?"

启子起身把劳动服上的帆布包拿了过来。

"虽说是紧急备用粮,不过应该已经用不上了吧。"

启子笑着从包里取出一个纸袋打开。

里面装的是黄褐色的军用压缩饼干,橡皮大小,两面各有两个凹洞。

"要不要来点儿?"

俊夫从她递来的袋子里拿出一块放在鼻子下面闻了闻,虽然并没有什么奇怪的味道,但这毕竟是十八年前的东西,真的能吃吗?

启子已经开始津津有味地啃起压缩饼干,她的眼睛还一直盯着电视里的画面。

俊夫观察了一会儿,发现她没有肚子痛的迹象,这才打电话点了一些茶水,拿上两块压缩饼干去了阳台。

点上烟之后,他翻开了笔记本。

俊夫先大致浏览了一遍日语的部分。虽然写的是日记体，但每次记录的日期却间隔很大，平均一个月左右才写一次，每次的篇幅也不尽相同，从两三行到两页都有。日记从昭和十二年四月三日一直写到昭和二十年五月二十五日，后面还剩了几页空白。

俊夫翻到四月十三日后面，也就是最后一篇日记那一页开始读了起来。

五月廿五日（星期五）

我要在今晚实施计划。美军的空袭日益猛烈。盟军方面近日可能会对日本发出最后通牒，美军大概是为此牵制日本。这一带也不再安全。并且，当局对我查得很紧，恨不得明天就把我抓起来。事态已经刻不容缓。

最后的两句写得很潦草，估计当时空袭警报已经拉响，事态真的刻不容缓了。

但是，通篇中只提到了"计划"二字，却并不知道具体指的是什么。俊夫又往前看了几页，还是没找到和那相关的句子。

他只好耐着性子从头开始按顺序读了下去。

最早的日期是在年中，没有写年号。他往后翻到下一个出现的年号，判断出这篇应该写于昭和十二年。

四月三日（星期六）

俄绝定从今天开始用日语写这本日记。俄已经学了很多字，这样可以练习。今天启子在学校被选为了年级

059

长①,这真是可嘻可贺。启子说六号去给神风号送行,但因为要夜里去,俄没同意。启子已经忍识报纸上的不少字了,俄也要努力嘞。②

因为这篇日记是在昭和十二年写的,所以文中提到的"神风"肯定不是神风特攻队,而是朝日新闻社派去访问欧洲的飞机。

但是还有一件比这个更令俊夫感到震惊的事,他从未想过那位伊泽老师居然是外国人。老师身高大约一米五五,戴着一副无框眼镜,鼻子下面留着小胡子,肤色比俊夫还要黑一些。俊夫想着至少老师不会是白人,紧接着朝房间里那位老师的直系亲属看去。

启子依旧在一动不动地盯着电视看,她的侧脸的确和那位公认适合日式发型的电影明星小田切美子很像。

俊夫决定接着往下读。

后面的内容也基本上都跟启子有关。什么启子在学校拿到了甲等啦,启子第一次做了好喝的味噌汤啦,凡此种种,都被老师认真记录下来。

吸引俊夫注意的是里面经常提到的"机器"一词。"机器没有异常""检修了机器"这样的句子随处可见,甚至有些日期下面只写了这个。俊夫不知道这个"机器"是不是研究室里的那个

---

① 在日本旧教育制度中代表全年级的学生。
② 作者写就这段文字时,为表示伊泽老师刚学会日文不久而使用了许多显著的错别字,为保留原文效果,此处的翻译也多处使用错别字来体现。

东西，如果是的话，就意味着那台机器早在昭和十二年就已经完成了。

老师还在另一个地方提到了自己的工作，那是在昭和十三年二月，整篇日记不仅已经没有错别字，而且还写得十分工整。

二月十五日（星期二）

我总算找到工作了。多亏朋友小山引荐，我做了文理科大学的讲师。我今天见了学部主任，他说他读了我的论文，并夸奖了我一番。我负责的是古生物学的课，一个月能挣一百五十块，这样的话我在四月之后就不用做悠悠球了。

悠悠球是昭和八年那会儿十分流行的玩具，俊夫记得直到空袭之前，老家里一直都好好保存着那颗自己还在蹒跚学步时就留下牙印的悠悠球。这篇日记的日期距离昭和八年已经过去了五年，悠悠球早已过时，所以老师才只能另谋出路，最后找到了大学讲师的工作吧。俊夫读到这里长舒了一口气。气质像天皇一样高贵的老师去做悠悠球，实在是有些不搭调。

不过对于老师来说，教授古生物学可能和制作悠悠球一样，都只是谋生的手段。在那之后，日记里再没有写过任何有关他在大学里工作的事。

在昭和十六年三月的日记里，老师用很大的篇幅记录了启子考上圣仁高等女校的事，还写了入学费是三元五十钱。

但对同年十二月的宣战通告却只字未提，或许是觉得跟自己没什么关系吧。他反倒对柏格森[1]和帕德雷夫斯基[2]的逝世表示了沉痛的哀悼。

昭和二十年初的日记中这样写道：

昭和廿年一月一日（星期一）

启子今天刚满十八岁，按照这个国家的规矩，她已经是个成年人了。按常理来说，现在是把一切都向她坦白并离开这个国家的好机会。但我今天做了另一个决定。从去年年底开始美军发动空袭，东京也日益暴露在危险之中。这个时候，我怎么能丢下启子不管？到了万不得已的时候，我必须用机器保护她。启子也许会受到很大的冲击，但考虑到她的安全，我不得不那么做。

这好像是整本日记的关键，俊夫反复读了好几遍。然后他又浏览了一遍后面的部分，合上笔记本放回桌上。

房间里传来了耳熟能详的广告歌曲，他看见启子正在认真看着广告。

"《泼辣老妈》演完了？"俊夫问。

多亏了自己多年的工作经验，他可以一边看笔记本，一边听出电视里在演什么。

"嗯。"

---

[1] 亨利·柏格森（Henri Bergson，1859—1941），法国哲学家。
[2] 伊格纳西·帕德雷夫斯基（Igncy Jan Paderewski，1860—1941），波兰音乐家、政治家。

启子这才看向俊夫。

"你过来吧,我刚刚已经自己看过一遍了。"

"嗯,我的眼睛好酸。"

启子站起身眨了眨眼,然后走到电视机前。俊夫看她像是要摸炸弹一样小心翼翼地把手伸向电视机的开关,索性站起身走过去关掉了电视,和她一起回到阳台。

面对面坐下后,俊夫刚叼起烟,启子就帮他划了一根火柴。

"啊,谢谢……电视好看吗?"

"嗯,电视上说发明了一种特别……神奇的药,我也想喝喝看。"

"工作日的每天下午三点都会放洗涤剂的……不是,放外国电影。"

"是啊,我都好长时间没看过外国电影了。太平洋战争开始之前的那个月,我在日比谷电影院看过《史密斯先生到华盛顿》,已经是四年前的事了……啊,其实已经二十二年了。"

启子说着笑了起来,俊夫却并没有笑。

"那个,"他说,"能跟我说说老师的事吗?其实我只知道他的名字,除此之外对他一无所知……既然遇到了你,我想还是多少了解一些,这样做法事的时候也……"

"要感谢你的地方太多了。"

"没有的事……那,我想先问一下老师的家人,你母亲是?"

启子盯着俊夫的脸看了一会儿,然后垂下眼睛小声说:"我是在孤儿院长大的。"

"啊?"俊夫不禁叫出声来。

063

"我是个弃婴,至今都不知道谁才是我的亲生父母。我从小在国立地区的孤儿院长大,直到七岁那年被现在的父亲收养。"

听到这里,俊夫才松了口气。他刚才得知启子的父亲是外国人之后,总觉得哪里不太对劲,现在知道她是个和父亲没有血缘关系的孤儿,那奇怪的感觉顿时消失了。虽然觉得有些对不住老师,但这也是没办法。

"那时候我去井之头公园郊游,回来的电车上有人给我让座,那就是我的父亲。他说我长得很像他过世的女儿,怎么也忘不掉我的样子,所以就通过我戴的胸章找到了我的孤儿院……我呢,第一次看到父亲也觉得很亲切……"

启子掏出小梢送的手帕。

俊夫站起来,轻轻搂住她的肩膀,把她带回了房间。

他在那站了一会儿,然后一个人出门了。

11

俊夫从外面回来,看到启子正坐在电视前才放下心来。他一路上都在担心启子会不会一个人跑到她父亲下葬的寺庙去。

在这件事上,他十分感谢包括自己在内的电视行业从业者,因为启子好像一直在看电视。

看到俊夫后,启子自己把电视关上,起身说:"你回来啦!我猜你也快回来了,就提前点了吃的。"

"那真是……"

俊夫脱下外套后,启子顺手接过挂到了衣架上。

"是不是有一种叫打火机的东西？能像喷火器似的，嗖的一下喷出火来……"

"啊，我就有，你看！"

多亏有电视广告，俊夫总算能把这东西拿出来了。在此之前，他一直都在启子面前用火柴。

启子想让俊夫点烟给她看，于是两人坐到了烟灰缸前面。

"我看了相扑比赛。"

"啊对，今天是千秋乐①。是大鹏赢了？全胜？"

"嗯……好像就是那个叫大鹏的选手，长得跟迪安娜·德宾②有点儿像。"

"是吗？"

"他从穿着缀有家纹的和服的双叶山那里接过了冠军奖杯。这个是怎么用的？"

"不，要按这里，你看。"

"哎呀，快让我试试……哇，点着了！快，赶紧把烟拿来……"

"啊，多谢！"

"还有一个长得像玉锦三右卫门的相扑选手，叫若什么来着，他撒了好多盐……"

"若秩父？"

"嗯，是他。他也太浪费了吧。"

"其实……总之，现在盐已经不是配给的了。"

---

① 指相扑比赛的最后一天。
② 迪安娜·德宾（Deanna Durbin，1921—2013），加拿大女演员。

065

就在这时,晚饭正好端了上来,俊夫终于不用再回答那些难以解释的问题了。

餐盘上有两瓶啤酒,它们应该不是捆绑出售,而是启子特意点的。因为服务员离开后,启子就立马打开瓶盖,把酒倒进俊夫的杯子里。

"谢谢……"俊夫坐到自己的餐盘前,拿起酒瓶。

"来,你也喝一杯。"

"那就少来点儿吧。"

俊夫按照启子说的没倒多少,打算先看看她的反应。为了更好地进行接下来的话题,可能让她先有点儿醉意会比较好,不过,万一她是那种一喝酒就哭的人可就适得其反了。

启子把半杯啤酒分成好几口喝下去后,脸颊顿时变得通红,她赶忙用手捂住了发烫的脸颊。

俊夫从衣架上的外套口袋里掏出笔记本。

"这个笔记本,其实是我昨天晚上在那个机器里发现的。"

"啊……那,这是父亲的吧。给我看看。"

启子从俊夫手中一把抢过笔记本,读了起来。她眉头紧锁,飞速浏览着日记,不到几分钟就把用日语写的部分全都看完了。

读完后,启子问:"这里的'计划'说的是什么呀?"

果然,她似乎也认为这个词最为关键。

"我猜很可能在前面的内容里提到过。"

启子把笔记本翻到前面,打量起写着奇怪字符的部分。

"启子小姐,你知道老师是哪国人吗?"

她抬起头来摇了摇。

"这样啊。那你知道老师不是日本人这件事吗？"

如果启子是看了日记之后才知道老师是外国人的话，她的反应应该会更大。

"这个嘛，毕竟我们生活在一起。最开始的时候父亲连字都不认识……不过我从来没打算特意去问他，等时机成熟他自然就会告诉我了。而且就算他不告诉我也无所谓，他对我很体贴，是个称职的好父亲。"

"……"

"你继续说。"

"啊，刚才我去见了一个专门研究语言学的朋友。我们查了半天，发现这些字既不是阿拉伯文，也不是目前世界上存在的任何一个国家的文字！"

"好吧。"

"我朋友说这可能是某种暗号，但我还是觉得，说不定这世界上真的有一些不为人知的小国家……"

"……"

"启子小姐，我相信无论如何，只要有充足的时间就一定能解读出来。我现在就已经能猜出其中几个字的意思了。"

"真的吗？"

"嗯。"俊夫喝了口啤酒后，从启子的手中拿过笔记本，"因为这是日记，所以里面一定会写日期，每年年初还会有年号，就算是用奇怪文字的部分也是如此。你看，变成日语前四页的地方，这后面出现的年号是用日语写的'昭和十三年'，所以这六个字……"

俊夫指着笔记本说："不管这是不是表示十二这个数字，但一定代表着昭和十二年。"

"哇，"启子的眼睛瞬间亮了，"我要挨着你坐！"

说着，她把原本放在俊夫对面的餐盘挪到了他右边。

等启子坐好以后，俊夫继续说："这样的六位数字一共出现过五种，所以它们应该分别代表着昭和八年、九年、十年、十一年和十二年。但是把这五种放到一起对比的话……"

"哎呀，俊夫……"启子打断了他。

"嗯？"

"要是那样的话，倒不如直接看每篇日记前面的日期。日记大概是每个月写一次，而且每次的日期都会从月份开始写吧？所以只需要对比一下，不就能把 1 到 12 的数字都找出来了吗？"

俊夫微笑着说："虽然这的确是个好办法，但是却不太好操作。你看，这里写的应该就是日期，可它只有一个数字。这里是两位数，后面这个有三位。老师的国家好像没有'月'这个单位，一年三百六十五天都是从一月一号开始按天数计算的。"

"好吧。"

"那我们再说回刚才的话题……一共有五种表示年份的数字对吧？如果把这五种放在一起看，会发现第六位，也就是最后一个字符全都不一样。另外，不仅如此，你看这五种里面的最后一种，倒数第二位也和其他四种不一样。你知道这意味着什么吗？"

"快别卖关子了。"

"说明数字在这里进了一位对吧？"

"是啊，就是这样！"

"从昭和十一年到昭和十二年，年份进了一位。也就是说，老师用的这个年号既不是昭和，也不是皇纪或公历，因为它们都不会在昭和十二年的时候进位。这一定是来自某个未知国家的年号。"

"六位数的话……应该是个很古老的国家啊。"

"不啊，开头那几个可能根本不是数字，而是某某纪元的符号，要不然数字也太多了……好在我们现在已经能推理出很多数字了。比如这个'昭和十二年'的最后一个数字因为刚刚进位，所以是0，那前面'昭和十一年'的最后一位就是9，'昭和十年'的最后一位就是8，再往前是7和6，这样我们就知道五个数字了。"

"太好了！来点儿啤酒！"

"啊，谢谢……我还有发现。你看'昭和九年'的最后两位是不是一样？"

"还真是。"

"所以，这应该是77。如此一来，从'昭和八年'开始，这些数字的最后两位依次是76、77、78、79、80。你看，'昭和十二年'的倒数第二位和'昭和十年'的最后一位是一样的字。我的猜想肯定没错。"

"那只要再弄清剩下的五个数字就好了。"

"没错！只要再进一步分析，肯定就能把所有文字都推导出来。另外，我还发现了一个比数字更重要的信息。"

"什么重要信息？"

"启子小姐你刚刚说自己是七岁来到老师家的，也就是昭和十年，对吧？"

"是啊。"

"这本日记中昭和十年的部分……在这里！你看，刚好从这里开始，每篇日记里就有一组相同的字符频繁出现。而在此之前，这样的组合从来没有出现过。所以，这几个字就是……"

启子睁大了眼睛。

"是……是我的名字！"

俊夫使劲点了点头。

"在哪儿呢？是什么样子？"

启子顺着俊夫右手的方向看过去。

"在这儿呢，你看，是这四个字的组合，这里也有。第一个字和第三个字一样，应该是辅音'K'，第二个字应该就是双元音'EI'吧①。"

"这是父亲写的啊……"

启子用筷子尖蘸上酱油，在餐盘上模仿着它的写法。她把盘子和碗推走，并排写了好几次。

"不过，启子小姐，剩下的内容就没什么头绪了。后面用IBM分析一下吧。"

"那是什么东西？"

"电子计算机。"

"啊，计算机。我来打算盘吧，我有二级证书。"

"嗯，谢谢。"

---

① "启子"的日语发音为"KEIKO"。

俊夫合上笔记本，放到了身后的榻榻米上，专注于喝酒吃饭。

"再给我看看。"启子又把本子拿了过来。

她一边把金枪鱼刺身放进嘴里，一边用充满怀念的眼神从头开始一页一页翻看父亲的字迹。

"啊，这里有字母！"

"啊？在哪儿在哪儿？"

俊夫赶紧把酒杯换到左手上，隔着启子的肩膀探头去看。

启子把筷子倒过来，指向那一页的正中间。

这里和其他字写得差不多，所以俊夫之前完全没有注意到，但是现在仔细一看，写的确实是印刷体的英文字母。一共有七个大写字母，第一个是H，然后是G，再后面是WELLS。

H.G.WELLS……H.G.威尔斯……俊夫意识到那就是《世界文化史概要——世界史纲》的作者。他直到现在都还保留着学生时代买的岩波新书那一版。

可是，为什么这位英国文艺评论家的名字会出现在这里？俊夫望着天花板陷入了沉思。

就在这时，启子又叫道："还有一处，就在这里。"

"哎？"

"嗯……T……I……"

原来如此，原来它们就跟在刚才那个英文字母的后面，但由于字与字之间的间隔太窄，让人难以辨认。

好在他们还是认出了那个词是 TIME MACHINE（时间机器）。

12

两三年前上映过一部叫《时间机器》的电影,它的原作者就是 H. G. 威尔斯。他不仅会写一些评论性文章,还会写科幻小说。

俊夫没读过原著,但看过电影。

时间机器是能在时间中旅行的机器,用它可以在过去和未来自由穿行。有位青年发明了时间机器,并乘上时间机器去了几百万年后的未来世界。那时的现代文明早已消亡,只有原始人生活在那里。青年卷入了他们的种族争斗,最后跟一个美女原始人修成正果。

俊夫把那个故事讲给启子听。

"这可真有意思,但那只是电影呀。人真的能时间旅行吗?"

"不好说啊……不过,在十八世纪前,所有人都认为人类不可能在天空中飞翔,但是蒙特哥菲尔兄弟成功造出热气球,莱特兄弟发明飞机,这些都打破了那种观念。还有,昭和初期有学者曾发表学说认为,飞机的速度即使在未来也绝不可能突破音速,可结果怎么样呢?现在速度超过音速两倍的飞机遍地都是。"

"啊,是真的吗?"

"正如同那位学者的理论所言,螺旋桨推进式的飞机越接近音速,效率越低,时速最多只能达到八百千米,约为音速的三分之二。但是,人类改用喷气式推进的方式后,打破了这个壁垒。"

正说着,俊夫发现他也在说服自己。

"所以,现代科学认为根本做不到的事,也可能会在将来通过不同的路径实现。"

一番分析之后，他终于认可研究室里的那个东西就是时间机器了。

"既然如此，"启子说，"也许几百几千年后，时间机器真能被发明出来……啊！"

她叫了一声，飞快嘀咕道："时间机器就是时间旅行机，所以它如果真的能被发明出来，就能从未来世界来到这里。"

"的确！"俊夫从嘴边挤出这句话。

他十分震惊于启子的聪慧。自己光想着那个东西是时间机器，压根儿没注意到这一点。伊泽老师不是发明了时间机器，而是坐着时间机器来的。他并非来自国外，而是来自未来。

这时，启子又开口说道："你说 H.G. 威尔斯就是刚才那部电影的原著作者？"

"嗯。"

"那小说里应该也提到时间机器了吧？"

"我没读过，不过这书好像是十九世纪末写的。"

"果然如此。父亲本以为这个世界上的人应该不知道时间机器，但是他看到小说里居然写了时间机器。他肯定是因为觉得这件事很神奇，所以才写进了日记里。"

就是那样，俊夫想老师熟练掌握英语，肯定读过原著。

俊夫在脑海中整理了一下自己的思绪。伊泽老师是乘坐时间机器从未来世界来到二十世纪的日本的，大概是为了考察什么。但是在这两年里，他收养了孤儿启子作为养女，所以不能马上回去。其实也可以让她跟自己一起去未来世界，但他考虑到两边风俗习惯截然不同,那样对启子太残忍了,所以就像日记里写的那样,他决定等启子能够独当一面之后就把一切告诉她,回到未来,但是空袭日益猛烈,所以他又制定了新的计划。另外,除那个东西不是人工冬眠机而是时间机器这一点之外,一切都和俊夫昨晚猜测的一样。

还好自己没跟启子瞎说什么人工冬眠,想到这俊夫涨红了脸。

启子的脸也红了,不过是因为喝了啤酒。

"要不要再来点儿啤酒?"她说,好像是她自己还想喝。

俊夫没回话,直接拿起电话又点了一些啤酒。

"你说,父亲所处的未来是多久以后呀?几百年?还是几千年……"

"不,没准可能是几万年、几十万年后更远的未来。"

"啊,对了!"

"怎么了?"

"如果父亲所在的国家是在未来的话,那刚才的年号数字很可能就是公元前多少年之类的。和正常的年号相反,越古老,年份就越大……"

俊夫一跃而起,从挂在衣架的上衣里掏出自己的笔记本和钢笔。

他边看老师的笔记本,边往自己的本上写。

"嗯,我们刚刚认为是 76、77、78、79、80 的数字,其实也可以解释成 23、22、21、20、19。对,这样才对。无论是罗马数字、阿拉伯数字,还是中文数字,1 的写法都是最简单的,接着到 2、3 逐渐变复杂,在这里也是同样的道理。你看,这个只翘了一点儿的是 1,这是 2,这是 3……最复杂的这个是 9。没错,这些是BC，表示的是公元前的年份。"

"那既然是六位数的话，个、十、百、千、万、十万……即便第一个是表示公元前的符号，也都上万了。"

"嗯，老师来自几万年后的未来，所以那很可能不是从现在的二十世纪文明发展成的未来世界，而是更遥远的全新时代。"

如果他们此时继续深入分析这个问题的话，后面那件严重的事情可能就不会发生了。然而，啤酒送来了，两个人的对话就此终止。

他们给彼此倒上酒，碰了下杯。

"祝你早日融入这个世界。"

"我会加油的！"

对他们两个人来说，现在面临的问题是启子这十八年的空白，至于几万年后的事情其实他们并不在乎。

俊夫站起身来走到窗边。

外面灯火辉煌。附近旅馆和餐厅亮着霓虹招牌，高速公路上的车灯川流不息，对面的天空也被赤坂银座方向交相辉映的霓虹灯染红。

启子走到俊夫身边。

"真和平呀。"她说。

"嗯。"

13

第二天上午九点左右，两人离开了旅馆。

俊夫小心地抱着一个大包裹，里面装的是启子的劳动服、头巾、防空包。对他们来说,这些都是珍贵的纪念品。

启子是有生以来第一次穿高跟鞋,走得歪歪扭扭。俊夫挽住她的手臂,想扶着她。

"哎呀……"

启子红着脸挣脱了他的手,环顾四周。迎面走来的并不是帝国陆军的宪兵,而是一对年轻情侣,他们紧紧靠在一起,脸贴脸走着。

瞪圆眼睛看着他们的启子很快就理解了现状,她主动挽起俊夫的手往前走。

要是被公司的人看到自己一大早就和一个女人走在温泉旅馆附近就糟糕了,俊夫心中苦笑。他想起自己还没和公司联系,于是去找电话亭。

他以个人原因为由跟公司请了两天假,并叫来一个部下接电话,嘱咐他代自己管理彩色显像管开发的相关事宜。启子也一起走进电话亭,拼命竖着耳朵,将对方的声音都听了个一字不漏。

他们今天有很多地方要去,梅丘的及川家、谷中的法念寺,还有世田谷区政府……必须得去那里调查一下启子的户口。

从昨天晚上开始,启子就感觉自己已经一辈子都离不开俊夫了。如果这样的话,那就不得不考虑户籍的问题了。

空袭的第二天,应该就登记过伊泽老师的死亡和启子的失踪,所以她的名字估计早就从户籍里销掉了,如果要恢复户籍,不仅会有十八年的空白,可能还会牵涉到她亲生父母的事。俊夫已经做好了解决这个问题会相当麻烦的心理准备。

俊夫的爱车斯巴鲁360就停在附近的停车场,昨天出门的时候,他顺便去公寓把车开过来了。

"哇,这是你的车吗?跟KDF好像啊。"

"KDF?"

"就是希特勒下令让费迪南德·保时捷博士设计的那款汽车啊,德国的国民车。"

"啊,你说的是大众啊。"

启子在这个世界里熟悉的东西倒是意外地不少,她要是知道大众至今还没改款,一定会很高兴吧。

"父亲以前和我说过,虽然德国的技术很先进,但生产规模还是比不上美国。"

"来,快上车吧。"

还是先暂时避免谈到"父亲"的话题比较好,俊夫赶紧把她推进了车里。

幸好车子启动后,启子的注意力从父亲转移到了窗外的风景上。

"俊夫,东京在战争中被烧毁得很严重吧?"

"有段时间,目之所及全是废墟。"

"重建工程可真不容易啊。"

"啊?那可不是什么重建工程,是在修建高速公路。明年就要在东京举办奥运会了。"

"奥运会?果然还是要举办了啊。"

"什么叫果然?"

"本来是要在昭和十五年举办的吧。"

"好像是吧。"

"那世博会后来怎么着了？"

"哎？"

"本来是要在皇纪二六〇〇年举办世博会的吧？但是因为战争延期了……已经办完了吗？"

"那倒还没有……"

"那太好了！"

"怎么？"

"父亲说要带我一起去看，提前买了预售票，票就在那个防空包里放着呢。我想着要是因为空袭被烧掉就太可惜了，所以就把它们收到了包里。花了十元呢。一共有十二张，到时候咱们一起去吧。"

"嗯……但是，就算下次举办世博会，我估计那些票也不能用了。"

"为什么？花了十元才买到的预售票居然不能用，这也太……"

"启子，先不说这个了，你看那边。"

"哎呀……那日本果真打赢了太平洋战争啊。"

"不，其实是因为我不想让你想起父亲，所以才一直没说，日本已经无条件投降了。"

"啊……那为什么那边会有埃菲尔铁塔？"

"哈哈哈，那个啊！那不是搬来的战利品。那个是日本人自己建来用于接收电视信号的东京塔。"

电气专业出身的俊夫并不知道的一百年前建造的巴黎埃菲尔铁塔和现在的东京塔在建筑技术层面有什么差异。

俊夫总感觉像自己这样的技术人员，在战后的十八年间并没有做什么有用的工作。

14

和上次一样，门铃刚响，及川先生就像自动售货机里的商品一样应声而出。

"呀，欢迎！"

俊夫已经是第二次见识到这种情况，所以一点儿也不慌张。

"前天晚上给您添麻烦了……我看您当时好像已经休息了，回去的时候就没跟您打招呼……"俊夫十分礼貌地低头致歉。

"没关系啦……"

俊夫抬起头，发现及川先生的视线越过自己，落到了后面的启子身上。

"及川先生，这位叫伊泽启子，之前在这里……"

俊夫正急着要介绍，就被及川先生大声打断。

"啊，请多关照！"

及川先生朝启子微微点头致意，但也仅此而已了，他在那之后连一句请进也没说。

俊夫觉得有点儿奇怪，但他突然意识到，那个研究室里的东西是时间机器，所以直到三天前它都还不在那里，前天晚上是它第一次出现。及川先生后来肯定在研究室里看到了时间机器。

俊夫一边观察着及川先生的脸色一边试探地说："那个，很抱歉总是跟您提一些过分的请求，能不能再让我们去一下那间研究室？"

及川先生把手伸进裤兜里摸索了一会儿，掏出了什么东西。

"当然可以，你们去吧，这是钥匙……"

俊夫观察着他把钥匙递过来时的表情，说了声"谢谢"后接过了钥匙。

"我还有事，"及川先生说，"先失陪了，你们自便。"

"啊，那……在您百忙之中还来打扰，实在是不好意思。"

俊夫和启子像被赶出来一样离开了玄关。

沿着院子往研究室走的时候，俊夫一直在想及川先生到底是因为看到了时间机器而生气，还是真的很忙，因为这和时间机器的所有权有很大关系。

想想也是，那台时间机器的所有权属于谁，的确是个非常棘手的问题。虽然时间机器目前在及川先生家里，但它不是被人搬进去的，而是前天晚上突然冒出来的。这种情况从法律层面来看该怎么办呢？这跟从地底下挖出一堆金币可不是一回事。

不过可以确定的是，至少到一九四五年发生空袭的那天为止，那台时间机器都是启子的养父伊泽老师的东西。而在一九四五年到一九六三年的十八年里，它不属于任何人……它压根儿就不存在于这个世界。

"真好看啊！"启子说。

初夏澄澈的蓝天让研究室的白色圆顶显得格外清晰。白色建筑能保持得这么干净，肯定是因为一直都有人精心打理和维护。这样的话，及川先生肯定看到时间机器了吧。俊夫又惦记起这件事来。

"俊夫，钥匙呢？"先走到研究室门口的启子回过头问。

"啊,这儿呢……"俊夫走上前去把钥匙递给她的时候,忽然想到为什么前天晚上及川先生没有把钥匙给自己呢?不过他马上意识到,及川先生肯定以为自己是在研究室前面等人。

时间机器依旧和前天晚上一样立在研究室中间。启子一打开灯,时间机器就在房间周围的荧光灯下反射出灰绿色的暗光。荧光灯显然不是伊泽老师那个时代的东西,应该是及川先生后来装上的吧。

俊夫想,这就是真正的时间机器吗?和电影里演的差距很大,看起来平平无奇。

它是个高二点五米、宽二米的长箱子。棱角处都打磨过,除此之外没有任何多余的装饰。

灰绿色的表面上随处可见绿色的斑点,凑近一看,发现那是油漆剥落后生出的铜锈。这是个铸造工艺很粗糙的青铜制品,到处都是砂眼。

俊夫打开门走了进去。刚进门就看到两级类似公交车门处的那种台阶,把地面抬高了五十厘米左右。上去之后,里面的空间十分狭小,身高一米七三的俊夫如果不弯腰站着,就会碰到头。也许未来人的个子都不高,伊泽老师也是如此。

启子跟进来后,里面一下子就满了。俊夫和启子有些站不住,像跳舞似的努力错开身体,检查起那扇敞开的门。金属门大约厚二十厘米,周围的墙壁也是一样。俊夫想,这样的构造,就算炸弹在旁边爆炸也炸不坏吧,怪不得自己一开始以为是防空箱。

启子按下门边的按钮,机器里面亮了起来。墙壁和地板都是乳白色的,正面墙上有几个按钮。光照来源于两侧墙壁天花板附近那些直径三厘米、长十五厘米的线圈状物体，俊夫小心翼翼地伸手摸了摸，发现它们并没有什么温度。

地上有两个宽二十厘米、长六十厘米左右的坑。俊夫刚才一进来就发现了这两个坑，因为要绕着它们走以免一不留神掉下去，于是这里显得更加狭小了。他探头看了看，里面什么都没有。

这时，启子突然把两只脚放进其中一个坑里坐下。

"要这样坐，父亲前天教给我的。"

"原来这是座位啊。"

俊夫也坐到了旁边的坑里，就像坐到了烘脚的暖炉边一样。虽然没有靠垫，但腰部的位置微微弯曲贴合曲线，所以坐着不太难受。

"俊夫，说不定未来的人平时就是在地上挖个坑当座位。"

"哎？不过那样的话，走路会很容易掉到坑里，这很危险啊。"

"但是我们也会把椅子放在地上啊，大家不也没撞上去，依旧能好好走路吗？"

"的确如此，说得有道理。"

"嘿嘿。"

启子的脸就在旁边，时间机器里弥漫着二十世纪化妆品的芳香。俊夫将嘴唇轻轻贴在她的脸颊上。

启子保持着那个姿势，用一只手指向对面的墙壁。

"当时，那里是开了灯的。"

俊夫没有移开自己的嘴唇，而是斜眼朝她指的方向望去。墙壁中央有个像是云母片的东西连通了地面和天花板，宽度大约十厘米。未来世界可能没有玻璃吧。

"那里亮灯是什么样子?"

俊夫为了说话,这才不得已移开了嘴唇。

"从最下面开始慢慢往上……就像电子新闻滚动屏……"

"启子,你怎么了?"

俊夫抱住启子的肩,注视着她。启子用手捂住脸,垂下了头。

"不知道为什么,突然有点儿头晕……"

她的声音顺着指缝传出来。

"这样不行,我们快出去吧。"

俊夫从坑里把启子抱出来,走出了时间机器。

他把启子放到前天躺过的沙发上,帮她脱下鞋子。只见启子面色发青,像是有些贫血。

俊夫又把前天找到的威士忌拿过来让启子喝,今天是她自己喝的。

"你感觉怎么样?"

"嗯,好点儿了……我一想起那时候的事就害怕。"

是啊,俊夫这才意识到,对启子来说,这台时间机器是直接和那个凄惨的空袭之夜挂钩的。

启子想坐起来。

"不行不行,你得躺着。你的脸色还是不太好,怎么也要再躺个二三十分钟。"

俊夫脱下外套盖在启子身上,她注视着俊夫的眼睛。

俊夫从外套口袋里拿出和平牌香烟,点上了火。可烟雾飘到了启子那边,把她呛得咳嗽起来,所以他立刻把烟掐灭了。

"那我再躺一会儿,你去看时间机器吧。"

"嗯，可以。"

俊夫重新给启子盖好外套，这时他突然萌生了想吻启子的感觉。

如果真的有所谓"不祥的预感"的话，一定就是现在出现的这种感觉了。

俊夫给了她一个深深的吻，然后启子微笑着目送他走向时间机器。

俊夫在时间机器的两个座位中间发现了一个小盖子，打开之后看到地板下面有几根直径大约两厘米的管子。

这肯定是发动机的一部分。要是想穿越时间就需要巨大的能量，但这储存能量的空间这么小，估计利用的是核能吧。

伊泽老师既然知道利用核能的方法，那为什么不用它来帮助日本呢？老师虽然反对战争，但肯定也不想看到启子的祖国被毁灭吧。如果能在昭和九年的时间点上，以和平为目的开发资源的话，日本也不至于选择开战了。

不对，俊夫意识到老师的专业并不是核能。他是一个生物学家。就算是如今的日本，也有很多连灯坏了都不会修的植物学家和考古学家。

俊夫把盖子合上后，坐到右边的坑里，望向面前这个导致启子头晕的云母板。

俊夫倒是对云母板没有什么感觉，反而被位于它两侧的类似燃气表一样的东西产生了兴趣。那东西很小，所以俊夫一直以为那只是黑色的线。

俊夫站起来走到左边的仪表前蹲下。在那宽约一厘米的横向黑色方框里排列着和笔记本里一样的五个字。左边三个字完全一样，因为昨天晚上重新推测含义的时候他写了好几遍，所以记得，那个字的意思是0。接下来的字肯定就是1。最后一个字俊夫不认识，但他觉得那个数字应该是8。

因为这是时间旅行机，所以并不需要时速表和里程表，数字的唯一用处就是要确定去往多少年后或是多少年前的世界。而且这个仪表后来应该还没被人动过，所以还停留在伊泽老师把启子送往十八年后时的状态。十八，也就是……00018。

那下面左右各有两个小按钮。俊夫听着自己剧烈的心跳，伸手去按左上方的按钮。只听哔的一声，最右边的数字就像老虎机一样转动起来，俊夫赶紧把手指拿开。

第五位上的数字停到了和刚才一样的8上。第四位变成了昨天推理出表示2的数字。也就是说，十位上的数字往前进了一位。

发现这样不会爆炸后，俊夫大着胆子按下了左下方的按钮，每按一下，第五位的数字就变一次。上面的按钮应该是快进键，这个按钮是一个一个加。

这样一来，现在第五位的数字应该变成了9，但总感觉和昨天笔记本上写的9不太一样。俊夫想，这一定是印刷体和手写体的区别。阿拉伯数字7的写法就因人而异，所以同理，那个9是老师比较潦草的写法。

四个按钮的下面有一个像是用来转换模式的控制杆，此刻被拨在右边，两侧都写着什么。俊夫当然看不懂，但显然是左侧表示"过去"，右边表示"未来"。

控制杆正下方只有一个用贝壳做的大按钮。俊夫盯着它看了一会儿后，将视线转向了云母板右侧。

这侧的黑框是纵向的，里面没有数字。上面约有五分之一是红色，剩下的是灰色。这肯定是燃料表……燃料还剩下五分之四。

虽然不知道燃料是什么，但就算老师送走启子之前刚刚补充过燃料，跨越十八年只需要用到燃料的五分之一，所以剩下的燃料至少还可以穿越七十年左右的时间。

俊夫的视线落回到左边的仪表上。00029……二十九年。他把下面的控制杆扳到左边。

二十九年前……一九四三年……昭和九年……是伊泽老师来日本的第二年。

俊夫看着眼前这个贝壳制的大按钮，它在灯光下闪烁着彩色的光。

俊夫转过头瞥了一眼机器的入口。他站起来，走到台阶上弯着腰，把门打开了一条细缝。

从门缝里只能看见躺在沙发上的启子的头，她好像已经睡着了。她和俊夫一样，昨天晚上基本没睡。

俊夫关上门，回到了仪表前。他心想，启子应该还得再睡个二三十分钟吧。而且从启子的经历可以看出，这个机器穿越时空完全不需要花费时间。

盯着贝壳按钮的俊夫呼吸逐渐急促起来，他缓缓把右手伸向贝壳按钮。虽然手一直在颤抖，但他一刻也没有停下。

按下贝壳按钮的瞬间，云母板下方忽然啪地亮了起来。十厘米宽的云母板出现了高约五毫米的光柱，逐渐升到一厘米、一点五厘米……

光柱每过一秒就会升高五毫米,同时还伴有二百赫兹左右轻微的"啵啵"声。有时还会突然高八度,发出"哔"的一声。但俊夫已经顾不上计算它间隔的时间了。

俊夫突然站起来走到门口,轻轻一推,门就开了。他盯着沙发看了几秒,然后又回头看向云母板。光柱升到了六十厘米左右。

没过多久,光柱的高度又变成七十厘米、八十厘米。俊夫又看了一眼沙发的方向,就把门关上了。

他弯着腰在门边蹲了三十秒左右,光柱已经升到了整个云母板的四分之三。

突然响起"叮"的一声尖响,云母板上亮起一道红光,紧接着又是一道白光。光柱距离顶端只剩三十厘米了。

俊夫伸手去推门,但这次不管怎么推都打不开了。

俊夫把双脚放进坑里,坐了下来。

云母板的光柱马上就要升到顶端。

负三十一

0

俊夫已经做好准备去迎接穿越时空那一瞬间的冲击。

伊泽启子对此没有任何说明,但那肯定是因为她穿越过来后紧接着就遇到了成年的俊夫,这个突发事件的冲击让她把这件事忘得一干二净。就算是在空间中上下运行的电梯,停下来的时候也会让人有种不适感,更何况是这个在时间中穿梭的纯金属物体,待在里面的人势必会受到相应的影响。

不过令俊夫感到困惑的是,时间机器究竟是会像汽车一样往前走,还是会像火箭一样往上飞?他搞不清前进的方向,身体也就没办法做出合适的准备姿势。

没办法,他只能盯着云母板,双腿使劲踩在坑里。他此刻的心情,就和在京桥听到二百五十千克的炸弹从天上落下来的声音时一模一样。

光柱到达最顶端的瞬间，云母板上的光全都消失了，同时，俊夫感觉自己的身体好像飘在空中。紧接着下一秒，他就受到一阵猛烈的冲击。

那冲击基本都落在他的屁股上，从未经历过军队生活的俊夫第一次体验到了水兵被海军的"精神棍"抽打屁股时的痛苦。

"唔……"

俊夫用双手支撑着身体，很久都没站起来。

原来如此，他忍着疼想。男性的臀部可不像女性那样丰满，启子当时受到的冲击肯定没有自己强烈。

他揉着腰从座位里站起来的时候，机器的门"咔嗒"一声，自动打开了。

门外什么也看不见，俊夫急忙走到门边上下张望了一番，才勉强看出天空和地面。机器停在一片原野中央。

俊夫感到十分奇怪。伊泽老师应该是在昭和八年来这里定居的，既然如此，那为什么昭和九年的这里没有研究室呢？

他双手扶着机器的墙壁，小心翼翼地把头探出去。这里有田野和树林，稍远处还有几户人家。至少能够确定现在不是冰河期了。

俊夫抽动着鼻子，田野的气息扑面而来。对日本人来说，没有什么能比这种气息更令人怀念和安心的了。俊夫把汗涔涔的手从墙壁上拿开，走下了机器。

周围连个人影也没有。俊夫吸了好几口清新的空气，然后朝有人住的方向走去。

路上他回头看了看，那灰绿色的时间机器夹杂在周围的树木与草丛中，一点儿都不惹人注目。在这一点上也能看出机器制造者准备得十分周全。

田野尽头竖着一根电线杆，俊夫停下来抬头看这个十分简陋的电线杆。它只是在圆木顶上架了根横木，两边各装了一个绝缘器。这种东西上面经常会写明制造日期，但他却并没有发现自己期待的内容。

约三米宽的道路上有车轧过的痕迹，有三户人家并排在路边，屋檐下都挂着日本国旗。俊夫向最右边那一家走去。

那是一栋十分老旧的农家房屋，拐角处改成了香烟铺。铺子里并排放着四个上面有铝制盖子的大玻璃瓶，里面装着香烟。这东西以前在煎饼店里很常见。瓶子后面坐着一个扎着圆发髻、看起来三十四五岁的女人。

反正有住户，有日本人，这让俊夫的不安感消失了六成。

"那个……"俊夫试着搭话。

"欢迎光临！"圆发髻用字正腔圆的东京话说，"您要什么？"

"哎？那就要和平……不……"俊夫突然反应过来，看了看瓶里，"金蝙蝠。"

"多谢惠顾。"圆发髻从瓶子里取出金蝙蝠牌香烟递了过来。

俊夫正要伸手去掏内兜的时候，慌了神，他突然发现自己没穿外套，那外套盖在启子身上了。

他顿时羞红了脸。

"那个……不好意思，我先不要了。我的钱包放在外套兜里忘记带了。"

"噢呦，那那……没事，您拿着吧。"圆发髻把俊夫放到瓶子旁边的香烟盒子又递了过去。

"啊？"

"钱就等您下次来的时候再给吧。"圆发髻说着，很有礼貌地低头致意。俊夫觉得她发油的香气和母亲年轻时用的那个一样，他还是接过了香烟。

"好，实在不好意思，我之后一定带钱来给您。"

"也就七钱的东西，什么时候给我都行。"

俊夫过了好一阵才反应过来一钱就是一元的百分之一，紧接着他还意识到，货币的价值不同，就意味着货币的种类也不同。为了展示来自昭和三十八年的人的诚意，他本来打算再忍受一次腰痛，取来钱包把烟钱结清的，但目前看来是行不通了。如果拿出一枚昭和三十八年的十元硬币，可能会把老板娘吓晕。

但是俊夫的手已经下意识地拆开烟盒，把银箔纸撕掉了，现在已经不能还回去了。

没办法了。俊夫取出一根烟叼在嘴里，正要从裤子口袋里掏打火机的时候，那七钱的债主已经及时帮他擦了一根钟表牌的火柴。

"您请。"

"谢谢……"

俊夫吸了一口金蝙蝠烟。他记得好像有谁在书里写过以前的金蝙蝠烟味道很不错，现在看来的确如此。

烟盒里装着很多纸制的烟嘴，俊夫想了一下，拿出三个叠在一起，套在了烟上。他手指上沾了一点儿烟盒上的金粉。

"说起来，"俊夫开始说起正事，"今天几号来着？"

"今天是海军纪念日，"老板娘看了看屋檐下的旗杆说，"二十七号。"

"五月是吧？"

"嗯。"老板娘一脸疑惑。

"昭和几年了啊？最近有点儿健忘。"

"哎呀，"老板娘笑着说，"今年是七年啦。"

"七年？不是九年吗？"

"这哪行啊老爷，快清醒点儿。您看，这报纸上不是写得一清二楚嘛！"

老板娘不知道从哪里弄来了一份报纸，俊夫探头去看。

报纸上从右到左写着"昭和七年五月二十七日（星期五）"，下面是一行写着"天皇亲任新阁僚"几个大字。

……任内阁总理大臣兼外务大臣、海军大将正二位一等功勋二级子爵　斋藤实[①]……

斋藤内阁是在"五一五事件"[②]犬养总理被暗杀后组成的新内阁。而且，"五一五事件"好像确实是昭和七年的事……

"是啊，我糊涂了。这么说的话，马上就要开奥运会了啊。"

俊夫为了不被老板娘怀疑，主动挑起了话题。

"嗯，好像是七月三十号开始吧。希望日本取得好成绩啊。"

---

① 斋藤实（1858—1936），日本第 30 任首相。

② 1932 年 5 月 15 日以日本海军少壮派军人为首发起的法西斯政变，此次事件中内阁总理犬养毅被杀。

"没问题的,"俊夫马上接话道,"游泳和三级跳绝对没问题。还有马术,西中尉肯定会拿冠军。"

"哎呀,老爷,您很懂啊。"

"啊,确实有所了解。"

说得太多反而招人怀疑,所以他决定就此打住。

"那我先告辞了,下次肯定带钱来给您。"

虽然撒谎很难为情,但这种场合下如果不这么说就下不来台了。

"真的什么时候给都行,谢谢惠顾!"

俊夫回到时间机器那里,他很记挂启子。反正已经弄明白了机器的使用方法,下次就可以两个人一起进行时间旅行了。

俊夫走进机器后,正想把控制杆扳到未来那边的时候,忽然有些担心。仪表好像有点儿问题,差出来两年。返程的时候能不能准确回到之前的地方呢?回到那间启子所在的昭和三十八年的研究室……

研究室?他突然发现了一个很严重的问题,脸色顿时变得煞白。机器是在研究室的地板上出发的,但来到这里的时候因为没有了研究室,所以直接掉到了地上!自己是因为这个才撞到腰的。

如果就这样回去的话,机器撞上研究室的地板会坏掉的,那可就不只是撞到腰这么简单了。

他走到机器外面试着推了推,机器嵌在红土里纹丝不动。

这怎么办……无论如何,都必须把机器抬到研究室地板的高度……抬到一米左右,不然他就回不去原来的世界了。

他走进机器,四下张望。既然机器制作者准备得很周密,那机器里也许会有应对这种情况的装置。

然而俊夫并没有找到类似的装置,倒是在旁边墙上发现了一个二十厘米见方的布口袋。俊夫想起自己前天晚上就是从那里面拿出笔记本的,于是把手伸进去摸了摸,真的摸到了什么东西。

掏出来一看,竟然是一把纸币,而且都是以前的,也就是昭和初期的。大约有一百张百元纸币,应该是伊泽老师放在里面以备不时之需的吧。

真是帮大忙了……俊夫欢呼雀跃。

他攥着那把钞票,急忙跑到香烟铺。

"那个,这个给您……"

俊夫想到的第一件事就是去还钱。

"哎哟,您可真讲信用……"老板娘接过钱一看那纸币,顿时瞪大了眼睛,"啊呀,这可是一百元……"

"啊,不能用吗?"

"倒也不是不能用,但是拿一百元买七钱的东西……您没有小点儿的零钱吗?"

怪不得,这个时代的一百元可是价值不菲。

"我还真没有。"

"这就有点儿难办了。就算把我家里翻个遍也找不出这么多钱给您啊……那等您有零钱的时候再给我吧,真的没事。"

"那……那好吧,"俊夫打算听老板娘的,"说起来,这一带有工人吗?"

"工人?"

"嗯,我有点儿事想找他们帮忙……"

"有啊。"

"在这附近吗？"

"嗯，我家孩子他爸就是。"

"哦，那……"

"我去给您叫。他就在里面睡觉，昨天晚上在上梁仪式上喝多了，还宿醉着呢……不过，要是有活儿干的话……"

老板娘瞥了一眼还拿在俊夫手里的百元纸币，然后起身朝屋里走去。

俊夫探头往里看刚刚那张报纸还在不在，但是不知道是不是被"孩子他爸"拿到被窝里看了，没找到。不过，他发现装香烟的瓶子旁边塞着一团像是用来裹什么东西的旧报纸。俊夫把它拿出来摊开，读了起来。这是一份昭和七年一月二十九日的早报。

"久等了，老爷，是有什么事情？"

俊夫听到男人的声音，把旧报纸放下。

"啊，就是前面那片空地……能不能请您跟我一起过去看看？"

"哎？没问题！那劳烦您带路……"

包工头果然脸色煞白，看着比老板娘大十多岁的样子。不过他相貌堂堂，很像上代的羽左卫门①。看来，老板娘是少不了操心的。

"今儿刚好有空……"包工头说着走到土间②，穿上草鞋，把一件不知道是什么衣服的后摆塞进裤腰就走了出来。

---

① 第十五代市村羽左卫门，日本歌舞伎演员。
② 在日本的传统民居或仓库的室内空间里，进门处与地面同高的过渡地带。

看到他的侧脸，俊夫有些意外，他总感觉在哪儿见过这张脸，但怎么也想不起来了。

"老爷，您说的地方在哪儿？"包工头催促道。

"啊？哦，在这边。"俊夫走到前面带路。

走了一会儿，俊夫指着机器的方向说："您看，那里有块空地对吧？"

"哦，原来是平林家的地啊。听说平林先生去北海道旅行了……老爷是他的亲戚？"

"嗯，没错。"

这位平林先生出去旅游得可真是时候。

"好家伙，那有一个好大的保险柜啊。"

俊夫顺着包工头的视线一看，发现他说的就是时间机器。

"对，我说的就是那个保险柜。我之前好不容易才把它弄到这里，但是现在实在是无计可施了。"

"啊……"

"我想请您把它架高一点儿？"

"架高？"

"对……要是就这样陷在红土里，我怕它会生锈……"

俊夫说了个略显牵强的理由，观察着对方的脸色。包工头像是很认同这个理由，朴实地说了句"难怪"。

两个人走到机器面前。包工头绕着机器转了一圈，应该是在目测它的尺寸。看他那胸有成竹的样子，把时间机器架高应该是小菜一碟吧。俊夫心中轻松了一些。

"老爷，在下面垫几根圆木头就行了吧。"

"不，还要再高一点儿……三尺①，不对，请您帮我架到四尺左右。"

要是不留点儿余量的话会很危险，架得过高也就是再撞一下腰，不是什么大事。

"啊，要那么高……这有点儿难啊，它看着也太沉了。"

"您一定要帮我啊，费用的话多少钱都可以。"

"这个嘛……"

包工头抱起胳膊，这显然是他为了抬价使出的把戏。

"给您两百，怎么样？"

"啊，两百？"包工头顿时笑开了花，"……既然这样，我想办法试试看。尽快开工，是吧？"

包工头一下子就来了精神，一副生怕被别人抢了这份工作的样子，看来这两百元的价值比俊夫想象的还要高。

"那我去找些年轻人来，"包工头刚要跑走，又回过头说，"老爷，您吃午饭了吗？"

"还没有……"

"那您就上我家吃吧，让我家那口子给您做点儿。"

俊夫刚起床的时候没什么胃口，所以没怎么吃旅馆的早饭，而且现在又有了重回原来世界的盼头，他瞬间食欲大增。

"这附近可是什么都没有，只能先请您凑合吃点儿。"

虽然老板娘这么说，但她端出来的圆鲹鱼干和佃煮②虾虎鱼

---

① 日本的1尺约为30厘米。
② 日本传统烹饪方式，是指在小鱼和贝类的肉、海藻等中加入酱油、调味酱、糖等一起炖的东西。因其调味浓重，能保存很久。

都很好吃。

"这是孩子他爸昨天去藏前的时候顺路在鲋佐店里买的。"

包工头回家后,连饭都没顾上吃,换上工作服就又飞奔出去,临出门前还对着俊夫面前的饭菜舔了舔嘴唇,看样子是老板娘把他的那份拿给俊夫吃了。

俊夫吃完饭后,抽了一根"金蝙蝠",听老板娘发了一通牢骚之后就去了工地现场。已经有一群人聚在那里等着包工头分配任务了。

包工头穿着藏蓝色的劳动围裙和灯芯绒马裤,脚踩胶底布袜,头戴鸭舌帽,身上还披着一件印字的短褂,英姿飒爽。

旁边有四个穿着同样短褂的年轻小伙儿。还有一支戴着手套、绑着护腿的妇女队伍,俊夫想到她们应该就是所谓的"打夯女工"。队伍里还混进了一个路都走不稳的老婆婆,估计是因为着急凑数。

俊夫找了块合适的石头坐下,看包工头他们干活。

一开始,他以为包工头会在机器周围搭脚手架,然后从那里放下绳子把机器拽上来。但包工头并没选择那么原始的办法,而是采用了更符合物理学原理的方法。

他先是让大家在机器旁边挖了个坑,然后将一根长长的木头插进去,接着,在距离机器一米左右的地方垫一块大石头作为支点,把绳子绑在木头翘起来的那边,让打夯女工们往下拽。这是在利用杠杆原理。

机器的一边稍微离地之后,等在那里的小伙子们就迅速把木头插到下面,然后,大家再绕到另一边重复同样的操作。这样一来，机器就抬高了一根木头的高度。

接下来，再转九十度，重复和刚才同样的操作。当然，要把石头的支点也提高一根木头的高度。就这样，机器下面纵横交错地叠着六根一间①长的木头。为了防止木头中途滚落导致前功尽弃，小伙子们用绳子和钉子把关键位置固定住。

打夯女工们竭尽全力的吆喝声和包工头指挥的声音足足回荡了五个小时。中途，大家一起享用了老板娘送来的柏饼。干完活的时候太阳已经落山了。

"大家辛苦了！"俊夫慰劳了工人们几句，把包工头单独叫到一边。

"没把钱包好就这么给您，实在是不好意思。"

说完，他把那两张一百元纸币递过去，包工头立刻就放进了劳动围裙的口袋里。

俊夫随即便后悔自己没有直接把钱交给老板娘。说不定包工头今天晚上又会去享受一番。

目送大家离开以后，俊夫打算立刻乘坐时间机器回去。然而，他发现自己又遇到了麻烦。包工头干劲满满地把机器直接抬高了五尺，但是却没留出让俊夫上去的地方。他应该也不会想到俊夫是想钻进保险柜吧。

有两根垫在下面的木头伸在机器外面，但恰好都在门的另一边，剩下的全都压在机器下面，整个样子就像是个倒放的墨水瓶。机器下面的棱角也已经被磨圆，四周都没有抓手。要是门开着，

---

① 日本传统计量单位，1间约等于1.81米。

或许还可以抓住门边，用拉单杠的要领爬上去，但是自己刚才出来的时候正好把门关上了，门把手又够不到。俊夫实在是想不出什么好办法。

他觉得如果从十米开外的地方助跑过来再起跳的话，或许能够到门把手，于是他立刻开始行动。俊夫先把路上的石头清理掉，用脚步大概量出十米的位置，然后卷起袖子就位。

由于天色昏暗，他在路上总是被绊倒。俊夫助跑了三次，第四次总算比较顺利，跳起来抓到了门把手。但紧接着下一秒，他的额头就撞到门板，整个人摔在了地上，过了五分钟都没能起身。

他站起来的时候就暗下决心：事已至此，还得再去找包工头帮忙了。

香烟瓶前，老板娘不在，倒是有一个跟包工头长得很像的小男孩在玩铁皮小汽车。

"你爸爸在家吗？"

俊夫上前搭话，把小男孩吓了一跳，他抬起头，撒腿就往里跑，跑到一半又回来抱上他的玩具车，瞪了俊夫一眼之后跑走了。

"哎哟，老爷，刚才可太谢谢您了……"没多久，老板娘就边用围裙下摆擦着手边走了出来，"您给了那么多……那又不是什么重活儿。"

老板娘跪在榻榻米上不停地磕头。看来包工头确实把钱上交给了老板娘，俊夫这才放下心来。

"老爷，快请进。我现在去买点儿啤酒。"

"不用买啦。当家的在家吗？"

"当……啊,我家那口子刚出门。孩子他爸总是那副样子,每次稍微有点儿钱就……真让人发愁。我估计他现在应该就在车站前面的葫芦酒馆里,我去把他叫回来。"

老板娘准备脱围裙出门。

"……不用,对了老板娘,那个什么,"俊夫走到房间入口,拦住了她,"您不用叫他,我就是想问问家里有梯子吗?"

"梯子?"

"嗯,没有的话,脚凳也行。"

"这两样都有……您是要用吗?"

"嗯,想借一下。"

"都在后面放着呢。"

站在门口的老板娘走到外面给俊夫带路。她估计是觉得能拿出两百元的人不会拿梯子去当小偷吧。

俊夫决定借脚凳,因为它的高度刚刚好。

"那我借用一下。"俊夫扛着脚凳又补充道,"要是用完太晚了,我就把它放在外面。"

机器所在的那片空地也确实是外面。

脚凳跟机器的高度很匹配,就像是给道格拉斯飞机量身定做的舷梯一样。

俊夫踩着脚凳,终于上了"飞机"。

他打开灯,把控制杆扳到右侧。接着,他正要伸手去按出发按钮,却又停了下来。

俊夫走下时间机器。他没有关门,借着透出来的光在周围搜寻起来。地上的垃圾都被堆在一个地方,他把之前包柏饼的旧报纸捡起来后回到机器里,将这个作为纪念品。

他把旧报纸塞到墙上的口袋,这一次毫不犹豫地按下了贝壳按钮。

云母板的光柱升得很慢,让人着急。俊夫在心里默数起了一、二……

数到第十七个数的时候,背后传来一声大喊:"喂!"俊夫吓了一跳转过身去。

"啊……"

只见机器门已经被打开了,门边站着一个蓄着胡须的男人。他穿着黑色立领制服,戴着像车站站长一样的帽子……

"你在这儿干什么呢?"

佩刀发出一声脆响——他是警察。

俊夫环顾四周,没找到看起来像中止按钮的东西。

"我不是什么可疑的人,只是在这里稍微……休息一下。"

必须赶紧想办法把他支走,机器再有一分钟就要启动了。

"什么?休息?你不会是个叫花子吧?"

叫花子……好古早的词,说的是流浪汉。

"行了,你跟我过来。"警察抓住俊夫的胳膊。

"等……等一下!"

俊夫的衬衫被"刺啦刺啦"地扯烂了。

"快出来!"

两个人扭打在一起。那警察的力气很大,虽然俊夫也不差,但对方应该是个柔道高手,而且在这么狭小的机器内部格斗,个头小的警察打起来更有优势。

"啊！"俊夫的胳膊被反拧到后面，惨叫起来。

"赶紧的，出去！"警察把俊夫往外推，但俊夫在门口拼命地挣扎。

俊夫拧身回头一看，云母板的光柱已经升到一半多，马上就到红线了。

"您弄错了，我……不行！快让我进去，喂！"

俊夫的身体还是被推到了门外，脚下的脚凳突然歪到了一边。

"啊！"

"啊！"

俊夫一下子摔到地上。他赶紧跳起来往上看，发现警察站在机器的入口处，正一脸震惊地看着下面。

脚凳呢？……脚凳就倒在脚边。俊夫一点点挪过去想把它扶起来，结果就在这时，传来"咔嚓"一声，周围就一下子淹没在黑暗之中。

俊夫抬头一看，机器的门已经关上了。

"喂！"俊夫用尽全身力气喊道，"喂，不要，不要啊！"

但到底是不要什么，他自己也不知道。

俊夫发疯般扶起脚凳爬了上去。

"开门，开门！"

俊夫不停地用力拍打机器的门。

最后，他的手打了个空。

机器消失了。

1

拥有五百万人口，面积一亿六千七百二十六万坪的"大东京市"诞生于昭和七年十月一日。

以"光耀日本，发展东京"为口号，原本二百万人口的东京旧市区将荏原、丰多摩、南葛饰等五郡八十二町村吸纳进来，从十五个区扩张到三十五个区，成为人口仅次于纽约的世界第二大城市。首任市长是由旧市制时期继续留任的永田青岚，也就是永田秀次郎[①]。

这位青岚市长因在广播中大肆吹嘘而闻名，堪称永田喇叭[②]的鼻祖。他曾夸下海口，声称"不久之后的东京就会成为世界第一的大都市"。姑且不论将来如何，对于当时屡次因贪污丑闻而令民众大失所望的东京市议会来说，"大东京市制"可谓起死回生的好法子。

因为新市制度的实施，新市区的政府办事处更换牌匾，土木工程商行贿对象的头衔也从町议会议员换成了新市议会议员。不过市政当局丝毫不在意自己是否有把原本的乡间田地一夜之间建设成繁华街市的义务。

在昭和七年九月二十八日的《朝日画报》上，刊登了这样一条关于新市区域之一的世田谷区的介绍性报道：

---

① 永田秀次郎（1876—1943），当时的东京市长，日本政治家、随笔家，笔名永田青岚。
② 指日本电影制片人、编剧永田雅一，外号"永田喇叭"。

这里有原野，有耕地，也有田地和树林，既然现在已经变成市区，自然也会有住户和街道，但眼下还只是一些零零散散的城镇，沿着长长的电车线路分布着。

该区是把玉川、松泽两村与驹泽、世田谷两町合并而成的，拥有11734698坪的庞大面积。其中唯一具有町的规模的只有以玉川电车线路为中心的世田谷町，其他都是以小田急线、京王电车线、目蒲电铁二子玉川大井町线各站为中心形成的新市区和新住宅。

根据这些郊区电车（现市区电车）公司的描述，这里"地势高且清静，风景优美，交通便利"。和拥挤的旧市区相比，附近的田园风光确实风景更优美。另外，从车站附近仍有空地这一点来看，交通也确实便利。只是——

总体来说，世田谷区目前还是一个以田园为主、城市为辅的田园都市！这个"田园都市"的称号简直跟世田谷区完全契合。因此，除世田谷町的原住民之外，居住在这个区的人肯定都品尝到了田园生活的喜乐与忧愁。

总而言之，这个区与通常市区的概念相差甚远，所以住在这个区的太太们要想忘记以往总是挂在嘴边的"东京购物近在咫尺"这句话，恐怕还需要一段时间吧。

被时间机器抛下的滨田俊夫于昭和七年五月二十八日的早上，在即将成为世田谷区的东京市外世田谷町的一个香烟铺内厅里醒来。

隔壁房间的挂钟正在敲响,他是被那声音吵醒的。想来,在他醒过来之前,挂钟应该已经响了好几声,但依旧响个不停。估计现在已经是十点或者十一点了,俊夫昨天晚上来这里借宿的时间大概是十二点,所以他睡了十多个小时。在这么硌的被褥上还能睡这么熟,俊夫都很佩服自己。不过,他之所以感觉到腰酸背痛,也不仅仅是因为包工头家的被子薄,还因为已经睡惯了海绵床垫,另外,应该也有他从时间机器里摔下来的时候撞到了后背的原因。

突然,纸隔门外面传来了破锣一样的声音。

"昭和,昭和,昭和的孩子啊,我们……"

这调子恐怕作曲者听到都想自杀。这刺耳的声音肯定是昨天晚上在店门口遇到的那个小男孩发出的。

就在此时,老板娘压过小男孩"绝美的歌喉"喊道:"你安静点儿!老爷还在睡觉呢!"

俊夫盯着天花板,用不输这两个人的声音大喊:"啊,我已经起来了!"

"哎呀,老爷,真不好意思,把您给吵醒了。"老板娘的声音越来越洪亮,"来,给你一钱,拿着玩去吧……老爷,您很累吧?先别急着起床,再睡一会儿。"

老板娘和小男孩的脚步声越来越远。

从老板娘的口气来看,现在可能才八九点。不过俊夫也不打算看枕边的手表,反正眼下没有什么要急着起身去做的事。

时间机器从俊夫眼前消失是在昨天晚上十点左右。被时间机器丢下意味着什么，他早在之前和警察扭打成一团的时候，还有不停拍机器门的时候就想过很多遍，了然于心。因此，当这件事情真正发生的时候，他的大脑完全停止了运转。然后，在经过几分钟——或者可能是几十分钟——的空白后浮现在他脑海里的是，既然得在这个世界永远生活下去，那就要想办法过得更好一些。

现在他还有一些钱，可以先凑合过一段时间，但也得赶紧找份工作。自己在弱电领域的知识领先这个世界的同行三十年，所以找这方面的工作应该很容易。不，与其那样，不如慢慢用自己的知识，一项项申请专利，估计光靠这个就能过上相当不错的生活了。

至于住处，这附近就不错。包工头夫妻人很好，有什么事可以找他们商量。租下这块空地，再盖个房子……

不，那样不行，俊夫想。因为伊泽老师很快就要住到这里了。

对了，俊夫突然意识到了什么，他的大脑一下子活跃起来。伊泽老师会在昭和八年，也就是明年来到这里。老师会从未来世界乘坐时间机器来到这里……所以只要再过一年，时间机器就会来这里了！

俊夫在心中高呼万岁，差点儿摔到地上——他刚刚一直是坐在脚凳上思考的。

只要再等一年就行。老师来了之后，就可以求他让自己用一下机器，也可以偷偷借用……总之无论如何自己都能回到原来的世界了。

对于昭和七年的人来说，昭和八年是一年后的未来，但对于俊夫来说，伊泽老师明年来这里是过去的事实，一定会发生。根据那个本子上的描述，老师应该会在明年八月左右来。俊夫决定等机器一到就尽快乘坐，先借用它回到昭和三十八年，再让机器自己回来就行。

不过，仔细一想，机器是以年为单位的。如果八月份出发的话，回去的时候就是昭和三十八年的八月，就和离开的时候差出了三个月。

所以还不如待两年，等到昭和九年的五月二十七日，在机器刚从及川家圆顶研究室出发的那一刻启动。到时候只要把刻度调到二十九年后，启子就应该还在沙发上睡着，可能根本不知道自己经历了时间旅行。

比起这个，还有个更好的办法，就是提前一天，在二十六号返回原来的世界，然后马上去公司，把自己昨天十分介怀的缺勤补上……

但是等等！俊夫控制住有点儿得意忘形的自己。出发的日期倒是好说，但是时间机器本身好像有问题。那时候，机器真能准确把自己送到昭和三十八年吗？

毕竟来这里的时候，机器就已经出现了两年的偏差。自己原本要去的是昭和九年，结果却来到了昭和七年。本来应该是 −29，结果却变成了 −31。那台机器的刻度是不准的。

但是也不能就此断定是时间机器出了问题。伊泽老师送走启子的时候，肯定亲自校对过刻度，给俊夫留下遗言说一九六三年五月二十五日之后，机器也确实如他所说，准时出现了。因此至少那时候机器还没什么问题。那为什么在俊夫用的时候，就产生了两年的偏差呢？机器是在二十五日载着启子抵达的，而俊夫出发是在二十七日，机器总不会在这短短两天里突然坏了吧。

如果这样的话，是不是自己把刻度调节的方法搞错了？那时候，俊夫是根据笔记本推测的数字调节了刻度。但是，那些数字真的都和俊夫猜测的一样吗？

俊夫觉得 2 这个数字肯定没问题，那绝对不可能是 3。虽然这个很可疑，但后面的数字 9 好像更有问题。那时，俊夫下意识地认为老师调到了 8 那个数字，接下来的一定就是 9。但是现在回想起来，那个字好像确实和笔记本上写的数字 9 不太一样，这可能并不是因为手写体和印刷体的区别。8 的下一个数字和 10 的上一个数字不一样，这究竟是怎么回事？

对，是有什么地方搞错了……

俊夫突然意识到老师是从一个文明完全不同的世界来的。

在我们的世界里，计算都是以 10 为单位，也就是所谓的十进制；但十进制并不是什么唯一不可替代的方法，也许在未来的文明社会，用的是十进制之外的计算方法。

那些数字用的不是十进制！

俊夫十分确定。正因如此，比 8 大一个的数字才会跟比 10 小一个的数字不同。

而且可以确定的是，那是在十一进制到十七进制之间的某一种。这是从伊泽老师调到的 18 这个数字推理出来的。那个数字是两位数，如果用是十九以上的进制，应该只需要一位数字来表示 18。另外，如果是九进制或者十八进制，个位上的数字就应该是 0，而俊夫从最开始就清楚地知道那数字很显然不是 0。又因为可以确定十位的数字是 1，所以也不可能是八以下的进制。

俊夫打算从十一进制开始一个个试，看看用它来表示 18 和 31 的时候，是不是满足各种条件。

十一进制是行不通的。如果是十一进制的话，18 应该表示为"11×1+7"，31 应表示为"11×2+9"。发现 31 变成 29 的时候，俊夫先是激动了一下，但后来发现还是不对。俊夫当时只调了一次那个位置上的数字，不可能让它一下子从 7 变成 9。

不过紧接着，俊夫用十二进制尝试计算的时候，又差点儿从脚凳上掉下来。按十二进制算，一切就都能说得通了。

用十二进制的话，俊夫调整之前的刻度，也就是表示 18 的那个数字，应该是 00016（12×1+6=18）。俊夫把十位的数字加 1 变成了 2，又把个位的 6 当成了 8，调成了本以为是 9 的 7。俊夫想调成 29，结果错误地调成了 00027（12×2+7），也就是 31。

机器把俊夫准确地从昭和三十八年送到了三十一年前的昭和七年。机器并没有出问题，只是俊夫把十二进制的数字当成了十进制，这才弄错了。

如此一来就都清楚了，也可以理解为什么伊泽老师在送走启子的时候，选择了十八这个有零有整的数字了。是因为在十二进制里，十八是十二的一点五倍，也就相当于我们十进制中十五、二十五这种规整的数字。

可是未来世界为什么不用十进制，而要用十二进制呢？

俊夫想起自己还在读工科的时候，从一位喜欢数学的朋友那里听过的话。

古巴比伦人早在公元前两千年就已经掌握了平方根、立方根之类的高级数学运算，而他们在计算中用的是六十进制。因为 60

有很多个因数，它可以被2、3、4、5、6、10、12、15、20、30中的任意一个数字整除。

十二进制可以说是这种六十进制的精简版本。12可以被2、3、4、6这四个数整除。然而十进制中的10只能被2和5整除。

现在我们在时间上使用的就是十二进制。我们把一天分成昼夜各12个小时，又把白天的12个小时分成上午和下午各6个小时。而这6个小时既能分成2个3小时，也能分成3个2小时，还能分成4个1.5小时。另外，1小时也沿用古巴比伦的方式分成60分钟，这也有许多等分的方式。比起把上午下午各分成5个小时，1个小时分成100分钟，现在这样方便多了。

此外，源于古巴比伦人的十二进制计数法，现在依然应用于"12个为1打"的计算、12英寸为1英尺[①]的英制度量法，还在角度度数等方面留下了十分深刻的影响。特别是在表示角度的时候，人们总是希望底数能被更多数字整除。

现在应用最广泛的十进制起源于印度，经过中东，最终作为阿拉伯数字传入欧洲。但在最初，十进制源于人类双手手指的数量，其实是一种原始的想法。

因此，就算未来的、与我们截然不同的先进文明世界使用十二进制，也是理所当然的。

而机器所使用的飞行时间单位和我们世界的一年相同，这也是合情合理的吧。虽然伊泽老师所在的未来世界是在几万年以后，但地球公转和自转周期应该不会变，肯定依旧会作为时间的计量

---

① 1英寸约为2.5厘米，1英尺约为0.3米。

单位。由一个太阳年和一个历法年的差异所产生的闰日，要么也和我们一致，要么就是用了什么类似的方法，应该在机器内部进行了设置。但是，有一点令俊夫有些担心——如果用他们的历法回溯到我们现在的世界的话，闰年的位置可能会有所不同，所以某些情况下可能会产生一天左右的误差。

不过好在眼前的问题已经全部解决了。俊夫走下脚凳，把它扛起来，步伐十分轻快地走了出去。

上一次听到《昭和之子》的歌声时，俊夫已经醒了，所以没怎么被吓到，但是小男孩第二次高唱的时候，他睡得正香。

"饿啦，饿啦，肚子饿啦！"

俊夫从睡梦中惊醒，吓得跳了起来。小男孩的声音把地都震得咚咚响。

不过他闻到房间里弥漫的煮鱿鱼的香气后，很快反应过来这并不是空袭，也不是火灾，只是小男孩想开饭的示威。

俊夫赶在老板娘训斥小男孩之前起了床。他站在被子上，脱下了那件印着巴纹图案，在祭典时穿的浴衣。他身上还是很疼，而且仔细一想，自己从昨天午饭之后就只吃了两个柏饼。

他的衬衫和裤子整齐地叠放在枕边，衬衫开线的地方已经被缝好了，沾了泥巴的地方也已经洗干净了。这就是两百元的力量啊。

穿戴整齐后，俊夫戴上那块指针正指着十二点十分的自动机械表，拉开了隔门。

正在用筷子敲着碗，焦急地等待鱿鱼到来的小男孩，一看到俊夫就立马收声陷入沉默。

"嗨,小家伙。"俊夫说。

小男孩眨了眨眼睛。他并没有像昨天晚上那样逃走,看来多少对俊夫放下了一点儿戒心。

这时,拿毛巾包着头的老板娘从厨房探出头来。

"他这么吵,您没睡好吧?我在水井边上给您放了牙膏牙刷……"然后老板娘转向小男孩说,"小祖宗你洗手了吗?"

怪不得,原来在这个家里,小男孩的地位比包工头还高。

"洗啦!"小祖宗把右手在围裙上蹭了蹭,放到鼻子底下闻了闻。

俊夫穿过昏暗的厨房,穿上红色带子的女式拖鞋,来到了水井旁边。

水泵旁放着印着楠木正成①铜像的软管牙膏和一支牙刷,两个都是新的。

俊夫把搪瓷洗脸盆放到裹着泛黄过滤布的水龙头下面,一压水泵,水就一下子涌了出来。俊夫拿起旁边的黄铜水杯接了点儿灌进喉咙。这井水比饮水机里的水还要凉,他一口气喝了三杯。

俊夫体验着不含氟和添加剂的纯粹牙膏,同时打量起周围。包工头家的后面是一片田地。看来,旁边两家也都是农民,似乎都下地干活去了,院里静悄悄的。两家的院子里都开着杜鹃花,散养着鸡。

俊夫看到在田地左手边,靠近车站的地方有两栋连他都觉得

---

① 日本镰仓幕府末期到南北朝时期的著名武将。

十分现代化的住宅,旁边还有一栋只有骨架的房子,房顶上坐着一个木匠。他手里正在忙活着什么,但那专注的样子不像是在做工,而是像在吃饭,配菜要么是腌鲑鱼,要么是鳕鱼子……

俊夫直接从水泵口接水洗了把脸,用印着"东京市复兴典礼"的毛巾把脸擦干后,回到了茶室。

小祖宗早就风卷残云地吃完了饭,现在已经不见人影了。盘子里剩了点儿墨鱼的残骸,饭桌和榻榻米上到处都是米粒。

老板娘正忙着把米粒捡到自己嘴里。

"快来,老爷,您坐这儿!"她把长火盆旁边的坐垫翻了个面,又接着捡饭粒了。

为了摆出与那两百元相称的威势,俊夫默不作声地坐到垫子上读起了报纸,打算等老板娘忙活完。

报纸的社会版面正好朝上。一看到上面那个身穿和服的老人的照片,俊夫立刻就认出那是自己上小学时挂在教室里的人物。

"老板娘,东乡元帅[①]是……"

俊夫本想问"什么时候死的来着",不过话到嘴边又赶忙咽回去了。生活在昭和七年的老板娘怎么会知道这个呢。

"啊?"老板娘边把最后一粒米塞进嘴里,边转过头问,"那上面有东乡元帅?"

老板娘平时好像不怎么看报纸。

"你脸上沾饭粒了。"俊夫提醒了一句后,边给老板娘读新闻边解释道,"昨天是海军纪念日,在番町的东乡元帅府前,小学生

---

① 东乡平八郎(1848—1934),日本海军将领,海军元帅。

和新娘学校①的学生们都在高呼万岁。"

"昨天在东京有个军乐队游行，肯定很热闹吧。以前我们在厩桥住的时候，总是到大街上看热闹。啊，老爷，您快吃饭吧。"

老板娘终于拿起俊夫面前的碗，给他盛了米饭。

怪不得，俊夫想。包工头夫妇的气质怎么看也不像是乡下人，他们果然以前在下町②住过。这么说起来，老板娘的肤色比较黑，可能是以前做过接客生意，白粉抹多了。

"老爷您昨天累坏了吧。对了，说起来那个保险柜最后怎么着了？今天早上没见着……"

早知道就不提起昨天是海军纪念日这回事了，俊夫后悔地想。他夹起一个墨鱼足送进嘴里，边嚼边思考该如何回答。

"那个我昨天夜里运走了。"

"啊？怎么那么快就又……"

"嗯，计划有点儿变化。"

其实不是有点儿，而是有很大的变化。

"用货车运的吗？"

"哎？……啊对，用卡车……"

"应该是十点多那会儿吧？您借了脚凳之后没多久，我就听见您大声喊了什么……"

---

① 新娘学校是日本战争时期的一种特殊教育机构，主要是为了培养女性，特别是未婚女性，成为适合结婚和承担家庭责任的"理想妻子"。在战争时期，政府和社会倡导女性承担更传统的家庭角色，这些学校会教授一些关于家务、礼仪、烹饪等方面的技能，以便学生能更好地适应结婚后的生活。
② 城市中平民共同生活的区域。

"呃……嗯。"

"不过,那个可是好不容易才搭好的台子,可惜了。"

"嗯。不过多亏了那个台子,才能不怎么费劲就把它装上车,所以还是帮了很大的忙。"

"是吗,那真是太好了……您给了我们那么多钱,要是活儿都白干了,我们心里实在是过意不去。"

"不,哪会呢……"

"真的,可是收了您足足一百五十元呢。"

"什么?"

"孩子他爸今天一大早就拿着十块钱跑去中山赌马了。"

"啊……"

包工头昨天晚上能乖乖把钱拿回家还是很好的,但这一百五十元是什么情况?

一开始,俊夫还以为是他给打夯老婶们付了五十元,自己的实际收入是一百五十元,但是听老板娘的口气,好像并非如此。

包工头肯定是打马虎眼偷偷藏了五十元私房钱。他是拿了六十元去赌马。

"老板娘,"俊夫问,"包工头经常去赌马吗?"

"嗯,经常去……不过,我觉得那总比找女人什么的强一点儿……"

"……"

老板娘坐直身子,开始了她拿手的发牢骚。

"老爷,您听我说,前一阵……"

然而,就在这时,外面传来的一个声音拯救了俊夫。

"我回来了!"

那不是包工头的声音。俊夫看着老板娘。

"是我家老大。"

老板娘正说着,只见香烟铺那边走进来一个背着书包、穿着金扣制服的少年。

少年一看到俊夫,立刻把手放在榻榻米上礼貌地行了个礼。他背后的书包倾斜了九十多度,里面的赛璐珞铅笔盒咔啦咔啦直响。他肯定也听说了两百元的事。

"小隆,来,快吃饭!"

小隆把书包放在门边,坐到了饭桌前。

"小隆读几年级了?"俊夫点上一支金蝙蝠烟问道。

"普通小学[①]四年级。"

小隆用文艺汇演时的那种腔调回答。"小祖宗"长得像包工头,而这位小隆吊着的丹凤眼和老板娘的一模一样。

"哦,看你长得这么高,我还以为得五年级了。"

"这孩子学习也很好,"刚给小隆盛完饭的老板娘插嘴说,"……也很擅长画画,前一阵还代表日本给外国……叫什么来着?"

"是法国啊,妈妈。"

"对对,画了一幅画送给法国。"

"是吗?那可真是了不起。"

"画的是飞机从富士山上飞过,就连司机的脸都画得一清二楚。"

"那是飞行员,妈妈。"

[①] 日本明治时期根据1886年《小学校令》建立的初等普通教育机构,前身为下等小学(1881年—1886年4月称小学校初等科)。

"是吗……管它呢。这孩子对飞机什么的门儿清……墨鱼还有呢，多吃点儿！要补充营养才行……老爷您也是，再多……"

"不了，已经吃饱了……多谢款待。"

俊夫已经吃了三碗，感觉之后一年都不会再想吃墨鱼了。

"这样啊。招待不周。晚上我去买点儿啤酒……"

小隆先是默默地吃了一会儿，然后突然像是想起什么似的，看着老板娘说："妈妈，听说派出所的巡警不见了……"

"巡警怎么会不见了？"正在用小祖宗的小碗往嘴里扒饭的老板娘停下筷子，诧异地看着小隆。

"听说今天一大早人就不见了……大家都在找呢！"

"啊，不会是被什么人绑架了吧？这世道可真是越来越乱了啊。"老板娘在等着俊夫认可自己的观点。

"啊，说的是啊。"俊夫环顾整个房间，想看看换个什么话题。

衣柜上面摆放着军舰、飞机和帝国大厦的模型。

"那些军舰什么的是？"俊夫指着那些模型问。

"那个啊，那是小隆做的。"

"哦？做得很好啊。"

"那是用书的赠品拼成的。"

怪不得。要是自己研究出来的，那可就太牛了。这个时代的孩子们不是玩塑料模型，而是在做这些啊。

"那个巡警可是个好人……不会被人杀了吧。"

"我也不知道啊，妈妈。"

俊夫起身走到衣柜前。

"嗯，我知道了！"俊夫仔细端详着那个用硬纸板做的军舰，像是发现了新大陆一样叫了起来,"这是参加了日本海海战①的三笠号。"

这些都在底座上印得一清二楚。

"嗯……我吃饱了。"俊夫的战略奏效了,吃完饭的小隆站起身走了过来,"您看,这里还有弹孔呢,和实物一模一样。"

"还真是,做得太细致了。这个是帝国大厦,这个飞机是……"

这次飞机底座上没印名字,虽然看着像九三式重型轰炸机,但并不是,这架飞机全身都涂着迷彩色。

"是爱国号。"小隆说。

"对对,爱国一号机对吧?"少年时代十分喜欢飞机的俊夫终于想起来了。

这是一架由民间捐款制造完成的陆军飞机,也因此得名"爱国号",寓意和海军的"报国号"差不多。不过,这架爱国一号机并不是国产机,而是瑞典生产的容克斯K37型飞机。三菱通过与容克斯公司开展技术合作,才在昭和八年实现了这个机型的国产化,变为九三式双发轻型轰炸机。后来三菱在此基础上加以改进,将它升级为九三式重型轰炸机。

"原来如此。"

俊夫确认了旋转机枪座上确实装着机枪之后,又把目光转移到帝国大厦模型的底座。

"啊,"他喃喃自语,"原来是《少年俱乐部》,真怀念啊。"

"叔叔也看过?"

---

① 即1905年的对马海战。

"嗯，小时候看过。"

俊夫看那本杂志的时候，太平洋战争刚刚开始。那时的杂志受到纸张管制影响，已经没有这样的赠品了。

"那样的话，"小隆说，"就是《少年俱乐部》刚发行的时候吧。"

"……嗯，对。"

俊夫心有余悸。在昭和七年的世界，不管是谁都会认为三十多岁的俊夫的少年时代是在大正初年。幸亏那时候就有这本杂志了，想到这俊夫才松了一口气。

"小隆。"

听见收拾餐桌的老板娘喊他，俊夫有些惊慌失措，以为他们又要说巡警的事，但好在并没有提。

"给老爷看看你的画吧？"

之后的三十分钟，俊夫是在小隆的房间度过的。

八叠①的房间中，里面的四叠半似乎是小隆和小祖宗共用的。墙纸和隔门的下半部分全是小祖宗的涂鸦和手指戳的坑。

小隆的作品则用钉子钉在墙的上半部分。有五幅画的边角上都用红色笔写着"甲"或"甲上"，上面画的都是军舰和飞机，不仅画风很写实，看得出在创作时也经过了相当准确的考证，连军舰旗上都画了十六根条纹。

"你可真厉害！"俊夫说着，环顾了一圈，问，"你的书在哪儿？"

无论是窗边的小桌子上，还是房间的其他地方，都没看到书的踪迹。

---

① 日本房屋面积的计量单位，1叠约等于1.62平方米。

这时，小隆默默地拉开了旁边宽约半间的壁橱门。

壁橱下层胡乱堆着小汽车、破了皮的鼓和各种玩具。与此相反，上层的东西则收拾得井井有条，一尘不染的杂志和书籍被摆放在橘子箱改造成的书箱里。原来如此，放在这里不用担心会被小祖宗弄乱。

这个房间除了桌子，好像所有东西都是下半部分属于小祖宗，上半部分属于小隆。

"我能看看吗？我会小心不弄脏的。"

俊夫请示过之后，从小隆的珍藏品中抽出最新一期的《少年俱乐部》六月刊。

杂志封面上用红字从右往左写着"少年俱乐部"，下面还写着"我们的空军号"。封面上画的是一架飞机。

"这架飞机，是……"

见俊夫又在绞尽脑汁想，小隆说："是九一式战斗机。和实物比挡风板小了一点儿，机身又太粗了。斋藤五百枝不擅长画飞机，还是桦岛和御水画得更好。"

确实如此。俊夫也知道九一式战斗机，但画成这样也难怪自己认不出来。

昭和二年，陆军就命令中岛、三菱、川崎三家公司竞标开发国产战斗机，中岛制造的这种九一式战斗机在昭和六年验收合格，中岛从法国请来工程师马里和其助理罗班来负责基础设计。这种战斗机还配备了四百五十马力的木星气冷式发动机，最高时速可达三百公里，是当时最先进的战斗机。

"是啊，"俊夫回想起自己小时候，"桦岛胜一和铃木御水确实画得很好。"

俊夫这才意识到贴在墙上的画都是小隆模仿了这两位画家画风的作品。军舰下方类似丝瓜络的东西应该就是在模仿桦岛式的海浪。

小隆发现了和自己兴趣相投的人,眼睛一下子就亮了。

"嗯,那本书里就有。《吼叫密林》的插图是御水画的,《亚细亚的曙光》的是桦岛画的。"

"是吗?让我看看。"

俊夫拿着书盘腿坐到窗边。

小隆坐在书桌前,从书包里掏出书和本。

"你要学习了吗?"

俊夫看他的书像是算术课本。

"嗯,要写作业……"

刚从学校回来就开始写作业,真懂事啊。俊夫本来想帮帮他,结果发现根本没这个必要。

小隆一边看课本上的题,一边用铅笔在本上唰唰写了起来,直到有一只不知道从哪儿飞过来的苍蝇落在他鼻尖上,他才停下手里的活儿。怪不得是老板娘的骄傲。

俊夫翻开杂志封面。里面印着"井上通信英语讲义录"的广告。"十元二十钱即可得此最佳设备"的文字旁,画着唱片和手摇留声机的图。

他发现自己不小心把这页折了个角,赶紧合上封面,把折痕压平。好在小隆正忙着伸手抓苍蝇。

俊夫这回把杂志大致浏览了一遍。他被一张地球的图画吸引了注意力，于是翻到那一页。

那页是热血武侠小说《亚细亚的曙光》，作者是山中峰太郎，插画由桦岛胜一绘制。在进正文前有一段作者的介绍。

  吾日东剑侠本乡义昭已于怪盗手中夺回祖国重要机密文件。追随本乡者为印度少年王子路易卡尔及其黑人仆从孟加拉，一行共计三人。三人俱蒙面，着绿色外套，与怪盗同样装扮。登"恐怖铁塔"之顶，所到之处高高泊有一艘硬式飞船，三人俱跃入飞船舷窗。远处地面十三名怪盗束手无策。本乡可否大获全胜？幕后怪盗总首领于广播严正宣称——
  "本乡！最终胜利绝无可能落汝之手！！！"
  胜负未决，怪盗总首领究竟身在何处？且看本回，吾日东剑侠大展神威！
  ……

俊夫心中很是钦佩。虽然说带有注音，但一个小学四年级的学生居然也能把这样半文半白的晦涩文章读得津津有味。

仔细一想，包工头家里没有电视——现在还没有电视台，这倒也正常——就连收音机都没有。在这样的情况下，小隆唯一的娱乐项目也只有这本四百多页的杂志了。

抬头一看，小隆罕见地停下了笔。俊夫发现他正目不转睛地盯着墙上的一点看，那里有幅奇怪的画。

俊夫吓了一跳。他以为这幅蜡笔画是铁臂阿童木，后来再仔细一看,发现并非如此。那尖尖的黑耳朵和眼睛很像阿童木,但嘴巴却完全不同,而且最重要的是,铁臂阿童木绝对不可能在脖子上挂一个星星标记的牌子。这是"流浪狗小黑"。俊夫翻开手上的《少年俱乐部》,确定了那就是田河水疱正在连载的漫画《一等兵流浪狗小黑》中的主人公。

小隆依旧认真盯着那张自己画的"流浪狗小黑"。

突然,小隆好像是从"流浪狗小黑"上获得了勇气和智慧,重新拿起铅笔,充满干劲地写起数字。

过了一会儿,俊夫把杂志原封不动地放回原来的位置,然后出了房间。

从茶室往外看,只见老板娘正在门口,一边照看香烟铺,一边做针线活。

老板娘也很辛苦啊,俊夫想。她一天除了劳作,就做不了别的事了。

老板娘正在缝补一条短裤。那条短裤的尺寸刚好在小隆和小祖宗之间,所以俊夫猜测这是在缝补原本属于小隆的裤子,准备让将来小祖宗长大穿。想来这应该不是什么十万火急的活儿。于是俊夫招呼道:"老板娘,那个……"

老板娘立刻把裤子团好,站起身来。今天店里也很清闲,据俊夫所知,到目前为止只有一个来买烟丝的客人。

"哎呀,我刚才看小隆写作业,他可真用功啊。"俊夫先客套了一句,然后才提起正事,"对了,其实我有件事情想麻烦您……能不能让我在您这再叨扰一两天?"

"当然没问题啊,"老板娘说,"只要您不嫌弃我们家脏就行。"

"太谢谢您了。另外，房费的话……"

"没事啦，您想住到什么时候都行。孩子他爸经常不在家，有老爷住在这里也能放心一点儿，是我该谢谢您才对。房费的事儿您就别管了。"

"不，这肯定不行。"

"不不不，真不用。"

老板娘的语气和昨天赊给自己七钱的时候一模一样。

俊夫对于到底该付多少房钱才合适这件事毫无头绪，他对这个时代的物价标准一无所知，没法判断。于是，他打算问问看。

"那个，现在大米是多少钱啊？"

"好啦，"老板娘大声说，"真的不用给！"

"我知道啦。不过我只是想了解一下大米的价格，您就告诉我吧。"

老板娘一脸诧异地盯着俊夫："现在家里吃的是一升[①]十九钱。"

俊夫只在母亲过世后，自己买过一次大米。他试着煮过两三回之后，就知道自己不可能跟有几十年做饭经验的母亲做得一样，于是后来就变成了在外面吃饭。当时大米的价格好像是八百多元。八百元……不，那不是按升计的，是按千克。但那究竟是一千克的价格，还是十千克的价格呢……

看来还是得多调查一些自己身边东西的价格。

"总之，"俊夫说，"那今晚就麻烦您了。刚刚的事晚上再说……我先出趟门。"

[①] 日本传统容积单位，1升约相当于公制单位的1.8升。

"您要去哪儿？"

"嗯，去银座转转。"

"银座……那您这身打扮恐怕不太合适吧？"

老板娘打量着俊夫身上那件皱巴巴、彰显着昨夜奋战痕迹的衬衫。

"那个，能借我穿一下包工头的衣服吗？"

这原本也是要请老板娘帮忙的事情之一。

"和服行吗？我家那个不穿西服什么的。"

"和服有点儿……"

"不行吗？我倒觉得大岛绸很适合您呢。就是老爷您个子高，我家那个……"

老板娘抬头看了看比自己高出一头的俊夫。

俊夫这才意识到两个人在站着说话，赶紧像在自己家一样说道："那，坐下说吧！"

老板娘的上身比较长，坐下之后，两人就差不多高了。

然而，她马上又站了起来。

"这样吧，我去找件老爷能穿的衣服，很快就回来……我知道上哪儿找。"

老板娘走到梳妆台前，掀开盖着的防尘布，匆忙把头发梳好后，从长火盆的抽屉里取出钱包揣进了怀里。

俊夫本想给她十元钱，但无奈自己只有百元纸币。

"小隆！妈妈到车站那儿一趟。"

老板娘冲里屋喊了一声，就匆匆出了门。

俊夫想帮着先帮老板娘看会儿店，刚要站起身，小隆就拿着书出来了。他看起来已经做完作业了。小隆像二宫金次郎①那样站着读《少年俱乐部》，他从俊夫面前经过，走进店里，坐到了香烟瓶前面，直到老板娘回来，他的眼睛都没离开过书一下。

老板娘不到十分钟就回来了。

"您看这件怎么样？虽然稍微旧了点儿，但是正好是老爷您的尺码……"

看到老板娘递过来的外套后，俊夫十分震惊。

"啊，这是……"

这是一件装饰着深褐与红色格子的浅褐色外套，质地跟俊夫留在昭和三十八年的那件外套一模一样。

不仅如此，老板娘双手展开外套后，俊夫发现这件衣服背部做了诺福克设计，下摆正中还开衩，而且口袋上有兜盖……连样式也和自己那件完全一样。

俊夫接过外套后，想都没想就翻了个面看。当然，里面肯定不会有"滨田"的名牌，但是那周围的面料有残破，感觉像是有人用剃刀之类的工具用力刮掉了那里原有的东西。而且这件衣服好像被人穿过几年，有点褪色，内衬也有磨损。

俊夫走到老板娘的梳妆台前，半跪着穿上外套。

"啊呀，这太合适了……简直就像是给您量身定做的一样。"

俊夫伸展双臂，像做体操一样动了动。接着，他盯着老板娘的眼睛问："这是从哪儿弄来的？"

---

① 二宫金次郎（1787—1856），日本江户时代农政家、思想家。幼年时期家中生变，他便白天干活、夜里苦读，日本许多学校都建有其背着薪柴边走路边读书形象的塑像。

老板娘笑了:"您喜欢吗?这是我在车站前的小酒馆里找到的,听说是一年前,有位客人为了抵酒钱把它当在店里了。别人说这事的时候我听过一耳朵,就想着去碰碰运气,没想到这么合适。"

俊夫盯着胸前的口袋看了一会儿,突然抬头盯着老板娘问:"您以前有没有在这附近看到过和我昨天那个时间……保险柜一样的东西?不光是最近,几年前也行。"

话题转变得太突然,老板娘被他搞得有点儿蒙,她说:"哎,我们是去年刚从厩桥搬到这里的,在厩桥那会儿也没见哪家有那么大的保险柜……那保险柜怎么了?"

"没,没什么……我慢慢再找找看吧。"

"啊?"

"没事……反正您帮了我一个大忙,"俊夫微笑着大声说道,"好了……"

他把手伸进裤兜里,想把里面的车钥匙、手帕、金蝙蝠香烟盒,还有一沓钞票都转移到外套的口袋里。

"老板娘,"他说,"能请您帮我保管一下这个吗?"

老板娘盯着俊夫的脸接过钱,低头看到的时候吓得飞起来了。

"这……这钱……"老板娘的声音都扭曲了。

"没错。"俊夫点点头,"但是我把话说在前面,这些可不是什么来路不明的钱,都是在时间……保险柜里放着的。"

虽然这个解释很牵强,但好在老板娘已经惊呆了。

要是就这么把老板娘放在家里不管,等俊夫从银座回来的时候,老板娘可能还会保持这副架势,完全不用担心她会卷款跑路。

不过俊夫还是大声提醒道:"快点儿找个地方收起来!"

老板娘吓了一跳。

"好,好的……"

她重新坐直身子,拿起钱点起数来。

这次俊夫慌了,他压根儿不知道那些纸币一共有多少张。他紧盯着老板娘数钱的手。

只见她像念经一样数着数,每五张就舔一次大拇指。所以整个过程俊夫都看得很清楚。

数到三十多张的时候,老板娘忽然停下手,抽出一张纸币递给俊夫说:"哎?这是……"

俊夫接过来一看,没憋住笑了。那上面画的压根儿不是武内宿祢,而是财神大黑天,上面写的也不是"百圆",而是"百团"。那是一张玩具钞票!

"我不小心搞错了。"

俊夫涨红了脸,胡乱敷衍了一句,赶紧把玩具纸币塞进兜里。

老板娘看着像是忘记数到多少了,又从头数了起来。

虽然没有再出现玩具纸币,但老板娘还是集中精神数了三次,在几分钟后得出了结论。

"一共是九千二百元对吧?"

"啊?对。"

俊夫觉得自己必须尽快搞清楚现在的九千二百元到底有多大的价值。

"那先给我二百元吧。"

俊夫把那二百元的零头装进口袋。

老板娘把剩下的九千元放在长火盆的神龛上合掌拜了起来。

等她拜完,俊夫又说:"老板娘,您能不能借我点儿零钱,用来坐电车什么的……"

"我记得您没带零钱是吧。"老板娘说着,从怀里掏出钱包,往里看了看后慷慨地说,"这是女式钱包,要是您不介意的话,就拿去吧。里面只有三元五十钱。"

"谢谢……我借用一下。那我先走了。"

俊夫刚走到店门外,老板娘又追了出来。

"老爷,您等等……"她用打火石给他点上烟,"您路上慢点儿。"

2

——从一丁目到尾张町,到处都有为唱片做着宣传的大喇叭播放各种廉价的流行歌曲。歌声交叠在一起,再加上纷扰的人群和往来的车辆,让这里变得无比喧嚣。

(摘自武田麟太郎《银座八丁》)

俊夫在尾张町下了市营电车,在安全岛茫然地站着。他需要花些时间才能把噪声一个个分辨出来。

耳边全都是听不惯的声音。汽车发出的刺耳汽笛声如同老爷爷在漱口。市营电车的司机也仿佛要与汽车一争高下似的踩出了像牛铃般刺耳的尖响。那犹如远处传来的海浪声是磨损了的唱片与唱针摩擦发出的声音，隐约能听出歌曲《慕影》的旋律。而这些声音全部都被掩盖在行人的脚步声之下。因为是周六下午，所以路上人很多，有将近一半的人都身穿和服，脚踩木屐。

虽然在原来的世界，银座也会用电子屏幕展示"当前噪声"，以此来夸耀自己的热闹喧嚣，但其吵闹程度也完全比不上的昭和七年。

俊夫被一阵施工般的声音吓了一跳，赶紧抬头往上看。声音是从眼前的和光……服部钟表店的大楼发出来的。也就是说，服部钟表店正在施工。还有很多大楼没有竣工，比如从新宿到银座的路上，在市营电车窗外看到的警视厅旁边的大楼——后来得知那是内务省——还有日本剧场什么的，这些都还在建设中。虽说昭和七年要开奥运会，但因为举办地是在大洋彼岸的洛杉矶，所以应该不是着急在奥运会前完工。青岚市长提出的"发展东京"的口号果然正在实践中。

服部钟表店对面的三越大楼也是新建的。大厦的顶部可以看到鸟笼般的框架，俊夫本以为那是在建的观景台，后来才知道那是喷泉式彩灯。

五丁目的拐角处是惠比寿啤酒屋，正对着后日的三爱大厦、现在的麒麟啤酒屋。

十字路口正中央，有几辆自行车正旁若无人地驶过。骑车的有戴着鸭舌帽、作商店伙计打扮的少年，还有穿着衬衫的男人……电车和汽车都小心翼翼地躲着自行车。

出乎意料的是，俊夫在路上并没有看到人力车。他只在刚才坐市营电车路过大木户附近的时候见过一辆。

俊夫走到安全岛尽头，等着过马路。这里的信号灯还和原来的世界一样，是自动的，但没有设置那种醒目的条纹板，而是在下面十分贴心地挂着一块横向写着"信号灯"字样的电子灯牌。

再下面还有一块写着"银座四丁目"的告示牌。电车司机报站的时候说的是"尾张町，银座四丁目到了"，但看起来好像已经没有尾张町这个地名了。即使是在三十多年后那个原来的世界中，依然还是有很多人管这里叫尾张町。既然过了三十多年都没彻底改过来，可见更改地名也只是添乱吧。

信号灯的正下方放着一个带有羊头的银色物体，上面清楚地刻着"废纸箱"的字样，这应该是东京市环卫局精心创作出来的作品。因为昭和六年是未羊年，所以这东西应该是去年制作的，而且还加上了羊吃纸的双关意味。

俊夫跟随信号灯的指示，从用围栏挡住的服部钟表店前经过，横穿到三越大厦那边。

原来世界的银座多少也有东侧的行人多于西侧的现象，不过这里的银座更为明显。不知是因为东边的三越、松屋两家百货商场和它们之间的商店正在夏促所以人多，还是因为人多所以各大商家才开始促销。总之百货大楼会高挂"夏季商品特价大甩卖"的特大宣传海报，商店也毫不示弱地在行人头上搭起宣传拱门。虽然东龙太郎[①]曾对广告牌的样式加以限制，但看这架势，青岚市长是想在广告量方面也压纽约市一头。本以为路上的行人会被吸

---

① 东龙太郎（1893—1983），日本著名医学家和官僚，第4届和第5届东京都知事，第10届日本红十字社社长。

引,结果没有一个人朝这些精心制作的宣传广告看上一眼,不知道是不是因为早就看习惯了。

明明已经快六月了,街上却还有穿着长风衣的中年男人。还有没披羽织外褂,穿着紫色箭羽纹或飞白花纹和服,扭着屁股走路的女人。其中当然也有穿着西服的人。不过,无论是男人身上那足足十二英寸的肥大裤子,还是女人身上那休闲宽松的洋装,俊夫都早已在电视的深夜剧场和娱乐节目《禁止接触》中见惯了,所以并不觉得多稀奇。让他惊讶的是所有人都十分讲究地戴着帽子。当然穿和服的女性除外,她们好像更流行撑阳伞。身着洋装的女性戴的是圆顶礼帽,而男性不管是身穿和服还是西装,几乎都戴着中间凹进去的礼帽。有个身穿立领学生制服的青年也戴着礼帽,格外显眼,俊夫不禁停下脚步来回打量着他。不过在这里,这种打扮似乎很常见,周围并没有人注意到他。

一会儿我也去买顶帽子吧,俊夫想到这,才终于往商店的方向看去。那里是金太郎的玩具店,他看见橱窗里那个被端端正正摆放在浅草纸上的大便模型①的时候,忍不住感叹起来。这还是他第一次看见自己熟悉的东西。

正在他专心地盯着大便模型看时,忽然感觉有一道视线,于是朝旁边看去。原来是一个提着信玄袋②的老婆婆正抬头看着他。和俊夫对视之后,老婆婆挤出一个假笑向后退去,消失在人群之中。这时,俊夫又发现一个正在走路的中年男人也在盯着自己。

---

① 日语里"大便"与"幸运"发音相似,因此人们经常把大便模型摆在店门口以求招财进宝。
② 和风的手提口袋、布制提包。

他朝四周一看，感觉有好几个人都慌忙移开了视线。

俊夫下意识地掏出手帕擦了擦脸。他心想，真奇怪，难道是自己有什么与众不同的地方，暴露出自己来自三十一年后的世界了吗？

俊夫继续往前走着，那动作简直就像是有生以来初次登台的脱衣舞娘。在下一个巷子的拐角处，一个五岁多的小男孩正叉着腿站在那里，目不转睛地盯着俊夫。俊夫从他身边走过的时候，小男孩还为了看清楚特意转过身子来。

然后小男孩终于忍不住，扯着身边正在和别人说话的中年妇女的袖子大声问："妈妈，那个人是美国人吗？"

由于小男孩的妈妈正聊得火热，所以甩开了他的手。不过俊夫又不禁感叹起来。

身高一米七三的俊夫即使在原来的世界也算是个高个子，更何况是在这个日本人的体质还没有得到提升的昭和七年，他自然就成了扎眼的大高个儿，再加上穿着花里胡哨的上衣，被认成外国人也是正常的。要说是美国人的话，肤色又有点儿黑，人们一定都在猜他到底是哪国人。

反正，只要和时间机器没关系，不管是被当成外国人还是别的什么，俊夫都不在意。他尽力装出一副墨西哥人的样子，优哉游哉地穿过小巷。

但他毕竟是纯正的日本人，看到松屋百货大厦入口处贴的海报时还是停下脚步，快速浏览了一遍。

新型泳装特卖，模特现场展演中

俊夫从语法上判断，这里的"模特"应该不是指人体模型，而是指法语中的"mannequin"，也就是真人模特。不过，他觉得还是进去确认一下比较好。

俊夫一走进正门，就被突然出现在眼前的裸体吓了一跳，但是仔细一看才发现，那只是一幅画。正门大楼梯的平台后面，挂着一幅巨大的写实派裸女群像油画。在俊夫关于战前的记忆中，那好像是某位知名画师画的羽衣天女图。

不管是不是穿着泳衣，活生生的女性都要比油画更有魅力。于是俊夫跟着台阶前拥挤的人群，踮起脚来看。

只见在高一阶的地方，有三位身材矮胖的女人正在摆造型。俊夫看了好一会儿才意识到她们穿的不是外出的套装，而是泳衣。那泳衣的布料很厚，下摆有两层，腰间还系着一条宽大的腰带，只有背部的设计较为大胆。三个人都戴着泳帽，穿着鞋子，拿着大大的游泳圈或者披肩拼命遮盖自己露出的部位，而且她们还化着亲妈来了都认不出的浓妆，成功变成了同样的面孔。

这里的围观者绝大多数都是男性，他们都专注地盯着模特们，现场鸦雀无声，谁也没有乱动。最前面那个戴着铁框眼镜的男人估计在开演前就早早来占位置了。而且，看样子这些人一直到下个中场休息，都不会移开自己的目光。

俊夫想，能给这些人看看比基尼泳衣和脱衣舞就好了。他对这个时代的男性深表同情。

他看了十五分钟左右就离开了，再次回到那个充满噪声的熔炉之中。

俊夫从伊东屋、筱原鞋店、铃幸洋货铺、明治制果店、松岛眼镜店、大黑屋玩具店、娜娜咖啡馆和青木鞋包店前经过。穿过马路之后的下个拐角是和原来世界一样的三共药店，接着是菊秀刀具店、麒麟咖啡馆、酒井玻璃店、奥林匹克西餐厅、银座会馆。银座会馆上面写着大大的"CABARET GINZAKAIKAN"①，一楼的屋檐上还挂着"OSAKA AKADAMA BRANCH"②的霓虹灯。旁边的"奥林匹克"亦是如此。这个时代的银座，随处可见横排文字的广告牌，甚至比原来的世界还要多。

　　银座会馆的后面是服部钟表店现在的营业地，紧接着是石丸毛织品店和拐角处的安田松庆商店。这家安田商店是一家与银座格格不入的佛具店，橱窗里摆放着十分精巧的原木小神舆。

　　下一条街的拐角是特拉亚帽子店。在原来的世界里，这家店本来开在马路对面，但在帽子十分受欢迎的这个世界，现在的店面更大，门头也更气派。橱窗里陈列着进口来的博尔萨利诺帽、斯特森毡帽、诺克斯帽等。

　　俊夫看中了一顶浅棕色的斯泰森毡帽，正想进去试试看的时候，他看到旁边的金妇罗大新店门前聚集了一大群人。那里是马路的正中间，所以不可能有什么名不副实的泳装秀。俊夫赶紧跑过去看是怎么回事。

　　俊夫从人墙后面探头往里看，发现什么都没有，又挤开两三个人走到前面，看见的依旧是同样的景象。这家店门前聚集了一大群人，他们各自面朝不同的方向站着，甚至还有人闭着眼睛。

　　突然间响起"哇"的一阵欢呼声。这声音并非来自周围的人

---

① 意为"夜总会银座会馆"。
② 意为"大阪赤玉分店"。

群，而是来自挂在店檐上的大喇叭形的扬声器。紧接着扬声器里又传出了"打中了，打中了！"的解说声。

狂热的棒球迷们一声不吭，全神贯注地听着喇叭里的实况转播。

俊夫也很喜欢棒球，他是东映飞人队的球迷，但这个时代的六大学联赛①里全是他不认识的选手，他没什么兴趣。不过后来他才发现，自己当初这么想完全是大错特错……俊夫一路朝京桥的十字路口走去。

在京桥路口拐角处有一座由红砖砌成的"第一相互②馆"。俊夫今天买的书上说它是"东京第一"的高层建筑。虽然是这么说，但它的地上部分也只有三十六米高。其实大正四年修建第一相互这幢楼的时候，并没有打算把它建成"东京第一"，但是因为那座以六十六米高著称的浅草十二层在大正十二年的大地震中不幸倒塌，所以它才递补上去成了第一。不过，七十米高的新国会议事堂正在建设，它这第一也当不长了。

京桥的十字路口用的不是自动信号灯，而是手动的。一根圆棍的顶端装着绿色和红色的圆盘，看起来像是个玩具信号灯，一个戴着绿白条纹袖章的巡警正站在马路中间操控着它。

俊夫忽然意识到，之所以信号灯看起来像玩具，并不是因为

---

① 六大学分别是位于东京的早稻田大学、东京大学、庆应大学、明治大学、法政大学以及立教大学。六大学联赛是这六所大学所属的棒球部共同举办的学生棒球比赛。

② "第一相互"是日本第一生命保险株式会社，是日本最有实力的人寿保险公司之一。

警察买了个便宜货，而是因为操控它的巡警身材十分高大。他目测有一米九以上，肩膀也很宽，就连俊夫也是望尘莫及。俊夫对身材这事有了改观，原来昭和七年的日本人也有很高大的。

俊夫为了不给手动信号灯添麻烦，在第一相互馆的拐角处右转了。

这时已经听不到音乐声了，路上也几乎没什么行人。而且昭和七年的东京没有雾霾，空气很清新。

作为好空气的功臣之一的马拉货车从昭和大道那里走了过来。马夫打扮得十分轻巧，衬衫外面套着毛线束腰，但即便如此，还是在头上好好地戴着圆顶礼帽，而且还用毛巾把脸包得严严实实。

俊夫停下脚步，目送马拉着货物逐渐远去，这时耳边忽然响起了一个声音。

"老爷，您这是要去哪儿啊？"

"嗯？"俊夫回头一看，身后站着一个戴鸭舌帽的小伙子。

"五十钱走不走？"鸭舌帽跑到停在不远处的车前，拉开车门。

那是一辆令原来世界的汽车爱好者垂涎三尺的老爷车。挡风玻璃上面有一块写着"空车"的红牌子，一位五十多岁的司机在牌子后鞠了个躬。

"就在附近……去樱桥。"俊夫说。

"樱桥？没问题啊。"戴着鸭舌帽的助手看了一眼司机说，"那就给二十钱吧。"

由于车身有台阶，车顶又很高，所以俊夫有种坐公交的感觉。但是坐在座位上之后,他又有种坐上私人专车的感觉。

助手充满干劲地关上车门,赶紧坐到司机旁边。

"去樱桥。"

"好嘞。"

助手和司机配合默契,车子启动了。

司机在十字路口中间猛地掉了个头,吓得俊夫不禁回头看了看站在路口中央的巡警。只见那高大的身影依旧在泰然自若地操控着手动信号灯。

"那警察可真是个大块头。"俊夫对此颇有感触地感叹道。

"嗯,那个人叫太田,原来是个相扑选手。据说有六尺四寸高,二十六贯重呢!"助手为了和客人聊天,平日里似乎积累了很多知识。

"慢点儿开。"

虽然俊夫这么说了,但毕竟不是他开,离得又很近,所以车还是很快就到了樱桥的路口。

俊夫要求司机向左拐,两个人只能乖乖按他说的做。直到走到第二条小巷的拐角处,俊夫才让他们停下。

下了车,俊夫从钱包里拿出五十钱的硬币,放在为他打开门后站在边上的助手手里。

"不用找了。"

"这真是……太感谢您了。"

俊夫本来还在期待他会不会跪下来向自己道谢,不过似乎付过钱后他们之间的雇佣关系就结束了。助手只是把手放在鸭舌帽帽檐上,迅速坐回车里,让司机把车开走了。

俊夫被低辛烷值汽油产生的尾气呛到，走进了小巷。

路口立着一根贴有花柳病专科医院广告的电线杆。后面有四五个和小隆差不多大的男孩子正在开心地玩陀螺。他们在草席上，两人一组转动铁制的小陀螺，谁先把对手的陀螺撞飞就算获胜，他们的赌注是面子纸牌①。小孩子们察觉到俊夫靠近，紧张地抬起头，不过看到来人不是学校的老师后又放下心来继续玩。

俊夫望向巷子深处，清楚地看到在大大的印刷店旁边，有一根红白蓝三色的螺旋柱。那场景就跟他记忆中的完全一样。他加快脚步往前走了十来步，就看见了屋檐下的那块油漆招牌，上面写着"滨田理发店"。

其实俊夫今天本来就是打算要来这里。但他还没想好来这里到底要做什么。

当然，他并不是担心自己直接走进店里会暴露身份，毕竟对于这个世界的人来说，他们根本想象不到会有俊夫的存在，所以店家只会把他当成来理发的客人，请到理发的座位上去。不过，俊夫还是很难保证自己可以完全忍住，万一要是说漏了嘴惹来警察就麻烦了。俊夫想，自己的家人要不是开理发店的，而是曲艺艺人什么的就好了，那样的话，他就可以坐在观众席上慢慢观察，不用担心会被发现。

不过转念一想，理发店也有好处，就是能透过玻璃看到里面的情况。俊夫索性决定先在门前徘徊一阵，只要时不时看看手表，装出等人的样子，应该就不会引起别人的注意了。

滨田理发店里有三个人在工作。

---

① 拍洋画，儿童玩具的一种，绘有图画的圆形、方形纸板，可供数人在地面上拍打。

一个是十四五岁的少年，应该是雇来的帮工，俊夫对他没什么印象。他正在认真地磨着剃刀。

他的对面，有一个跟俊夫差不多年纪的男人正在给客人修面。俊夫觉得他的长相和自己放在公寓里那张照片上的一模一样。那张照片是男人在昭和十二年出征前拍的，也就是五年以后。令俊夫有些遗憾的是，他为了防止气息喷到客人，脸上戴着赛璐珞口罩。

最后是一个正背对着外面给一个孩子剪头发的女人，虽然俊夫只能偶尔看到她的侧脸，但俊夫还是十分震惊于她比自己想象中的还要美。听说父母是相亲认识的，这么看来，父亲肯定对母亲一见钟情。俊夫甚至有点儿羡慕自己的父亲了。

就在这时，年轻时的母亲忽然把那个客人小孩撂下，跑向了里屋。俊夫猜测可能是饭烧焦了。果然母亲很快就走了出来，不过这次，她双手却抱着什么轻轻摇晃。

当俊夫发现母亲怀里抱的是个婴儿的时候，顿时就把自己还要假装等人这事忘得一干二净。他是在昭和七年二月出生的。

母亲一边和父亲的客人说话，一边哄着怀里的婴儿。看那婴儿的样子，应该是刚从午睡中惊醒，正在哇哇大哭。然而，由于店旁边有几个玩沙包的女孩正在大声唱着"煮红薯，放进盘，蒸米饭，包菜叶"的歌谣，俊夫无法听到自己的哭声。

最后，母亲也顾不得一旁的众人，解开围裙，掀开和服的前襟就开始给婴儿喂奶。俊夫赶忙看了看四周，想着要是有什么奇怪的男人往店里看的话，就对他喊"这不是你能看的"，把人赶走。

141

但是没想到反而是俊夫被叫住了。

"您在这里做什么呢？"

俊夫吓了一跳，转身一看，只见视线死角处站着一个身穿巡警制服的男人。当然他肯定就是巡警。

"您在做什么？"

巡警又问了一次。因为俊夫这次打扮得像模像样，所以他的口气倒是十分礼貌，但在盘问俊夫这一点上，他和昨天晚上的那个巡警没什么两样。

俊夫一时不知该怎么回答。如果说自己在等人，那巡警肯定会问对方的名字。如果这件事发生在原来的世界，他大可以随便说个名字，事后再让朋友帮自己圆谎。但他在这里并没有那样的朋友。不对，倒是也有，只不过都还是小孩子呢，更何况，他们现在这会儿也不认识俊夫。

巡警才不会顾及俊夫的苦恼，继续追问道："请报一下您的住址和姓名。"

俊夫差点儿就顺嘴说出自己公寓的地址了，但他转念一想，这个世界的青山一带还没有盖公寓。他之前听老管理员说过，那里战前是墓地。

而且，在这个世界里，就连滨田俊夫这个名字都不属于他自己，而是属于四米开外那个正在吃奶的婴儿。

眼看周围看热闹的人越来越多，巡警终于做出了决断。

"麻烦您跟我到派出所走一趟。"

"那个，其实，我……"俊夫本想辩解，但舌头像打了结一样，就连说话的声音也变了调。

巡警露出诧异的表情。

这反倒让俊夫想到一个办法。他决定赌一把。

俊夫一脸严肃地盯着巡警，开始念起电子管的名字。

他准备从微型电子管开始，一直念到超小型电子管、GT 管、ST 管，如果还不够的话就把电台用的大型电子管也说上。

然而，他刚说了五个微型电子管的名字，巡警便抬起双手制止了他。接着，巡警露出一个尴尬的假笑，说了声"Thank you"，然后立刻向右转身，头也不回地走了。

俊夫整理了一下衣服，缓缓扫视着周围看热闹的人。只在照片上看到过外国人的众人纷纷后退。他们还摆出了逃跑的架势，方便在俊夫找他们说话的时候迅速逃走。

俊夫故意朝巡警消失的方向走去。人群像自动门一样左右分开，后面熟食店老板的摊子都差点儿被挤翻了。

俊夫走回了银座。

池田园大厦顶上那些写着别克和雪佛兰的电子广告牌还没点亮，但下面巷子里的夜市已经开始营业了。有西洋名画的仿品、有一拉绳就能爬树的猴子玩具，还有装在一升瓶[①]上的便利瓶塞……一排小小的电灯罩后面，有一个戴着礼帽的男人正在无精打采地背诵着推销词。

"……实用新型电灯罩。只需把这个罩在灯上，十烛的灯光就会变成二十烛，这样一来，就能帮您节省一半的费用。在国家

---

① 一种装液体的玻璃容器，容量约为 1800 毫升。

时局动荡之际，节俭可是咱们国民的义务。"

且不说是什么国民的义务，实用新型这个词让俊夫想起了一件事。他看了看手表，发现刚过五点，于是匆匆向松屋百货那里走去。

模特姑娘们好像已经领完今天的工钱回去了，松屋的一楼空空荡荡的。俊夫一路小跑，赶上了正要关门的电梯。

"电器的柜台是在几楼啊？"俊夫问。

电梯女郎省掉了问答，直接说："好的。"

俊夫仔细一看，发现这座电梯并不是自动式的，而是要在电梯地板和建筑物地板一致的高度停下来。因此她必须看准时机操作，没时间回答多余的问题。

俊夫来到六楼，看到电器卖场之后，不禁大吃一惊。他以为自己在什么时候又回到了原来的世界。只见卖场上方写着"各种电冰箱"，下方摆放着实物产品，有通用、西屋、凯尔维特，还有国产的三菱。每台冰箱都很大，容量估计得有二百升。三菱和西屋的压缩机都放在上面，显得有点儿夸张，但凯尔维特已经基本和原来世界的样子差不多了。俊夫走近后打开门看了看，里面有四层，左上角还有一个制冰室。

一个男店员跑了过来，大约是怕俊夫把商品弄坏。

"您是要买冰箱吗？"店员用奢侈品销售那种惯有的鉴别顾客的眼神上下打量着俊夫，"虽然价格多少是贵了一点儿，但用起来很方便。"

冰箱上根本找不到价签，肯定价格不菲。

店员看俊夫上衣的质地是进口的高级品，于是立马打开冰箱门要开始介绍,俊夫打断了他。

"不,其实我已经有一台了,今天来只是想看看最近有什么升级……"

这并不是在说谎。在原来世界的公寓里,他确实有一台电冰箱。

"这样啊,"店员快速眨着眼睛说,"倒也没什么特别大的升级,不过价格倒是年年都在下降。估计再过五六年,一般家庭就都能买得起了。"

"是吗,也许吧。"俊夫笑道。

那个戴着无框眼镜,像是有些近视的店员并没有丧气。

"绝对可以。现在日本的技术一直在发展,今后日本的家家户户都会用上电器,很快就能赶上欧美的生活水平了。"他的脸上流露出忧国忧民的赤诚,兴致勃勃地说着,似乎又突然想起了自己销售的本职工作,问道:"您要不要看看真空吸尘器?"

现在好像还没有"电动吸尘器"这个说法。

"那东西我也已经有了。"

说着,俊夫走向旁边的卖场。他最关注的收音机产品都摆放在那里。

这里所有的收音机都是扬声器位于底盘上部的比利肯型收音机。看来,喇叭型扬声器的时代似乎已经过去了。如今大部分都是使用了 26 型末级真空管来驱动电磁扬声器的三管交流电接收机,其中也有五管机或是使用动态扬声器的高级收音机。还有一台用大字写着"九管超外差收音机"的收音机定价为一百六十元。

俊夫观察了一圈后,便离开松屋,向对面的十字屋走去。

这个时代的十字屋乐器店，似乎正致力于销售留声机，店里陈列着各种机器。

不过，即使是乍一看很像电动留声机的落地式留声机的侧面也依然带有手摇柄。从外面传来的《越过山丘》的音色可以判断出，现在录音功能已经变成电动的了，不过，播放功能依然在很大程度上依赖的是原声（机械式）。俊夫本来就知道，战前的高级原声留声机在播放 SP 唱片[①]方面，能够发挥出比电动留声机更好的性能。因此眼前这个操控台机型的大柜子绝对不是徒有其表，而是将长达数米的大喇叭折叠收纳在里面的所谓的"柜式留声机"。

俊夫环顾整个卖场，发现店铺最里面有个带拨号盘的橱柜。那是他很早之前就知道的采用 245 推挽[②]、45 转的 RCA 胜利牌电动留声机。俊夫立刻向店员要来了它的说明书。

说明书是英文的，但好在配有线路图。俊夫看到之后忍不住叫出了声。这台收音机的调谐收音部分居然是高频五段式放大的！可能是出于对音质的保护，所以没有做成超外差接收机。

这种工艺对于战后的从业者来说都很复杂。不过，从低频部分只用了非常普通的 A 级放大器这点来看，RCA 的技术人员大概是把全部精力都投入了这个射频部分，让唱片和收音部分都能保证最佳的音质。

说明书上也标明了"高保真"这个词。因为它的末级放大器

[①] 即虫胶唱片，又被称为标准时长唱片（Standard Play）。
[②] 在电路中，推挽是指两个输出器件交替将信号推到正负极，以放大信号，提高效率，减少失真。

用的是三极管推挽，所以即使是已经习惯了战后那种金属质高保真声音的人听过之后，也会觉得这台电动留声机发出的悦耳声音实在令人难以置信。

更让俊夫感到震惊的是，说明书上写着这台机器能播放三十三又三分之一转的长时间唱片。

恰好这时候店员走过来问："要不要放上唱片听听看？"于是俊夫问了句："店里有这种三十三转的唱片吗？"

"目前暂时没有，如果您需要的话，可以帮您调货。"

"这种唱片是什么时候开始有的啊？"

"去年，胜利公司发行的。"

"演奏时长大概是多久？"

"每面十五分钟。"

"唱片的材质是什么？"

"这个的话……应该就和普通唱片一样吧？"

"哦，那就还是虫胶啊。"

俊夫心想，这回可不能再马虎大意了。这个时代的技术好像比自己想象的要更先进。

俊夫紧接着又去了银座二丁目的一家叫双美商会的照相机店。

就如同留声机领域有机械式与电动式之争，在照相机领域，也有新旧两大势力的对立，那就是胶卷相机和干板相机。

干板相机有蔡司伊康的马克西马。把它的皮腔塞回去再盖上盖子，就变成了相当于两个打光灯大小的箱子，也就是所谓的手提式相机。由于手札型干板足够大，无须在拉开胶片上耗时，所以这种相机用起来很方便。同样采用这种设计的还有第一相机、常磐相机、创意相机等，都是模仿马克西马制造出来的国产货。

胶卷相机中比较有名的是徕卡、柯达和禄莱的产品。

徕卡推出了一款 C 型相机，带有埃尔玛 F3.5 镜头，标价为四百元。

蔡司的胶卷相机中可以看到"小伊康泰"，不过目前康泰时好像还没发售。

当然，靠模仿徕卡和康泰时起家，然后逐渐开辟出各自道路的佳能和尼康，这时还没有出现。

店里也有电影摄影机。蔡司的基纳摩 S10、柯达电影摄影机，还有宝莱克斯的产品，胶片都是十六毫米宽的。基纳摩 S10 带有 F1.4 超大光圈。

俊夫又去看了静态相机的柜台。店员推荐了小西六的皮尔利特相机。它和德国产的皮科莱特的设计很像，是一款廉价版胶卷相机。定焦镜头的是十七元，带三角洲 F6.8 镜头的是二十五元。

"皮尔利特"这个名字，俊夫也是早有耳闻。这是老摄影迷们经常提起的相机。

最终，这台二十五元的"皮尔利特"成了俊夫来到这个世界后买的第一样东西。店员还送了他两卷五十钱的樱花胶卷。

3

第二天是周日，天气很好。

包工头一家准备去鹤见的花月园玩。

"老爷要是跟我们一起去该多好啊。实在不好意思,那就麻烦您看家了。"

老板娘直到穿草鞋的时候,才终于放弃邀请俊夫。

夫妇俩对于拜托俊夫看家这件事似乎没有任何顾虑。俊夫昨天晚上隔着纸门听见他们在窃窃私语,从谈话的内容来判断,他们好像把俊夫当成了被赶出家门的纨绔子弟。他们还对钱的事说这说那,但肯定不是指自己的钱,而是俊夫交给老板娘保管的那些钱。

"好好玩吧!"

俊夫在店铺门前目送他们离开。

昨天晚上赌马输了六十元的包工头,戴着一顶礼帽,一脸忧郁的样子。以为只是损失了十元钱的老板娘打着一把桃色遮阳伞,小祖宗则戴了一顶毛毡帽。他坚持要把昨天晚上俊夫在夜市给他买回来的二尺来长的铁皮战舰带到花月园去,直到听说花月园没有俄国舰队,才总算是放弃了。

这三个人都穿着和服,唯独小隆穿着校服。他肩上交叉挎着水壶和相机,看起来干劲十足。

"注意相机的曝光啊!"俊夫提醒道。他正想补充一句"这个时代的胶片感光度低",又赶忙把话咽了回去。

一家人离开后,俊夫来到里屋,坐到成捆的旧报纸和书堆面前。这些书是他昨天晚上回来的时候买的,都是电气类的书籍和杂志。

俊夫先把昨天在银座了解到的物价,和那些报纸杂志上出现的物品价格整合起来记在草稿纸上。

市营电车（自由换乘）：七钱

公共汽车：一区十钱

出租车（东京市内）：五十钱

寄信：信封三钱，明信片一钱五厘

乌冬面：一碗十钱

牛奶：一瓶五钱

惠比寿啤酒：一瓶三十三钱

虎屋黑川的羊羹：一块一元五十钱

微笑牌眼药水：小瓶二十五钱

洗浴：成人四钱，儿童三钱

街头擦鞋：三钱

牛里脊：一百两[①]一元三十钱

上等猪肉：一百两四十钱

平凡社大百科全书：一册三元八十钱

宝丽多唱片：十寸盘一元二十钱

进口 Onoto 钢笔：七元五十钱

皮尔利特相机带 F6.8 镜头：二十五元

报纸订阅费：一个月九十钱

歌舞伎剧场：一等座三元五十钱

人形町"末广"落语剧场门票：七十钱

舞厅门票：五十钱

舞蹈票：白天两元，晚上两元五十钱

帝国酒店住宿费：单人间七元起

[①] 日本古代重量单位，1 两 =3.75 克。

同上，带浴缸：十元起

新桥艺伎小费：两小时六元六十钱

神明艺伎小费：两小时三元八十钱

玉之井青楼：短时一元五十钱

玉之井青楼：过夜三元

蝮蛇草药酒"万里春"：三元

男女防病毒安全套（特制一打）：五十钱

淋病药肯戈尔：三元八十钱

包茎安全治疗仪：三元八十钱

趣味绘图故事：二十三钱含邮费

珍画①（十二张一组）：二元三十钱

写完以后，俊夫发现这里面有四样三元八十钱的东西。

俊夫对此是这样理解的：五元大概是某种分界线，对这个时代的人来说，超过五元的东西就是非常贵的，所以减掉一元变成四元，然后再进一步，就像原来世界经常有九十八元的定价那样减到三元八十钱。这肯定是一个既利于出售又较为合理的价格。

纵观这份价格表，虽然不同物品有不同价格，但物价大体上相当于原来世界的三百分之一到五百分之一。如果取一个中间值四百分之一的话，这个时代的五元就相当于原来世界的两千元……俊夫想起自己前几天买打火机的时候，没买超过两千元的，而是买了一千八百元的。可见现在这种解释是对的。

这样的话，俊夫现在手上的九千元就相当于原来世界的

---

① 又名春宫画，是一种传统绘画，在东亚文化圈民间常用作性教育的启蒙教具。

三四百万。如果自己要在这个世界待到昭和九年，就还有两年……这些应该足够他生活两年了。但考虑到要在这个无依无靠的世界里一个人生活下去，怎么也要留出五千元左右，以备不时之需，所以终究还是需要找一些赚钱的办法。

说到赚钱的办法，对俊夫而言最简单的莫过于申请光电摄像管（早期电视摄像管）的专利。

从电气相关的书籍来看，这个时代的技术水平虽然比预期的要高，但和原来的世界之间仍然存在很大的差距。特别是电视技术，还处于实验阶段，滨松高等工业学校的高柳健次郎和早稻田大学的山本忠兴、川原田政太郎两位教授一直致力于这方面的研究，显像除了使用旋转镜装置外，高柳等人更是在全世界率先使用了阴极射线管，但传输图像方面用的还是效率低下的机械式尼普科夫圆盘。去年，也就是昭和六年，有美国人提出过采用电子式扫描的影像析像管，但它有个核心的缺陷，就是如果增加扫描线，就会导致信号电流减弱，后续增幅工作也会变得十分困难。而在如今的昭和七年，RCA的佐沃尔金博士还没发明出光电摄像管。因此，只要俊夫趁现在公布光电摄像管的原理，肯定会受到全世界电视技术人员的热烈拥护——佐沃尔金博士本人除外。

不过俊夫意识到自己想要获取专利会有很大的困难。如果想要想获取专利，就必须向知识产权局提交文件，文件上自然就需要写俊夫的名字，但在这个世界，滨田俊夫的名字已经属于京桥那个刚刚出生三个月的婴儿。

在这里，俊夫是没有国籍的黑户，他不仅无法获取专利，任何公开活动也都不能参与。

所以俊夫要是想赚钱，只能靠卖东西。不过，俊夫在这个世界有一个独一无二的武器，那就是他可以预知未来。应该可以利用这一点想办法赚点儿钱。

比如说，预测体育赛事结果怎么样？

即便是这个世界，相扑和棒球依旧很流行，报纸会用很大的版面来报道各自的内部纷争。一月十七日的报纸就刊登了一篇国粹会[1]最终放弃调解相扑协会内斗的报道。这一事件以天龙、大之里等三十二名相扑选手退出协会告终。至于棒球这边，早稻田大学棒球部在五月初以"联盟多处违背纯粹的体育精神"为由，突然退出了六大学联赛。

俊夫之前就听说过这两起退出事件，不过来到这里才知道这些是在昭和七年发生的，更别说知道这一年的相扑和棒球的战绩了。听说，早稻田大学退出后，其余的五所大学今天在神宫举办了春季联赛总决赛，但俊夫并不知道谁会获胜。

另外，大量幕内[2]力士退出后，相扑协会匆忙以"幕内待遇"让八名十两力士入幕，将幕内东西合并，才总算是凑出了二十名成员的新梯队。在这些替补的人员中，就有从东十两第六位一跃升到西前头第四位的双叶山。天龙退会事件对于双叶山来说是一件幸事。但说起来，今年二十一岁的双叶山在相扑届大展身手应该是很久之后的事了。听说五月场的夺冠者是大关玉锦，但下一

---

[1] 日本战前代表"传统右翼"的封建性日本中心主义团体之一。
[2] 日本相扑力士的最高等级是横纲；其次是幕内，包括大关、关胁、小结、前头四个等级，属于力士中的上层；再次是十两、幕下；接着还有更低级的三段目、序二段；最低一级叫序口。

次比赛会是谁获胜，俊夫就不知道了。

俊夫倒是可以预测一下奥运会结果。原来的世界由于要迎接东京奥运会，所以出版了许多有关奥运的书籍，俊夫不久前刚读过一本。书里介绍了奥运会的历史，其中也写到了日本运动员表现十分突出的洛杉矶奥运会，细节姑且不说，至少大体内容俊夫都还有印象。他可以把这些当作预测公之于众，如果猜中了就可以赚钱。

但是奥运会只有一届，就算这么做能顺利赚到钱也是很有限的。所以，除此之外，还是要想想其他赚大钱的办法。

俊夫吃了点儿老板娘做便当时剩下的海苔卷，喝了些冰在井里的啤酒，继续思考着。

傍晚，被太阳晒得满脸通红的包工头一家回来的时候，俊夫正坐在房间里，埋在书和废纸团中间。

"呀，各位，"他眼睛里满是血丝，"我决定要开始做生意。这是个绝对能赚钱的生意……"

4

多亏之前已经听老板娘抱怨了很多次，俊夫现在已经很清楚包工头一家从厩桥搬到世田谷来的事了，而且还是连夜逃跑。

包工头家从祖上开始就是在厩桥做工。包工头的爷爷是个了不起的人物，据说在维新的时候，还曾给被困在上野山的彰义队[①]送过饭团。他的威望让孙辈的包工头也得到周围邻居的帮衬，在

---

① 明治维新时期江户地区的一支幕府武装部队。

关东大地震前创下了不错的家业。地震后房子被彻底烧毁，但由于包工头承包了复兴棚户的建设，他就利用职务之便，没花一分钱给自己建了个比原来大三倍的房子。接下来的几年里，包工头忙着复兴工程的事以及花掉在工程中捞到的钱，几乎没怎么回过这新建的房子。

但是，到了昭和四年，纽约华尔街发生了史无前例的股价暴跌。当然，华尔街的事件不可能对包工头造成什么直接的影响，但是始于美国的恐慌最终还是波及了日本，不计其数的人破产，物价暴跌。在"产业结构调整"的名头下，许多工人被降薪或是解雇。被降薪的人们在无产阶级政党的支持下，不屈服于当局的打压，一次次发起抗争。然而那些被解雇的人终究还是需要维持生计，所以纷纷前往负责救济失业者的东京市社会局登记为临时工。他们只需要很低的薪水就能很好地完成土木工程和道路修缮等工作，而这些原本是包工头这样的建筑工人干的活。包工头的工作逐渐被抢走，到了去年春天就彻底什么活儿都接不到了。

不过，身为土生土长的江户男儿，包工头并没有因此而灰心丧气，他依旧和生意好的时候一样每天喝酒赌马。厩桥那座房子里的家当不停地减少，欠条堆积如山，老板娘倒是不愁没东西生火了。

去年夏天，老板娘在成堆的欠条山里深思熟虑之后，认为再这样下去的话，一家人要么自杀，要么就连夜逃跑。她自然是选择了后者。

起初，老板娘是打算去投奔住在信州深山里的远房亲戚的。然而在包工头得知信州深山里没有赛马场之后强烈反对，甚至还搬出了"不能离开祖传土地"这种冠冕堂皇的借口。而且老板娘在信州那边的亲戚也给她回信说,自己那个在东京的三儿子刚刚失业回来,再加上米价暴跌,生活困顿,希望他们以后再来。

最后,老板娘想尽办法,四处奔波,终于在世田谷租到了这间便宜的房子。很快就要成为新市区的世田谷紧挨东京,而且新开发区的就业机会肯定会更多,老板娘用这些话说服了包工头。其实她还在心里盘算过,世田谷是新市区中距离中山赛马场最远的地方。

包工头一家搬到世田谷已经将近两年了。在这段时间里,老板娘的谋划一个都没有实现。

刚来这里的时候,老板娘研究过东京市长永田的发言和电车公司的广告,预计这一带的田地将在一年后全部变成住宅。她按这个推论一算,发现包工头每个月的收入会很可观,不出三个月,就能把厩桥的债务全部还清,还能用剩下的钱给自己做一件锦纱的和服。

但现实是,直到现在老板娘都还不敢去厩桥附近,也没有请过和服裁缝。自打搬过来以后,这一带只零星建了几栋住宅,包工头的收入也少得可怜。"果然还是太不景气了啊。"老板娘唉声叹气地说。不过这里的"果然"一词中多少也夹杂着反正大家都不景气的安全感。

另外,还有一件让老板娘出乎意料的事,那就是包工头依旧还会去赌马。老板娘之所以会失算,是因为她完全忘记了还有电车这种现代文明利器。包工头刚搬到世田谷来的第二天,就会每天早起,坐小田急线再换乘省线,单程花上将近两个小时去中山。

每次出门的时候他都会夸下海口说"看我今天赢一把大的,到时候打车回来",但迄今为止一次都没实现过。

长子小隆是个与众不同的孩子,他不管是对黄金蝙蝠①的连环画,还是对小陀螺玩具都毫无兴趣。他只喜欢待在家里看书画画,所以对他而言,搬到了这个安静的郊区反而是件好事。至于小祖宗,他出生之后就只在厩桥生活过一年,早就什么都不记得了。到最后,搬到世田谷之后最辛苦的反而是制定并执行这一计划的老板娘自己。

香烟铺的副业本来也是老板娘以为人口会增长才开起来的,所以销售情况自然不好。这两三个月来,老板娘整日都长吁短叹。

就在这时,一个叫滨田俊夫的人突然出现了。光是一份非常简单、只需要半天的活计,他就给了二百元——不对,是一百五十元。难得有大笔收入,老板娘当然要赶紧带一家人前往花月园游玩庆祝。而且,现在她手头还有俊夫寄存的九千元。他估计还会在这里住一段时间,那她每个月就能从九千元里拿出几十元作为俊夫的伙食费,把它变成自己的钱。只要合理分配,这笔钱足够让一家四口人吃饭了。眼下老板娘在意的是,家里有没有和俊夫被褥同样花纹的布头,能帮他打补丁。

以此为由,从花月园回来的路上老板娘顺路去了一趟三越大厦,买了一大堆东西。她听到俊夫说要做生意,顿时吓得脸色煞白,连刚买来准备送给俊夫的进口安全剃须刀都忘了拿出来。

"做……做生意,老爷,这哪行啊。现在的世道这么不景气,哪有什么绝对能赚钱的生意。老爷啊,您可是有九千元,那么多

---

① 黄金蝙蝠为日本连环画中的超级英雄之一。

钱都够您吃个五年十年的了。我劝您还是别想什么无聊的生意了,就好好在家里歇着吧!"

老板娘一脸对纨绔子弟很没办法的表情。俊夫猜测她肯定想起了落语①《船德》里的桥段……被赶出家门的浪荡子做起船夫,经历了无数次的失败。

俊夫想,这第一道难关来得真快。他本来打算把那九千元全部用来建一座小工厂,但照现在这情况来看,只要他一说出来,老板娘肯定会拼死守住那九千元。

"喂,你把那什么放哪儿了?"

在包工头找啤酒开瓶器的间隙,老板娘依旧苦口婆心地劝说俊夫回心转意。

"老爷,做生意可是很难的。像老爷您这样的人,突然要做生意,是不行的啊……"

俊夫拿手指用力抹着冰啤酒瓶上的水珠,眨了眨眼睛。的确,之前一直在打工的俊夫完全没有做生意的经验,非要说卖过什么东西的话,也就是学生时代站在涩谷的忠犬八公像前帮忙募捐的事了。而且那时候,大家都去了旁边的女学生那里,自己还费了半天劲才把分到的红羽毛②发掉。

包工头晃着开瓶器进来了。

"在玩具箱子里呢……来,老爷,咱俩喝一杯!"

"好……谢谢。"

---

① 落语是日本的传统曲艺形式之一,起源于三百多年前的江户时期,无论是表演形式还是内容,落语都与中国的传统单口相声相似。

② 捐助社会救济基金者获得的纪念品。

俊夫拿起杯子,接过包工头给自己倒的酒。包工头拿的开瓶器上带有一个麒麟的标志。这种大公司的传统让俊夫深有感触。

"老爷,所以您可千万……"

"我知道了,老板娘。我不做生意了。"

俊夫决定放弃建小工厂这事。比起这个,他应该先做出样品,再寻找投资人,建一个大工厂。管理方面最好也请专业的人来做。

俊夫为了给自己一些冷静下来的时间,便悠闲地看了两三天的书,然后向包工头借了一整套木工工具。

"老爷您这到底是要做什么啊?"

"嗯,这个啊……"俊夫看着凑过来的老板娘说,"反正每天闲着也是闲着,我想给小祖宗做个玩具。"

"哎呀,真是让您费心啦!"老板娘谄笑道,"孩子他爸要是偶尔也能给孩子们做个秋千什么的就好了。老公,你过来帮老爷干活儿。"

"不用啦,老板娘。"

比起让包工头来,俊夫其实更想让手巧的小隆来帮忙。不过小隆自从有了那个相机之后一直沉迷其中,就连俊夫和他说话,他也心不在焉。周日在花月园拍的胶片,第二天就在新宿的照相馆洗出来了,全都拍得很清晰。毕竟是 F6.8 的镜头,不会失焦,而且又是晴天,所以并没有出现俊夫担心的曝光不足。不过,在所有照片里,担任模特的包工头夫妻和小祖宗都是站得笔直,一动不动,于是,俊夫建议小隆可以多抓拍一些更为自然的人物动作。因此,小隆每天一放学就举着照相机追在家人屁股后面拍。

"臭小子，哪有拍人上厕所的！"

听到包工头的怒吼声，俊夫当即决定还是自己一个人做样品吧。

刚好院子里的仓库空着，俊夫就拿上工具，钻到那里面去了。至于材料，俊夫给了小祖宗一钱的跑腿费，让他去附近的工地捡些木头回来就行。

小祖宗估计是想多要点儿跑腿费，捡了一大堆木头回来，堆得像座小山。俊夫就坐在那木头堆里开始做样品。

"您可真是努力呀。"

几天后，过来喊俊夫吃饭的老板娘，被眼前堆积如山的木屑惊得目瞪口呆。

"总是做不好。您拿去烧洗澡水用吧。"

"还是别太较真了，也该稍微休息休息。"

吃过饭后，俊夫听从老板娘的建议，在茶室看起了报纸。

俊夫从第一版依次往下读，翻到社会版面的时候，他突然叫出了声。

"啊！有声电影院罢工！"

"哎？出什么事了？"正要去厨房的老板娘回过头问。

"嗯，昨天武藏野电影院有罢工。"

"哎呀，是吗？老爷您喜欢那个演员啊？"

老板娘好像把 strike（罢工）这个词当成了某个外国演员的名字。

不过俊夫并没有在意，而是继续自言自语。

"原来……昭和七年的时候，有声电影就已经这么流行了吗？

"那个基顿①很有趣啊。"

"人类的记性果然靠不住啊。"

"最近做坏事的人变多了吧？果然还是因为不景气啊。"

"说不定连那个也……不能再这么随便了。"

俊夫站起身。

"哎，老爷，再喝杯茶吧。"

"不用了。"

从那天起，除了睡觉外的其他时间俊夫都把自己关在仓库里，吃饭也是直接让人把饭团送过来。他唯一一次走出仓库还是让小隆帮他买红色油漆的时候。

六月中旬的一个晚上，从仓库里走出来一个胡子拉碴、身材消瘦的男人。他双手捧着一个小小的红色物体，郑重地召集众人。

"各位，请到茶室集合一下。"

正躺在客厅里用铅笔在赛马表上做记号的包工头，和正在自己房间里用《少年俱乐部》附赠的卡纸组装模型的小隆都来到茶室里想看看到底发生了什么事。拿着铲子的老板娘和抱着军舰的小祖宗也从店铺门口跑了过来。

"各位，"等大家都落座后，满嘴胡茬的俊夫开口说道，"……这是在日本首次亮相的新型玩具。"

俊夫看了一圈在座的众人。小祖宗赶忙躲到了老板娘身后。

"这是从日本传统的转茶壶和欧洲的一种类似空竹的玩具上

---

① 约瑟夫·弗兰克·基顿（Joseph Frank Keaton，1895—1966），美国著名喜剧演员。日语中"有声电影"一词的发音和"基顿"有些相似，此处是老板娘不熟悉外来词汇，将两个词弄错了。

获得灵感，制作而成的。"

然而，并没有人去看俊夫拿出来的悠悠球，大家都在看着俊夫的脸发呆。

"那么首先，让我来为大家演示一下。"

俊夫把悠悠球末端的绳圈套在了右手中指上。

虽然自己已经二十多年没有玩过悠悠球，但他刚刚已经在仓库里练习过三十分钟，所以现在很有把握。他先是从普通的玩法开始，到像投链球一样抡着转的"大车轮"，再到把垂下去的悠悠球猛然提回来的高难度动作，总之就是把自己知道的所有技巧都展示了一遍。

热情表演了大约五分钟后，俊夫鞠了一躬，从手指上取下绳圈，把悠悠球放到了大家中间。

"谁想来试一试？"

大家还是和刚才表演的时候一样呆呆地看着俊夫的脸，只有小祖宗鼓起勇气，走向了悠悠球。

俊夫帮小祖宗把绳圈套在手指上，然后把悠悠球放下去。但可惜的是，只有三岁的小祖宗个子太小了，绳子还没到头，悠悠球就落到了榻榻米上。

小祖宗不再玩悠悠球，而是自己在榻榻米上咚咚地跳了好几下。他边喊着"不好玩"边胡乱甩开了绳子。

"我来试试吧。"

老板娘像和事佬一样伸手去拿悠悠球。俊夫重新把绳子卷好递给她。

老板娘把绳圈套在手指上，一边看着俊夫，一边松开了拿着悠悠球的手。但是悠悠球落下去之后就怎么也上不来。老板娘不停地上下动着手和屁股,可悠悠球就是毫无反应。

"来,让我试试!"

这次是包工头。

他尝试的结果和老板娘一样——垂在下面的悠悠球稳如泰山,一动不动。

"小隆,要不要来试试?"

听俊夫这么一说,小隆默默伸出左手。他是个左撇子。

小隆松手后,悠悠球就落了下去,然后又顺利地弹了回来。

"好样的!"俊夫喊道,"记住这种感觉。"

小隆泰然自若地玩着悠悠球,上下十几次后,就开始尝试更高难度的动作,把垂在下面的悠悠球提起来。只见悠悠球抖了四五下,然后就开始慢慢上升,最终回到小隆手里。

俊夫十分震惊,盯着小隆问道:"你到底……是在哪儿学的悠悠球?"

小隆眨了眨眼睛,然后像是才明白俊夫的意思般答道:"就现在,在这儿。"

片刻的沉默被墙上的挂钟声打破。

大家都竖起耳朵数起钟声。钟声停止的时候,除了小祖宗,剩下所有人都知道现在是九点了。

"我要去睡觉啦。"小隆说着,把悠悠球递给俊夫。

"喜欢的话,就把这个送给你吧。"

俊夫想把悠悠球给他。他现在已经掌握了制作的诀窍,只需要花一天时间,就能再做出来一个样品。

"不用了……晚安。"

小隆鞠了一躬后，走了出去。

5

梅雨季节到了。

老板娘在客厅的角落和走廊里都放上了洗脸盆和水桶。

据她说，这个房子现在的租金是七元五十钱，但房东一开始想要的是八元。不过包工头夫妻来这里看房子的那天，对他们来说很巧而对房东来说不巧的是，下雨了。老板娘让房东站在现在放着水桶接雨水的位置感受了一下，结果房东当场承诺降价五十钱。之后的一年里，包工头夫妻为了让房东牢记这房子的状况，一直都没修过房顶。

由于表面张力的原因，一滴水的体积固定在十六分之一毫升。雨水渗进屋顶的小洞，在天花板上积攒到这个体积后，就会落进脸盆里，发出扑通的声音，声音的间隔会随着雨势的大小而变化。俊夫用手表计时数了一下，雨下得最大的时候漏进来的水能达到一分钟一百四十八滴，是扭扭舞[①]级别的快节奏。

比起半快不快的爵士乐演奏，这个可有趣多了。虽然偶尔需要把脸盆里的积水倒掉，但至少比换唱片方便。

伴着悦耳的声音，俊夫的调查进行得十分顺利。短短几天，他就已经把近期的报纸和杂志都翻看了一遍，喊来了包工头。

[①] 扭扭舞（Twist dance）是伴随着摇滚乐于20世纪50年代到60年代风靡全球的一种舞蹈。

"看这样子，明天还得下雨啊。"包工头站在檐廊，担心地望着天空。

"明天有赛马吗？"俊夫说，"我有点儿事想请你帮忙。坐下说吧。"

"哎……好嘞。"包工头坐到脸盆的另一边。

俊夫拿起一本《犯罪科学》杂志，翻开夹着书签的那一页，指了指下面的广告。

"下雨天还要麻烦你真是不好意思，能不能替我去一趟这个地方？"

包工头拿过杂志，看了看广告。

"嗯……事……事……"

"那个词读'事务所'。那广告啊，是……"

俊夫想起前几天，包工头用了整整一天才读完小隆写的两页作文，于是给他解释了一下这个广告的内容。

"日本桥的蛎壳町有个租赁事务所。只要一个月付十元钱，就能让他们代收邮件、代接电话，而且，还不用说自己的名字和身份。"

"这样啊……"包工头在杂志和俊夫之间来回打量。

"其实，每天这么闲着也不像话，我想找点儿事情做……但是我不太方便透露自己的名字。当然，我要做的事情不需要花很多钱……"俊夫留神着茶室的动静，小声说。

然而，包工头并没有在听他说话。他正瞪大眼睛盯着杂志封面上外国女人的裸体照片。为了通过当局的审查，照片已经被修得面目全非，因为还有鼻子眼睛，才能勉强看出一点儿和鸡蛋形年糕的区别。

"哦……"包工头说,"原来洋女人不长毛啊。"

"被修掉了吧。你要是喜欢这本杂志的话就送你。"

俊夫说完这话,才总算把包工头的注意力拉了回来。

"嘿嘿,那……"包工头的手动了几下,杂志就跑到他的毛线围腰里去了。

俊夫掏出了更应该塞进围腰的东西。

"这里是委托信和十元钱……这五元是给你坐电车的钱。"

"好嘞,谢谢。那我现在就去。"

"哦还有,这事办完以后,回来的时候再顺便去趟报社,把这个给……"

俊夫叫住包工头,把准备登报的稿子和广告费一并交给他。

听完俊夫的要求,包工头说了句"好,我这就去"后,就出了门,但是过了好久都没回来。包工头是一点钟出的门,等他穿过院子出现在客厅里的时候已经晚上十点多了。

"老爷,我回来了,累死了,呼——"

看样子,包工头是把那五元的电车费花在了"更有意义"的地方。

"嘘,大家都睡着了……辛苦了,交给你的事情办得怎么样?"

"嗯,全办妥了。我去报社找社长,他不在。没办法,我只能先把稿子和钱交给门卫了。"

真是"靠谱"的跑腿人。就在俊夫担心包工头是不是把报社和其他大楼搞混了,打算确认一下的时候,却发现包工头已经靠在纸隔门上打起了呼噜。看来只能再等几天看看了。

雨又连续下了两天。

第三天早上，终于不漏雨了。俊夫来到客厅，看见小隆正在看报纸。

"叔叔早上好。你看，这里有篇广告好奇怪，写着什么'畅快淋漓的新型玩具，让新型玩具助你重获新生吧'，真是看不懂到底想说什么。"

"……"

"后面还写着'如有需求请致电：日本桥2301，第七物产'。这家公司我从没听说过，不会是骗子吧。"

"……"

"我开吃了。"小隆吃起了早饭。

饭桌上依旧只有一锅放了甜味噌的酱汤和放了米糠味噌的盖饭。不过俊夫今天早上食欲格外旺盛。因为一切都进展得很顺利。

包工头一家都对悠悠球毫无兴趣。不过凡事都有例外。八千万的国民中出现四个例外也是正常的。

俊夫的母亲经常说："悠悠球是在你刚学会走路的时候开始流行的。"所以那应该是昭和八年春天的事。而且悠悠球可比呼啦圈和达可①娃娃流行得多，甚至还有议会警卫在执勤期间玩悠悠球被开除。可见悠悠球受到这个时代的欢迎是事实。只要能抢在其他商家之前开始销售，肯定就能大赚一笔。

之前，俊夫的朋友曾经在报纸上刊登过卖车的广告，结果从

---

① 1960年日本发售的一款黑色玩偶。

167

一大早就开始接到各种咨询电话,害得那个朋友不得不请了一天假。俊夫想着,估计蛎壳町的那家事务所现在也在忙着接电话吧,所以他下午急忙跑去新宿,给蛎壳町打了个电话。

"是第七物产吗?有一位客人咨询。"

电话那头音质很差,事务所的男人这样答道。

"只有一位?"

俊夫反问之后,觉得应该是因为自己没在广告里加上对新玩具的说明。或许应该加一句"大人小孩都能玩"……

俊夫打起精神,要了咨询者的电话号码,挂断了电话。

公用电话亭外面只有一个像是要求职的失业者在等。

俊夫拿起像是化妆品盒子似的听筒,贴到耳朵上。

"请问转接哪里?转接哪里?"等听筒里传来女接线员的声音,俊夫就把刚刚问到的号码报了出去,很快就有声音说:"已为您接通,请投入五钱。"他把拜托老板娘准备的一袋子白铜五钱硬币往电话机里投了一枚。由于已经有过一次经验,俊夫已经完全掌握了公共电话的用法。

"叮"的一声接通后,对方听起来比俊夫还着急。他们约好三十分钟后在上根岸的"笹之雪"餐厅见面。俊夫赶紧把公用电话让给失业者,叫了一辆出租车。

没想到,半路上出租车爆胎,耽误了一会儿。俊夫抵达卖豆腐料理的"笹之雪"时,距离约好的时间已经晚了二十多分钟。俊夫一走进对方等待的房间,服务员就接二连三地端上了酒和菜。

"实在抱歉,我来晚了。"俊夫先道了歉。

在电话里,那个人说自己是小传马町的玩具批发商。但面前这个人理了个寸头，穿了一件单层的衣服，系着腰带，怎么看也不像老板，倒像是个管事的掌柜。

掌柜简单寒暄了几句之后，拿起酒壶给俊夫倒酒的同时，问道："那，到底是什么样的玩具？样品您带来了吗？"

"嗯……就是这个。"俊夫从兜里掏出悠悠球，放到桌子上。

"啊……"掌柜只看了悠悠球一眼，就又把目光落回到俊夫身上，"其实，我在报纸上看到新型玩具的广告，还以为是猴子爬树之类的东西……您这个感觉有点儿……"

"不，这个很好玩的。"

俊夫急忙拿起悠悠球，准备展示给掌柜看，但是酒洒出来，把他的手指弄湿了，绳子末端的绳圈怎么也套不上去。就在他重新系绳圈的时候，掌柜说："行了，不用演示了。这个玩具确实不太合适我们……如果您下次做了猴子的玩具，我们再……"

掌柜已经站起身了。俊夫见状，只好叫来女服务员说："买单。"

那份四元五十钱的账单让俊夫觉得很贵，但他也说服自己，这是因为自己已经习惯了这个世界的物价。不要灰心丧气，只不过是对悠悠球没兴趣的人又多了一个而已。

果然，到了第二天又有两个人咨询。

其中一个住在木挽町旅馆。因为俊夫昨天听司机说过，这个时代的汽车非常容易爆胎，所以他傍晚时分选择乘坐市营电车去木挽町。

这一次，俊夫提前绑好了绳圈。他迅速把悠悠球的绳子套在手指上演示起来，在玩大车轮的时候还不小心砸坏了灯罩，但这恰好展示出了悠悠球的威力。

"这玩具有点儿意思。"大阪佐渡屋的玩具批发店老板开心地拍手叫好。

俊夫收拾好灯罩碎片,才松了口气回到座位上。

"您觉得怎么样?在您店里……"

俊夫刚问完,像鸿池善右卫门①一样富态的佐渡屋老板就伸出手问:"能让我试试吗?"

俊夫看了看他那粗短的手指,重新给绳子绑了个圈。

然而,老板的手指也和他的脸一样富态,所以并不是很灵活。把加大的绳圈套在手指上后,老板就站起身来尝试,但悠悠球就那么垂在下面,一动不动。

"看来还是得练习才行啊,"老板笑道,"卖的时候你是不是还得开个讲习会才行。"

"哎,这么说……"

"比起孩子,这个玩具更适合年轻人。那样的话,应该能卖得更好,您觉得呢,山田先生?"

俊夫刚才寒暄的时候,差点儿顺口说出滨田的名字,赶忙改口称自己是山田。

"来吧,山田先生……"

佐渡屋的老板从怀里掏出小算盘放到桌上。

两个人聊了一个多小时,佐渡屋算盘上的数字越变越大。

在佐渡屋老板盯着算盘沉思的时候,俊夫瞥了一眼手表,发

---

① 鸿池善右卫门,日本自江户时代延续至今的富商家族代代相传的名号。

现就快到和下个人约定的时间了。那人是下午直接跑到蛎壳町的事务所和俊夫通的电话，所以俊夫并没有他的联系方式。

"山田先生，"佐渡屋老板抬起头说，"超过这个数的话，我一个人也做不了主。明天我回一趟大阪跟店里的人商量一下，有结果了马上联系您。"

俊夫冲出旅馆，拦了一辆出租车。

这次出租车没有爆胎，但俊夫到达通三丁目中将汤大楼前的时候，还是来晚了十分钟。

中将汤楼前没有看到像约见者的人，只有一个穿着皱巴巴的西服的男人站在那里，估计是个流浪汉。

俊夫想，自己就等十分钟。要是等太久的话，就太对不起热情的佐渡屋老板了。

就在这时，那个西服皱巴巴的男人走到俊夫面前。

"请问您是第七物产的人吗？"

"……啊，是的……"

"我是之前拜访事务所的长谷川……"

"啊，真不好意思，我来晚了。"

他应该是某个快要倒闭的小玩具店老板。但是又不能直接拒绝人家，所以俊夫只好把他带去对面横滨火灾大楼旁边的一家寿司摊。

"其实，我是想请您帮个忙……"西服皱巴巴的男人嘴里嚼着金枪鱼寿司说道。

从他的话中得知，他并不是什么玩具店老板，只是个工人。由于工作多年的玩具厂倒闭了，他目前是失业的状态，所以想看看能不能在第七物产找点儿活干。

"我对玩具很熟悉,什么都知道。求您了!如果还是现在这个样子,我的老婆和孩子就连饭都吃不起了……"

"您多吃点儿寿司。还想吃哪种?"俊夫说。

"好,那就还要金枪鱼。"

"给这位再上一些金枪鱼的。"

"好嘞……老爷,恕我多管闲事,您帮帮他吧。"

俊夫和寿司摊老板一样,都是江户男儿,自然愿意帮他。

"长谷川先生,"俊夫说,"您等我三天。二十九号那天,咱们还在这里碰面。"

然后,俊夫对寿司摊老板说:"再来五人份的寿司。"

"好嘞,明白。"

这时西服皱巴巴的男人补充道:"不要芥末。"

两天后的二十八号是俊夫和佐渡屋老板见面的日子。

那天的早报报道了京阪神的电影解说员和员工参与反对有声电影大罢工的新闻。俊夫又开始担心起来,是不是母亲记错了,以为悠悠球的流行是在昭和八年春天,但真正的时间其实要更早。俊夫一想这个,就坐立难安。

中午的时候,俊夫来到新宿。世田谷町和东京市内没有直通的电话,不过他也习惯了这个不便之处。投入五钱后,只听"叮"的一声,蛎壳町那熟悉的男业务员告诉俊夫,后来就没有人咨询过了,佐渡屋那边也没有联系。直到下午六点事务所下班,俊夫一共打了十几通电话,但每次得到的回答都一样。

第二天也是同样的情况。并且，打电话时的对答也越来越简略，最后只剩下"这里是第七""还没有"。"还没有"这个词里还包含了对俊夫早上第一个电话里吩咐过的内容的答复。他对业务员说，如果长谷川来问，就告诉他今晚自己会等他。

俊夫觉得，既然之前已经约好了，长谷川总能凑出五分钱的电车费吧。所以太阳一落山，他便去了通三丁目的寿司摊。

草帘里只有两个人在吃寿司，看着像是桧物町的艺伎，皱巴巴西装男并没有在里面。

艺伎们只吃了两三个寿司就离开了，摊主赶忙对俊夫说："老爷，之前那位还没来呢，您是怎么打算的啊？"

"嗯，我打算让他来我这里工作。"

俊夫准备了五十元作为预付月薪，想让长谷川做自己的助手。长谷川对玩具界很熟悉，应该会是个不错的帮手。

"是吗？那可真是太好了。"

心情愉悦的摊主送了一大盘堆成小山的章鱼给俊夫当下酒菜。可是直到俊夫把那些章鱼都吃完，长谷川都没有现身。

"他应该很快就来了吧。老爷，您累了吧，这个给您……"

摊主给俊夫递过来一个橘子箱。这个时代的路边摊都是站着吃，没有椅子什么的。

俊夫坐到橘子箱上又等了一个多小时，其间摊主还给了他个坐垫。

俊夫最后等到寿司摊打烊才离开。

第二天一早，俊夫在报纸上看到了一则标题为"生计艰难，全家自杀"的新闻。

二十九日凌晨一时许，家住府内①千住三河岛三四六号的无业人员长谷川音吉（四十二岁）与妻子（三十六岁）用腰带勒死睡梦中的长子（九岁）后服毒自杀。自工作的玩具工厂于去年倒闭以来，长谷川一直处于失业状态，推测全家因生计艰难自杀。

俊夫把这条新闻翻来覆去读了好几遍。他试图从里面找到证据证明自杀的男人不是那个西服皱巴巴的男人，但还是没找到。

俊夫盯着餐桌上新腌好的茄子，沉浸在伤感中。就在这时，刚刚背着书包出门的小隆又折了回来。

"叔叔，您姓山田吗？"

"啊？哦哦，是信啊，"俊夫看到小隆手里拿着信封，伸手去接，"对，是寄给叔叔的。谢谢你。路上小心。"

快递信封上写着请包工头转交山田先生的字样。在木挽町的旅馆，俊夫把包工头的地址留给了老板。

打开信一看，只见纸上是用出水不太流畅的笔写下的字迹。

急启，关于此前于木挽町蒙阁下赐教木制玩具一事，归阪以来与店内诸人商讨多次，同意以阁下所示条件生产销售，敬请阁下放心等候。待木材采购、工厂建

---

① 指东京府内，东京府为东京都的前身。

设等诸般资金集齐后，最迟明年六七月即可面向全国统一发售……

6

六月三十日下午三时许，从横滨出港的"大洋丸"载着包括女运动员在内的第二批奥运会选手，在众人盛大的欢送仪式中踏上征途。

收到信的第二天早上，俊夫读到了这则新闻，当即决定开展自己的另一项工作。

终于等到小隆从学校回家后，俊夫迫不及待地说："小隆，那个，NHK……"

"什么？"

"不，那个……JOAK[①]的广播发射功率是多少来着？"

"第一放送和第二放送都是十千瓦，第一放送的波长是……"

"我知道了。对了，一会儿要不要跟我一起去神田？"

"去神田干什么？"

"买收音机零件哦！"

"好酷！"

小隆跑遍全家宣布了这个特大消息，把一家人都召集到了俊夫的房间。

"收听费我们出一半儿！你说呢，孩儿他妈？"包工头说。

[①] NHK 在 1959 年被正式作为日本放送协会的简称，此前人们多以其前身东京放送局的呼号 JOAK 作为代称。

"那是当然的啦！本来就是要大家一起听的！"

"收听费是多少来着？"俊夫问。

"呃，好像是一元吧……"

"是七十五钱，爸爸！"小隆说，"今年二月二十六日，为了纪念收听人数突破百万，将原本一元钱的收听费下调至七十五钱啦。"

虽然小隆才刚上四年级，但他每天都会读报。包工头夫妇知道的新闻都是从小隆那儿听来的。

俊夫带着万事通小隆来到神田，用了差不多二百元就买下了制作收音机所需的各种零件。

第二天是周日，小隆一整天都在给俊夫帮忙。

"叔叔，这是超外差收音机吗？"

"不，我们只听 AK 的第一和第二放送，所以不用担心收信混乱，没必要用超外差。比起这个，我们更应该注重提升音质。"

"哦……"

"来，你帮我把这个和这个焊在一起。"

反正不用太讲究，所以俊夫只选用了 224、227、236、245、280 这几种传统的电子管。这些就可以驱动国产的六英寸动态扬声器了。

因为有高频放大器，所以只需要配备室内天线就足够了。可俊夫说这个时候，遭到了包工头的强烈反对。

"要是不架天线也太怪了！"

傍晚，在俊夫和小隆完成接收器的组装之前，包工头就已经指挥着一帮小伙子，在院子中央架起了一座五间高的豪华天线塔。

这样的话，方圆一里的人就都知道包工头家有收音机了。

自打有了收音机，包工头每天不管是去赌马还是去干活，都能在晚饭前回家了。一家人迅速吃过饭后，便会坐到收音机前听广播。虽说就连电视都能边吃边看，收音机就更不用说了，但包工头一家人似乎认为要是不盯着喇叭就没有听收音机的感觉。

包工头最爱听的是每天六点开始的《儿童时间》和后面的《儿童新闻》。后者是今年六月才刚开始播出的新节目，多亏了有关谷五十二和村冈花子每天的轮流播报，小隆终于不用再向父母转述新闻了。

除此之外，无论是《关于帝国的使命》这种振奋人心的演讲，还是英语新闻《今日话题》，包工头一家人都会听得十分认真。内阁大臣以上级别的官员演讲完毕后，包工头总是会毕恭毕敬地对着扬声器鞠上一躬。

八点的文艺节目开始时，俊夫也会参与进来，坐到收音机前。浪花节和落语……就光是能欣赏到上个时代知名艺人的精彩表演，俊夫都觉得昭和七年来得很值。

偶尔，俊夫会动用自己作为收音机所有者的特权，把频道调到第二放送听西洋乐。然而，每当女高音开始独唱，包工头夫妇就会咯咯大笑，这让俊夫很是无奈。对于他们来说，年轻女人提着嗓子唱歌简直是个疯狂的行为。

文艺节目会在九点半结束，接着就是历史上的明天和天气预报。然后，一整天的广播就结束了。这时，在收音机前留到最后的包工头也该去睡觉了。不过每隔三天左右，他就要和俊夫边喝啤酒边点评一下当天的节目，偶尔还会躲着老板娘说些悄悄话。

七月三十一日，包工头一家人期盼已久的洛杉矶奥运会终于开幕了。

全家人一到中午，就会在收音机前乖乖坐好。

"下面是正午整点报时。报时结束后，我们将为您转播洛杉矶的实时赛况。"

接着是一段倒计时："十秒……五秒……"那像极了人造卫星发射前的读秒声。读完秒，最后"当"的一声，整点钟声响起。

在"沙沙"的噪声中，隐约传来身在洛杉矶的解说员松内则三的声音。

"各位日本的听众朋友，这里是洛杉矶……"

由于时差和技术上的不足，这段广播并非现场直播，而是所谓的"实感放送[①]"。解说员松内会看着几小时前的比赛录像进行模拟现场解说。

不过，只有俊夫和小隆知道这件事。包工头夫妇即使听了小隆的解释，也依旧不太理解，特别是对于那边的白天是日本的晚上的这种说法，包工头认为那是绝对不可能的。

由于把它当作了现场直播，所以包工头夫妇一整天都十分兴奋。他们还会因为广播中没听清的片段而发生分歧，眼看马上就要动起手来，然而下一秒，夫妇俩就又开始异口同声喊加油了。他们的声音非常大，似乎是坚信这能顺着收音机传到洛杉矶去。

虽然两人到不了洛杉矶，但他们的加油声遍布家中的每个角落。就连已经知道比赛结果的俊夫也被感染，坐到了收音机前。

---

① 当时日本未获得洛杉矶奥运会的转播权，因此采取了这种折中的方式。

所有比赛里，最让俊夫捏一把汗的是三级跳远。虽然俊夫知道日本在洛杉矶的三级跳远中拿了冠军，但他却记不清夺冠的具体是织田还是田岛了。结果转播才刚开始没一会儿，织田就在预赛中被淘汰了。

"……进入前六名的是：瑞典的斯文森、荷兰的彼得、爱尔兰的菲茨杰拉德、美国的弗思，还有来自我们日本的大岛和南部。织田选手以十三点九六米的成绩遗憾丧失决赛参赛资格。"

俊夫倒抽了一口凉气。田岛选手没有出场。这么看来，日本可能拿不了冠军了……

"……在决赛第一轮中，南部十四点八九米，菲茨杰拉德十四点七〇米，斯文森没能发挥出之前的水平，同样只跳了十四点七〇米。大岛、弗思、彼得犯规。"

"啊！"包工头哀号道。

"南部，加油啊！"老板娘尖叫着。

俊夫也一动不动地盯着喇叭。他现在才终于理解了包工头夫妇，只要听得足够投入，人就会不自觉地变成那样。

"现在进入第二跳。南部起跑了，一跳，两跳，最后一跳！这一跳远远超过了标记着织田世界纪录的小旗！"

包工头一家人都激动地站起身来，高呼了三声万岁，就连听得懵懵懂懂的小祖宗也加入了进来。

"……就这样跳啊跳，跳啊跳，南部忠平选手一次次的努力终于让他跳出了十五点七二米的优异成绩，这是奥运史上一项全新的世界纪录！日本国旗终于……"

"包工头！"俊夫叫了一声。

"来了。"

包工头朝俊夫使了个眼色,走出了家门。老板娘依然沉浸在日本夺冠的兴奋中,什么都没有察觉。

那天深夜,包工头提着从井里提的啤酒,来到俊夫的房间。

"老爷,果然跟您说的一样啊!"

"嗯,今后还是要麻烦您。"

"放心交给我。"

包工头盘腿坐下,从围腰里拿出了几张皱巴巴的纸币。

"这是今天挣的,一共七十元,您数数。"

俊夫接过钱来数了数。

"没问题。"俊夫说,"全部弄完之前,能不能请您先替我保管一下?"

"啊?这个……"包工头有点儿诧异地眨了几下眼。

俊夫从里面抽出十元递过去。

"这是请您喝酒的钱。"

奥运会闭幕的那天晚上,俊夫和包工头在车站边的小酒馆里开了个小型庆功宴。

"老爷啊,您猜胜负的直觉可太准啦!"包工头边说边往俊夫的杯子里倒酒,"居然全让您猜对了。田径是三级跳赢了,游泳除八百米外全部夺冠,还有马术的障碍赛……全都猜对了!这里头到底有什么诀窍?"

"这可不能告诉你。"俊夫笑道,"比起这个,我倒是更好奇您是怎么跟别人打赌的。"

"嘿嘿,我也不能说……反正,我用的是内行赌法,像老爷您这种外行学起来有点儿难度。要是换作普通的赌法，哪能得到五百块！"

"确实是这样。"

包工头好像是和赛马场的几个熟人打的赌，其中几个似乎很有钱。

"您直觉这么准，不去赌马真的太可惜了。"

"我靠的可不是直觉。"

"啊？"

"不是直觉，怎么说呢……我因为某些原因，可以预知未来……也就是知道接下来要发生的事。"

"您是说，像占卜那样？"

"嗯，差不多吧。"

"那赛马的名次也能卜出来吗？"

"赛马可能不行。"

"好吧……"

"不过，我知道日本的未来。比如满洲事变①会越闹越大，然后，日本还会和美国……算了，先不说这个。更小的事情我也知道，比如，从明年春天开始，悠悠球会……啊！"

"老爷，您这是怎么啦？"

"……原来如此。我真是太大意了，现在才想起这回事！"

"怎么了，您是忘什么东西了吗？"

"是啊，很重要的东西。"

"那要不要我跑去给您取回来？"

"这个世界有着既定的运行方式，所以奥运会的赌约才能跟

---

① 满洲事变即九一八事变。

我说的结果一样。但这同时也意味着，未来的事情是怎样都无法改变的。就算佐渡屋的老板在信中承诺说明年六七月悠悠球就能上市，也无济于事，悠悠球还是会在明年春天开始流行，想要抢先一步是不可能的……"

"虽然没听懂您在说什么，不过凡事还是别太勉强啦！"

"你说得对，怎么搞小花招也没意义。反正这五百元是赌来的，咱们拿它去快活吧？"

"好啊，老爷！那我赶紧叫辆车，咱们上滨町玩儿吧！"

"不，今晚还不行。"

"为什么……"

"在此之前，我还有个问题需要解决。对了，这次还是得请你帮帮我。"

"女人的事儿我可帮不上忙啊。"

"不是啦，包工头！"

俊夫挪开面前的酒壶，朝包工头探身。

7

从"二百十日"的九月一日到"二百二十日"①，好像刮了几场台风。之所以说"好像"，是因为在这个时代，室户台风②这位

---

① 二百十日、二百二十日均是日本节气，分别是指立春之后的第 210 天和 220 天。一般认为二百十日是台风天开始的日子。

② 室户台风于 1934 年 9 月 21 日在日本高知县室户岬登陆，给西日本带来了极大的灾情。

大明星尚未登场，人们还不怎么关注台风，报纸和广播里也从来不会报道台风，俊夫只能从各地暴雨受灾的报道中，察觉到台风来过的迹象。从各种报道来看，东京受灾并不严重，大概就只有世田谷町的包工头一家拿着水桶和抹布忙前忙后。

九月十五日是日本承认伪满洲国政权的日子。

虽然荒木陆相[①]强调说"日满共荣是东洋和平的第一步"，但对于包工头一家来说，承认伪满洲国政权只是多了件把日本国旗挂在屋檐下的麻烦事。

傍晚，俊夫想找根烟抽，于是走到店铺门口。只见老板娘正在吃力地摘下国旗，俊夫赶紧来到屋里帮忙，避免了家里的玻璃窗被旗杆头撞碎。俊夫扛着卸掉了旗杆球和国旗的旗杆往后院仓库走的时候，包工头从外面回来了。

"老爷，真找着了个合适的。"包工头边从俊夫手中接过旗杆，边低声说道，"我今天晚上慢慢跟您说。"

晚上，俊夫泡完澡后在蚊帐里等包工头。他们一家泡澡的顺序是固定的，先是早睡的小祖宗和小隆，接着是俊夫和包工头，最后才是抱着一大堆换洗衣服的老板娘。

俊夫一根烟还没抽完，身上只围着一块兜裆布的包工头就已经来到了蚊帐外。包工头一直觉得，只有乡巴佬才会花很长时间泡澡。

他一巴掌拍死右肩上的蚊子后，钻进了蚊帐。

"找到了？"俊夫在烟灰缸里把金蝙蝠烟捻灭，问道。

"嗯……哎哟！"

[①] 即荒木贞夫（1884—1966），是日本陆军将领，曾任日本陆军大臣。

包工头耸了耸肩,盘腿坐在俊夫的被子边上。由于被蚊子叮了一口,他右肩上文的那条龙——小祖宗坚持认为是金鱼——肿了起来。

"那人啊,是我朋友的朋友。我偷偷跟您说,他是共产党……"

包工头的嗓门很大,不过浴室里的水声正哗哗响着,不用太担心。

"我听说这人正急需一笔钱,所以今天就去问了一下。他很感兴趣,说自己正好马上就要去当地下党了,让我一定要找他。"

"那人多大年纪?"

"年纪、长相都和老爷您差不多!而且,这人还没有家室。他从小在深川长大,亲朋好友都在地震的时候去世了。您想,当时那一带的人不是都往服装厂逃,最后被烧死了嘛,就是那事!他那会儿正在服兵役,才躲过一劫……怎么样,这不是正好合适吗!"

"确实……那,多少钱?"

包工头默默竖起一根手指。

"一万?"俊夫目瞪口呆。

"不不,"包工头摇了摇头说,"去掉个零,一千元。"

"哦,那还差不多。"

"行嘞,那就这么定了。说起来,我每次被街坊邻居问住在我家的人是谁的时候,都挺发愁的……不不,我不是嫌您赖着不走,只是怕万一上边的人知道了,老爷您会惹上麻烦。不过以后就都不用担心了。太好啦,老爷!"

第二天，包工头一早就把事情交涉完了，接下来，俊夫只需要向区政府提交一份寄居申请书就行。俊夫需要按照规定的格式，把包工头家的住址写上，再把包工头拿回来的那个户籍副本上的籍贯、姓名和年龄抄下来，并在最后注明申请居住于上述住址即可。俊夫自己到区政府办完了这套手续。

俊夫到家时，包工头已经等不及了。

"老爷，咱们赶紧出发吧？"

"出发？去哪儿啊？"

"上葭町① 玩啊！"

"哦对，之前约好了的……不过今晚不行。"

"为什么？"

"我得先习惯一下新名字，不然被警察抓住可就麻烦了。"

"这么说也有道理……老爷的新名字叫什么来着？"

"中河原传藏。"

"中河原传藏先生啊，这名字不错。"

"我可不那么觉得……"

反正俊夫也没得挑。那天晚上，他练签名练到了半夜。

第二天一早，俊夫吃完饭就把包工头叫到了房间里。

"找你来是为了之前分钱的事。我把你的那一半钱给你。这些钱是你的，想怎么用都行。"

---

① 葭町又叫芳町，是东京历史上知名的花街之一。花街通常是指以娱乐、艺伎表演和饮食等为主的商业区域。作为一个重要的娱乐区，它与日本传统的艺伎文化和风俗文化密切相关。

俊夫递出了二百五十元，包工头接过来，没数就直接塞进口袋里。他一下子就变得躁动不安起来。

包工头望着天花板上的污渍看了半天，还时不时地假装清一下嗓子，最后终于绷不住说："我突然想起来件急事儿。"

他话音刚落，人就消失了。

那天包工头直到傍晚都没回来，俊夫能猜到他去哪了。那天是周六，春天刚开张的羽田赛马场应该有场比赛。

正如俊夫所料，包工头在太阳落山以后，垂头丧气地走进家门。那二百五十元估计已经烟消云散了。

虽然很惨，但是也没办法。俊夫挺喜欢包工头的，但同时也很喜欢老板娘和孩子们。如果自己拿着那五百元和包工头一起去找艺伎，不知道会给这个和睦的家庭带来什么样的纷争。

不过俊夫自己没有家人，所以没必要和包工头一起坐在收音机前哭丧着个脸。他学着包工头的样子说："我突然想起来件急事儿。"

说完便起身离开了。

8

俊夫在银座四丁目的拐角处下出租车时，服部钟表店的大钟正好敲响。

这家新店六月刚开张。那崭新的时钟正高悬于夜空，指向八点整。

时钟的响声和原来世界里经常听到的电子音不同，更像是教堂里那种响亮优美的钟声。

这座时钟在半夜也会响吗？在这个收音机尚未被普及的时代，这时钟一定承担着向周围人们报时的责任。说起来，战争爆发前，每天正午时分都能听到警笛声……

出生在京桥的俊夫还记得战争刚开始时的银座。今夜的银座，与他少年时代记忆中的十分相似。

三越百货大厦楼顶上，喷泉彩灯正投射着五颜六色的光，大厦东侧的步行道上全是顶棚上立着"正睦会"招牌的小摊。银座大街与其他地方的摊位不同，统统用电灯替代了电石灯，电灯照亮了人行道上熙熙攘攘的行人。在原来的世界里，银座这条主干道一过八点就要熄灯，但这里却完全相反，有种好戏才正要开始的感觉。这不仅是因为街边的小摊十分热闹，还因为银座街边有许多提供陪酒服务的咖啡厅和夜总会，它们店外的霓虹灯交相辉映。

不过，这些霓虹灯的颜色只有红、绿、蓝、黄这样的原色，非常刺眼。当然，这也正常。毕竟要想制造出柔和的中间色，就必须用充入氖、氩等气体的管子做荧光管，而荧光管在昭和七年还没被发明出来。

俊夫来到五丁目的西侧。

拐角处，麒麟啤酒馆的灯光正与对面的惠比寿啤酒馆的较劲。俊夫从已经关门的鸠居堂文具店经过，就到了松月咖啡厅。再往前走，在高岛屋十钱杂货店前面，可以看到一栋霓虹灯招牌上写着"联合啤酒"的双层建筑，那就是大名鼎鼎的老虎咖啡厅。听说很多知名的人都会去那里，因此价格非常高。俊夫想起自己之前在什么书里看到过"就算每次只付一元的小费,在里面待上个一年半载也会完蛋"的描述,于是选择敬而远之。他在下个路口拐弯,走进了御雪街。

这条街上只有一家孤零零的摊位。"中式荞麦"几个大字上方还写着"蟹睦会"。应该是为了跟主干道上那些正睦会的摊贩团体对抗,所以岔道上的团体名就选了带有螃蟹横行之意的"蟹睦会"。俊夫小时候不认识这个蟹字,但仔细想来,他现在还是不知道。蟹字到底是怎么读的呢?

俊夫在第一条小巷的入口处停下了脚步。巷子里霓虹灯如洪水般泛滥,红叶、中央、狐狸、敖德萨、红磨坊……所有的招牌上除了片假名之外都加了英文。俊夫打算一家家看过去。

一家店里传出唱片的声音。这种声音应该是从手摇留声机里发出来的,声音非常大。"爱而不得,却见翠柳……"这句歌词出自当下十分受欢迎的《银座之柳》。银座大街上的柳树是今年三月新种下的。

"慢走,再来玩儿啊!"一家店门前,身穿和服的女人正在送客。那位客人看起来要回家了。这个时代的人晚上都睡得很早,普通人家一般八点左右就都睡觉了。

女人看到俊夫后贴了上来。

"哎,进来待会儿吧。给多少钱都可以,来试试不?"

她操着一口浓重的东北口音,但俊夫却并不觉得讨厌。他已经有半年没被年轻女性搭讪过了。

然而俊夫近距离看到女人的脸时,却被吓得打了个寒战。她的脸涂得惨白,像鬼一样。俊夫甩开女人的手落荒而逃。

在这个世界，肤色的粉底还没有普及。最常见的化妆手法就是脱下和服露出肌肤，给整个上半身都涂满白粉。

说起战后进步最大的，女人的化妆术当属第一，俊夫想。至少太平洋战争带走了日本传统的化妆方法，让欧式化妆法渗透了进来。

俊夫接着向前走，那些涂得煞白的女人一个接一个地迎上来抱住他。听说这条小巷俗称"银座玉之井"，俊夫感受过之后觉得果然名不虚传。

但俊夫还是决定再往银座的小巷里走一走。

主干道上有将近一半的店都和原来世界的一样。那这条小巷里应该也会有一两家俊夫认识的酒吧。当然，就算有自己熟悉的酒吧，里面也不会有认识的女招待，但这种地方多少能让俊夫感觉自己和原来的世界还有点儿联系，会放松一些。

俊夫压根儿没找到熟悉的酒吧，但发现了很多分散在酒吧间的老牌饭店，比如天金、炼瓦亭、御多幸、梅林……对了！俊夫突然想起来了。

在原来的世界里，银座有一家他经常去的寿司店。店里那位年近七十的老板很爱讲过去的事，总是一边捏着寿司，一边讲述战前的银座有多美好。俊夫想起那位老板曾经对自己说过，"五一五事件"那阵子，旁边有一家品味不错的酒吧，还说店名是叫什么托洛哥。

俊夫走过去一看，那家寿司店果然还在原来的位置。看到店旁那块黄色的电灯招牌后，俊夫对寿司店老板的记忆力十分佩服。老板只记错了一个字——招牌上写的是"摩洛哥"。

摩洛哥并没有和其他店一样把流行歌放得震耳朵，可见其品味确实不错。俊夫进门后，才听出这里放的是利奥·赖斯曼乐团演奏的《玫瑰探戈》。

而且，透过萦绕在空气中烟雾，依稀可见老板娘和她手下的女招待并没有把白粉涂得那么吓人，俊夫安心了许多。

这里的留声机用的都是布朗瑞克公司产的电动款，是个音量很大的型号。俊夫看见离留声机最远的位子还空着，于是坐到了那里。

他刚一坐下，一个女人就凑了过来。这个时代的人好像会把身材丰满的女人称为"肉感美女"，可这位已经超出了"肉感美女"的范畴，身材已经接近相扑手玉锦那个级别了。女人抬起她那肥硕的屁股在俊夫身边坐下，问道："喝点儿什么？"

俊夫看了看满是酒瓶的架子，答道："一杯加水的尊尼获加黑方。"

为了盖过音乐声，他不由得声音放大了许多，引得吧台边的客人回头看过来。那是一个穿着校服的学生。俊夫听说，警视厅最近刚刚发布过通告，严禁酒吧接待穿校服、戴学生帽的客人。所以这个学生头上并没有戴方形学生帽。

女人起身为俊夫端来了酒，还有另一个女人跟着她来到了俊夫桌边。可能是因为那杯尊尼获加黑方，新来的是个身材苗条的美女。

"我叫丽子，请多指教。"她说。

她和肉感美女一样，也穿着和服。

侧脸很漂亮，俊夫一边把身体转向丽子，一边思忖道。丽子本人似乎也猜出这一点，故意朝店门口望了望，让俊夫好好欣赏自己的侧脸。

"怎么盯着我看了这么久……我长得像你女朋友？"丽子微笑着说。

"不，我只是觉得你跟那张照片上的美女长得很像。"

俊夫说着，指了指贴在墙上的照片。然后他才发现，照片上的人是演员玛琳·迪特里希。那张照片正是电影《摩洛哥》的剧照。原来在这个世界，这部电影也已经上映了啊。不过从这家店崭新的装潢来看，电影上映应该也就是最近的事。

丽子说了些什么，但刚好沙发剧烈摇晃起来，俊夫没有听清。之所以会摇晃，是因为那个被冷落的肉感美女扭动着肥硕的身躯站了起来。

肉感美女走到留声机前，换了一张唱片，随后便一直背对着俊夫站在那里。俊夫感到有些过意不去，所以对丽子称赞起肉感美女换的唱片。

"这歌真不错！"听起来像是美国的流行歌曲，"这是什么歌？"

"您稍等。"

丽子提着和服的下摆站起身，朝留声机那里走去。俊夫还以为她是要去把肉感美女叫回来，结果发现并不是。她拿着唱片的介绍页，自己回来了。

"这首歌叫《在我的纪念品中》。"

"哦？"

俊夫接过介绍页看了看。这首歌是埃德加·莱斯利作词，霍拉齐奥·尼古拉斯作曲,上面还印着英文歌词。

There's nothing left for me,

Of days that used to be,

I live in memory among my souvenirs.

Some letters tied with blue,

A photograph or two,

I see a rose from you among my souvenirs.

A few more tokens rest

Within my treasure chest,

And tho' they do their best

To give me consolation,

I count them all apart,

And as the tear drops start,

I find a broken heart among my souvenirs.

"喂,这些英语写的是什么啊?告诉我呗。"

"嗯,这个啊,讲的是一个人看着自己已经离去的恋人留下的东西,开始追忆过去……大概就是这个意思。"

"难怪听着有点儿伤感。"

"嗯……"

俊夫看了看留声机,大大的唱头正按照 SP 唱片的沟纹周期性上下摇摆。

这时,丽子凑到俊夫的耳边问:"喂,你女朋友是个什么样的人啊？"

"呃……我没有什么女朋友。"

"你就知道骗人，你刚才想起她了吧？我都看出来了。"

"哪有……"

"肯定很漂亮吧？她是哪种类型的？像哪个电影演员？入江隆子？夏川静江？还是小田切美子？"

俊夫努力装出一副沉浸在唱片里的样子，结果，他突然发现唱片已经播完了。

"再听一遍刚才那张吧。"丽子说着站了起来。

第二天下午，俊夫从老板娘那里要了一百元的存款，就离开了包工头家。

他在两天前刚以还债为由取过一千元，突然花太多的话，会让老板娘起疑。不过好在之前靠赌博赚来的钱还剩下两百，再加上这次要的，也够最近的花销了。

包工头好像是为了给十月一号的大东京祭[①]做准备，一大早就兴冲冲地出门了。所以俊夫不用担心他那边。

当晚十点左右，俊夫又来到了银座的摩洛哥酒吧。

这个时间正是生意最好的时候，摩洛哥的女招待们都在忙着服务客人。上次那个肉感美女正躺在沙发上，跟坐在自己肚子上的瘦弱男人又叫又闹。俊夫觉得隔壁那家"寿司幸"的老板肯定没见过这个时候的摩洛哥。

[①] "祭"是日本文化中的一种传统庆典或节日，通常伴随有游行、舞蹈、音乐表演、庙会等活动。

肉感美女好像是在提供一项所谓"肉垫"的服务。这里还有很多那种咖啡厅里提供的色情服务，比如按摩服务、拥吻服务、口袋服务，在更激进的那种咖啡厅，甚至还会提供一种无抵抗服务。所谓的无抵抗就是女招待要任由客人摆布而不能做任何抵抗。这种大尺度的服务最需要考验女招待的眼力，她们必须想方设法辨别出客人是否为便衣警察，以防酒吧被停业整顿。

虽然摩洛哥算不上高雅，但也还没到那么激进的程度。

丽子正坐在吧台边，有个留着小胡子的男人正搂着她的肩膀。注意到俊夫来了之后，丽子冲他抛了个媚眼。然而小胡子男人的力气好像很大，她用了整整十分钟才挣脱他的怀抱来到俊夫桌前。

"欢迎光临！这么晚了，我还以为你不来了呢。"

"没有，我今天在东京逛了一整天。"

"啊？你是第一次来东京吗？要是你昨天晚上告诉我，我就给你当导游了……"

"下次肯定麻烦你。我今天只是在皇城前面、九段的游就馆还有上野和浅草转了转。我在浅草看了场电影，所以来晚了。"

"什么电影？有意思吗？"

"就是日本的有声电影，但感觉现在的国产有声电影还不太行啊，音质很差，根本听不清台词，声音还都是后配的，和口型完全对不上，还不如电视的配音……"

"什么？"

"没什么……总之，日本的有声电影还有提升的空间。"

听了俊夫的断言，丽子沉默了一阵，然后突然问道："那，你喜欢的小田切美子演得怎么样？"

"哎？你怎么会知道……"俊夫把啤酒杯打翻了。还好他今天没点昨晚那种高级威士忌。

"给我块抹布。"

丽子从酒保那要来抹布，擦干桌子，重新往杯子里倒了啤酒。她先是拿起来自己喝了一口，才把杯子放在俊夫面前，用调戏的眼神看着他，开始解释。

"你是想问我怎么会知道的吧？现在浅草上映的日本有声电影只有一部……那就是小田切美子主演的《哀愁的一夜》。而且，昨晚我提到小田切这个名字的时候，你看起来吓了一跳。所以……"

"原来如此！你可真是个优秀的侦探。"

"简直是明智小三郎[①]？"

"呃……啊，真的很厉害，比明智小五郎还牛。"

"嘿嘿……所以，你看到小田切美子感觉如何？"

"幻灭了。她和以前看起来完全不一样，涂着厚厚的白粉，丝毫没有魅力。果然……"

"还是你那位更好？"

"嗯……我那位，也就是小丽你比她强多了。说起来，你也经常看推理小说……侦探小说？"

"嗯。毕竟除了看书，也就没有别的什么娱乐项目了。我不喜欢苦闷的无产阶级文学……"

---

① 明智小五郎是日本推理小说家江户川乱步所创造的一个小说人物，对犯罪学和侦探学的造诣很深。此处的"小三郎"是丽子对自己的戏称。

"你喜欢什么样的作家?"

"这个啊,日本作家的话我喜欢江户川乱步,他早期的短篇小说很好看。外国作家的话,我喜欢'福尔摩斯'系列的作者柯南·道尔,范·达因,还有弗莱彻……"

"早些的作家呢?比如爱伦·坡之类的?"

"当然喜欢啦!啊,这么说你也爱看侦探小说呀!好开心。因为来店里的客人一般都只读过乱步的《黄金假面》。"

俊夫只不过是举出了一位自己确定是昭和七年以前的作家而已,但是托埃德加·爱伦·坡的福,他的脸颊收获了丽子的一个香吻。

"我太开心了!来,接着喝!"

"嗯……对了,你知不知道一个叫 H.G. 威尔斯的作家?"

"呀……他是写侦探小说的?"

"不,不能算侦探小说,应该说是科学小说。他有一部很有意思的作品。"

"叫什么?"

"《时间机器》。"

"已经翻译出版了?"

"嗯……可能还没有。我看的是电……原著,真的很有意思。"

"大概讲的什么?让我听听呗。"

"嗯……"

俊夫把《时间机器》的梗概讲给了丽子。因为之前给伊泽启子讲过一次,所以他这次讲得比之前流畅了很多。丽子听得很认真,还不时往俊夫的杯子里倒酒,自己也喝上几口。

"这小说真有意思!"听俊夫讲完后,丽子感叹道,"时间旅行,好奇特的想法!"

"哎,丽子,如果我说时间机器真的存在,你会怎么想?"

"这个……我不太懂机器什么的,不过以现在的科技水平还做不到吧?"

"那如果科技进步了呢?"

"那确实有可能。"

"那你听我说啊。我们假设未来的人造出了时间机器——时间机器就是时间旅行机,能回到过去的世界……就比如可以来到这个昭和七年的世界。所以,时间机器有可能从未来的世界来到现在的世界。"

"啊,你说得对!真有意思。我最喜欢这种情节了!"

"小丽,"俊夫注视着丽子,一字一顿地说,"其实,我就是从未来的世界……三十一年后的世界,坐时间机器来的。"

"哎呀!"丽子笑了,但在她看到俊夫认真的表情后,自己也跟着认真起来,"不会吧……"

"真的。我还没跟任何人说起过这件事,你是第一个。所以,请相信我!"俊夫的声音越来越大。

邻桌的客人回过头来,看到俊夫几乎要把丽子压在身下后,抿嘴笑着,大声说道:"哎呀,咱们也不能输给他们!"说完便搂着女人背过身去。

被俊夫盯着的丽子小声说:"好吧,那你让我看看那个时间机器,看到我就相信你。"

"很遗憾,"俊夫的声音也小了下来,"我办不到。时间机器把我丢下,回到原来的世界了。"

丽子突然爆发出大笑,由于笑得太猛,还剧烈咳嗽起来。

"没事吧?"俊夫赶紧拍了拍丽子的背。

"没事啦。啊,太好笑了。这个点子真不错!你该不会是个小说家吧?要真是这样,你还是别讲给我听了,应该赶紧写在稿纸上啊……我还以为你说的真的呢,吓了我一跳!"

丽子还在咯咯笑个不停。

俊夫失望地抹去了啤酒瓶上的水珠。

"要不要再来一杯啤酒?"丽子终于止住了笑,问道。

"不用了,"俊夫下意识说出了平时惯用的托词,"我一会儿还得开车呢……"

"啊,不错嘛,你有汽车?"

"啊……不是,以前有,但现在没了。"

"什么?这不会也是你编的吧!是不是汽车把你丢下,自己开走了?"

"才不是!那个……对啊,买辆车吧,嗯,就这么办!"

"那,等你买了车,能带我去兜风吗?"

"当然。"

第二天,俊夫去了溜池。

在去溜池的出租车上,他把手里的剪报反复读了好几遍。那是一则纳什汽车公司的广告,上面写道:

车身设计优美高端，轮毂结构新颖独特，变速器可同步换挡，车体和底盘吸音减震，配以绝对安静、强力无比的引擎

隐居在包工头家的这段时间，俊夫时不时就会想起那辆被自己留在原来世界里的斯巴鲁。那辆车已经开了一年半，有关它的回忆，在数量上比伊泽启子的还要多。而且，作为爱车一部分的车钥匙还被他带到了这个世界，至今都好好放在他的外套兜里。

俊夫总觉得现在在这个世界买车，有些对不起之前那辆爱车。但他一直在说服自己，这个世界的地铁只能往返于神田和浅草，没车的话实在是什么也干不了。这两天光是打车就已经花了他五元。

俊夫会来溜池，是因为他看到报纸上写着这里有一家名为"葵"的汽车商行，结果他下了出租车一看，发现溜池这个地方到处都是汽车公司的代销店和零配件店。这个时代的机动化程度看起来已经相当高了。

俊夫一家接一家逛着，看摆放在店内的汽车，并向店员索要了产品宣传册。

每一辆车的设计都很有品位。车身和挡泥板采用了流线型设计，勾勒出优美的曲线，手工精心组装在一起。与原来世界里那些单薄的一体化车身不同，这些车看起来十分牢固。再加上电镀过的前格栅、车前灯、保险杠，以及装有白色轮毂的钢丝轮等配件，整辆车功能性十足，流动感满满。内饰的豪华程度就如同皇家的御用专车一般。

它们的性能也十分强大。比如哈德逊系列的中端车埃塞克斯超六，它搭载着直列六缸七十马力的发动机，能够以一百三十公里的时速行驶一整天，而且耗油量为每升汽油八到十公里，六十年代的汽车在它面前也是相形见绌。此外，这里的克莱斯勒、林肯、凯迪拉克等高级车都有六到七升排量的巨大引擎，以安静和安全的驾驶体验为卖点。

这么看下来尽是高级车，不禁让人怀疑，各家汽车公司是不是出于某种阴谋，在昭和七年以后故意让所有车逐年退化一点儿。

唯一的问题就是价格。

俊夫最开始那九千二百元的资产，现在还剩下七千五百元。要是按最坏的情况考虑，他需要靠这些钱生活到后年五月。今后外出的次数应该会增加，再算上零花钱，每月的生活费大概在二百五十元左右，到后年五月还有二十个月，总共就是五千元。把这些钱从七千五百元中扣除，就还剩下两千五百元，但是还必须从里面留出一千元以备不时之需，因此，最后留给买车的预算最多只有一千五百元。

然而，姑且不说售价四五千乃至一万元以上的高级车，就算是埃塞克斯的标准型号也要三千一百元。号称大众车的福特和雪佛兰的售价也都在两千元以上。只有到了小型车奥斯汀七系，才终于出现了像一千九百元这种低于两千元的价格。这里面最便宜的是莫里斯 Minor，每辆一千六百元。

俊夫沿着溜池的人行道边走边沉思着。

自己现在已经有了户口，打算最近就去申请弱电领域的专利，那样的话，肯定又会有一笔相当可观的收入进账。那现在也没必要为两三千元的开销纠结。但是，一向谨慎的俊夫不喜欢超前消费。

是超出一百元的预算，买一辆莫里斯 Minor，还是再找找二手车？最后俊夫下定决心，如果这条人行道走到头时自己迈的是左脚，就买莫里斯 Minor。

突然，传来了一个女人的声音。

"中河原先生！"

俊夫吓了一跳，抬起头来。

"啊，小丽！"他喊道。事发突然，他还没反应过来丽子刚才叫的是自己的新名字。

"……怎么会这么巧在这儿遇见。这是要去哪里啊？"

"什么去哪里，我这不是来这了吗。"丽子微笑着说。

"啊？"俊夫环顾四周，"你有朋友在这附近？"

"是啊，非常好的朋友。现在就在我面前呢！"

"哎？难道……你说的是我？"

"对，我就是来见你的。"

"你……你怎么，"俊夫难得结巴起来，"你怎么知道我在这里……"

"很简单啊。你是昨天晚上突然决定要买车的，而且你还说自己昨天是一个人逛的东京，说明你在这儿应该没什么朋友，所以如果你想买车的话，肯定会先到这里看看。再加上昨天你在我们店里喝到很晚，今天应该会睡到中午，吃完饭再过来，所以我觉得，现在这个时间到这里应该能碰见你。"

由于听得太过入神，俊夫错把火柴杆当成烟叼在嘴里。但丽子的推理还没有结束。她和俊夫并肩走着,继续说道:"而且,看样子你还没找到喜欢的车啊。"

"是因为你看到我垂头丧气地从那边走过来吧。"俊夫试图还击。

"对,跟这个也有关系。不过还因为你口袋里的汽车宣传册都要溢出来了。如果已经看中了某一辆车,你就不会再对其他车感兴趣,所以肯定会把那些宣传册随便丢在哪儿吧。从折叠宣传册的方法来看,你应该也不是什么很规矩的人……"

"……"

"这里基本上什么进口车都有,但你却没买就回来了,那肯定是价格的问题。我说的对吧?"

"……嗯。"

"我今天早上查了一下,现在汽车的售价基本都在两千元以上。要是想要更便宜的……要么就耐心找找二手车,要么就……"

"要么就怎样?"

"一起去银座看看吧。"

俊夫只能按丽子说的,叫了一辆出租车。

丽子在出租车里一声不吭。她穿着比平时更朴素的和服,基本上没怎么化妆,但她的肤色却比俊夫晚上见到她时显得更加白皙。与在摩洛哥的时候不同,丽子此时的座位和俊夫有一定的距离,所以俊夫能看清她的全身。她身高约为五尺二寸,体重目测只有十贯左右。她时常会轻咳几声,俊夫觉得,她可能是胸口有点儿不舒服。

在银座下车后,俊夫下意识地挽起了丽子的胳膊要往外走,可丽子却一下子把手抽了回去。

其实，根本没必要那样，他们要去的店就在眼前。

"嗯？"俊夫先是看了看店的周围，"原来这里还有这家店啊！"

这里就在新落成的服部钟表店往数寄屋桥方向走几步的地方，是原来世界里天赏堂钟表店的位置。俊夫来到这个世界以后，每次来银座，要么会从四丁目的路口走到主干道上，要么就是直接拐进摩洛哥所在的五丁目，所以这个地方成了他的盲区。

将来，这块银座四丁目五号地上会盖起天赏堂，但现在它还是一家宽约两间半的玻璃平房店面，屋顶的招牌上从右至左写着"达特桑汽车"。

俊夫指着招牌下方的小字，对前面正要进店的丽子说："这里的免证驾驶，是没有驾照也能开的意思吗？"

"是的。"

突然，旁边走来一个西装革履的男人，看样子应该是刚出外勤回来的销售员。

"……达特桑轿车属于小型机动车，所以没有驾驶证也可以在全国各地驾驶。"

"这样啊！那先让我看看车吧。"

俊夫话音刚落，原本就很礼貌的销售员态度变得更加恭敬起来，像招待皇族似的把俊夫请进了店里。

看到贴在店里墙壁上的海报时，俊夫才明白了其中缘由。海报上写着这样的宣传标语：

明治的人力车，大正的自行车，昭和的达特桑

标语的前两句是史实，至于"昭和的达特桑"这句，自然只是达特桑公司自己的期许。

在这个时代，人们一提到车还是会像在明治时代那样，最先想到人力车。听到俊夫轻描淡写地把汽车说成车，销售员肯定会把他当成狂热汽车发烧友，而且是经常开着车到处跑的有钱人。

那辆"昭和的达特桑"此刻就摆在俊夫面前。

浅蓝色的车身、黑色的挡泥板以及跟大街上那些三一年款的福特十分相似的前格栅，看起来很有型。

不过，虽然这辆车的宽度跟自己在原来世界里的那辆斯巴鲁差不多，但车顶太高了。

"有种很容易翻车的感觉啊。"俊夫直接说出了自己的想法。

销售员用手挠着脖子说："啊，其实这么做是为了符合小型车规格中车宽须在一米二以内这一点，所以这辆车的重心多少是有点儿偏高，您说得对。"

销售员之所以这么坦白，大概是因为不敢对发烧友说谎吧。也多亏了他的坦诚，俊夫买下这辆车后，每次转弯都格外小心，一次都没翻过车。他后来听说，其实这款达特桑的车主中有很多都翻过两三次车，好在这辆车很轻，只有四百千克，翻车后只需两三个人合力就能推起来，然后继续嗒嗒往前开，非常方便。

丽子站在俊夫身边，并没有在看车，而是在看周围墙上贴的海报。

"咦？这款车原来不是叫达特松啊？"她突然说了句奇怪

的话。

"叫达特桑啊,那上面不是写得好好的吗?"

就算在原来的世界,也是叫达特桑。

然而,销售员对丽子的说法表示了认同:"嗯,最开始确实是叫达特松。那时候达特汽车制造公司刚开始生产小型轿车……"

"达特就是'动如脱兔'里'脱兔'的发音吧?"

"是的,我们公司的前身快进社在大正年间制造过一款名为达特号的轿车。去年我们加入户畑铸物旗下,生产起了小型轿车……"

"是被户畑铸物收购了吧?"

"啊,是……"

"据说那家公司的老板鲇川义介能力很强。"

"……"

"所以你们才开始生产小型汽车的啊。"

"是的。因为是达特之子,所以当时给它起了达特松这个名字。您肯定也知道,儿子的英文是松(son)……"

"女儿的话就是道塔(daughter)吧?"

"对,没错……要是叫道塔也挺好,结果最后还是用了松。后来有人指出松和损谐音,不吉利,所以又把定好的名字改成了达特桑。我们在今年四月十五号才刚刚正式营业,大批销售达特桑汽车。您太太好像很了解……"

"呃……"听到销售员把丽子称为自己太太,俊夫有些无措,忙把视线移向了驾驶室。

一点二米宽的车身只比斯巴鲁360窄十厘米,但那还是算上了两侧的台阶，里面真正能坐人的空间其实非常小。如果不是情侣，绝不会有哪两个人想一起坐进去。

"双座的啊。有能坐下四个人的车吗？"

"啊，其实……现在的小型车规格仅限一人乘坐，因为警察会把小型车和摩托车看作一类，不允许多人乘坐。他们还完全不能理解四轮轿车这种东西的存在。但至少这辆车能坐下两个人。四月份刚开业的时候，北白川家的皇族们买到的都是大阪造的单人车，那种的车身更窄，而且只有一侧有门，是真正的单人汽车。相比之下，这辆东京造的双人车已经宽敞多了。"

皇族要挤在那么狭小的空间里，也是怪可怜的。

"……所以，如果是两个人同乘的话，还请尽量选择没有警察的地方。"

"知道啦！"丽子开心地说。

"不过，如果可以的话，我们现在正在努力争取将小型车的规格增加到七百五十立方厘米，届时限乘人数也会增加至四人。所以如果你们愿意再等等的话，估计很快……"

想到鲇川义介的政治手腕，这的确有可能会实现，只是"很快"这个说法有些麻烦。要是快的话，自己明年就会离开这个世界，他只希望在离开前的这段时间里，能有辆代步车。

"那这辆车多少钱？"俊夫的口气就像是在问西瓜的价格。面对这样一位销售员，什么事情都变得轻松了许多。

"请您稍等。"销售员说完走到里面，拿来了一本小册子。

"这里有产品目录和价目表。"

俊夫接过册子后，先去看了价目表。

丽子也从旁边凑过来看。

"速度之星,单人座,一千一百五十元……应该不是这个。刚刚那辆车的价格在哪里?"

"是这个。"

"敞篷?一千二百五十元啊。"

"嗯。"

一千二百五十元的话倒是很合适的价格。虽说这辆车缺点是单人车,勉强可以挤下两人,但它也有不需要驾驶证这一优势。虽然俊夫现在已经有了户籍,但能不用假名字还是尽量不用的好。

产品目录是一张叠成四折的大纸。封面上印刷着"达特桑高级小型轿车,国产汽车界的霸王,无须驾驶证"的彩色字样。

打开产品目录,里面是有关汽车具体情况的介绍。各项尺寸都用尺贯制[①]和公制[②]进行了标注,其中还有几处用到了英制单位[③],看起来郑重其事。

车辆尺寸:全长八尺九寸(二点七一零米),宽三尺八寸(一点一七五米)

轴距:六尺二寸(一点八八零米)

轮距:三尺一寸八分(零点九六五米)

重量:约四百千克(旅游型)

[①] 是一种源于中国度量衡的日本传统度量体制,除了大部分来自中国度量衡的单位外,还有一些日本特有的单位。

[②] 基本单位为千克和米,是通用的度量体制。

[③] 基本单位为磅和码。

转弯半径：十二尺五寸（三点八五零米）

发动机：本司自制L型四冲程四缸分体式

气缸：口径五十四毫米（二又八分之一英寸），冲程五十四毫米（二又八分之一英寸），全排气容量四百九十五立方厘米

马力：应达五马力，实测十马力（每分钟三千七百转）

离合器：干燥单板式

变速器：滑动选择式，前进三挡，后退一挡

刹车：机械式，前后四轮制动式，通过踏板和挡杆控制，便于调整

转向装置：蜗轮和扇形齿轮结合式，方向盘中央有电动喇叭按钮

轮胎：二十四英寸×四英寸的特制低压轮胎

时速：九千米至六十五千米（五英里[①]至四十五英里）

爬坡力：五分之一坡度

耗油量：一加仑[②]五十英里以上

标准附属品：小工具一套

五天后，一辆达特桑敞篷车被送进了包工头家。

俊夫试驾时震惊地发现，这辆车的油门踏板在正中间。问过

---

① 1英里约等于1.6千米。
② 英制单位下，1加仑约等于4.57升。

之后才知道，这个时代还未确立汽车踏板从左至右依次为离合、刹车、油门的这套规则，很多车的油门都在正中间。

不过，由于中间的油门踏板很长而且是直立的，两侧的踏板又很小，倒是不必担心踩错。而且俊夫开习惯以后，发现用这种方式驾驶会很轻松。

包工头很快就为俊夫在院子角落搭了一个简易车库。只不过，正如字面意思那样，这个车棚确实相当简易。这让本来还暗暗期待它能像收音机的天线塔那样引人注目的俊夫不免有些失望。

后来，他从小隆那里明白了事情的原委。原来包工头夫妇是出了名的讨厌汽车，除了不喜欢汽油味外，好像还有很多别的原因。小隆告诉俊夫，包工头迄今为止只打过三回车，一次是在宴会上喝得不省人事后被抬上了车，一次是为了去参加朋友的婚礼，还有一次是那位朋友家中老人去世的时候。包工头好像还经常说，下次要是那家人再办丧事，自己绝对会坐人力车去。至于老板娘，她自从在地震前晕过一次车后，就再也没打过车。

但有一点令俊夫感到费解，那就是包工头夫妇好像经常坐公交车。似乎在他们的认知里，出租车和公交车是两种不同的东西，而俊夫的达特桑显然属于出租车那类。

因为小隆十分喜欢机械，所以他倒是对俊夫的车很感兴趣。车送到的那天，俊夫载着小隆在包工头家附近兜了几圈，但在此期间，小隆一直在盯着俊夫开车的手和踏板。后来俊夫才知道，其实只需要在车库里打开前机盖，让小隆看看发动机到底长什么样子，他就满足了。

小祖宗在车刚到家的时候也很高兴，但听说自己不能开后，态度立马发生了一百八十度大转弯，对着汽车破口大骂。最后，他还拿来锤子威胁俊夫说，如果不给他也买一辆车，就用锤子把他的车砸了。因此，俊夫赶紧买来了一辆铁皮玩具车，可小祖宗却一脚把它踢跑了。最后，俊夫只能花八元五十钱买了一辆真能坐进去开的脚蹬玩具车。

这样一来，俊夫总算能一个人开着达特桑去兜风了。这个时代的人只要知道有汽车来，都会隔着很远就站定，目送着车从面前开过。但是路中央总有马车和自行车慢悠悠地经过，十分碍事。不光是普通的马路，即便是在昭和大道那种用标线明确划分出快车道和慢车道的路，人们也会完全视而不见。但这样的好处就是，十字路口不会发生拥堵。此外，道路上很少有禁止右转[①]或者单向通行之类的标志，这一点也让俊夫感到很方便。

这里的交通标识没有固定的样式，各个警察局都用自己的方式在牌子上随意写标语，其中有些标语看得出来很下功夫。俊夫之前坐出租车去上根岸的笹之雪餐厅时，就在下谷区车坂町的十字路口看到过这样的标语：

左转车辆，先停后走先走后停——警视厅

五七调[②]的格律让这句话读起来朗朗上口，但让人不解其意。俊夫在过了那个路口，又行驶了两三分钟后，才意识到那个其实

[①] 日本是右舵车，需靠左行驶。
[②] 五七调是日本短歌的一种格律形式，遵照五、七、五、七、七的音节排列规律，上述标语在日语中的音节正是符合五、七、七的格律，是一种文字游戏。

就相当于原来世界里红绿灯下方的绿色箭头。虽然出租车司机说那是"警视厅脑子不太好的证据",但俊夫反倒觉得,是写这句标语的警察思维太超前了。

俊夫第一次开车到银座的那晚,就先找起了停车场。不过他很快就发现自己已经在停车场里了,因为这里除了主干道外,哪儿都可以停车。

俊夫在摩洛哥门前停下车后,稍微有点儿担心。浅色的车本就很惹眼,再加上又是敞篷车,很可能会有醉鬼进去捣乱。不过,他觉得丽子肯定会给自己想出什么好办法,于是就直接走进了摩洛哥。

"欢迎光临!"

女招待们齐声喊道。俊夫看到自己常坐的那个位子是空的,于是就坐在了那里。他透过弥漫的烟雾环顾整个店,都没有找到丽子的身影。他正想着丽子是不是去洗手间了,就看见肉感美女走了过来。

她坐到俊夫身边说:"丽子今晚休息。"

"啊……"

"失望了?"

俊夫假装烟盒卡在了兜里,皱着眉头取了出来。

肉感美女用她那足足有丽子五倍粗的手指为俊夫划了根火柴。

"谢谢……先给我来杯啤酒吧。"

俊夫和肉感美女边喝啤酒,边聊起了石井漠[①]创作的相当于

[①] 石井漠(1886—1962),日本舞蹈家、现代舞编导家,日本现代舞创始人之一。

后来健美操的舞蹈体操。在此过程中，俊夫开始一点点打听起丽子的事。他得知，丽子大约每上十天班就会请一天病假，好像是因为她肺部得了什么病。肉感美女还说，丽子没有家人，现在一个人住在公寓里，还把丽子的住址也告诉了俊夫，建议他有空可以去看望一下。

大约过了三十分钟，俊夫终于对肉感美女跳了四天舞蹈体操已经初见成效这件事做出了肯定的回答，付过酒钱和小费后，就离开了摩洛哥。

所幸，自己的爱车无事发生。俊夫正要从兜里掏车钥匙的时候，忽然看到了旁边寿司店的灯笼。他这才意识到自己完全把那位寿司店老板给忘了。

他掀开门帘刚走进门，就听到耳边传来了一个熟悉的嗓音迎接他："欢迎光临！"

这时的老板脸上不仅没有皱纹，头上也还长着五厘米左右的硬发。而在原来的世界，老板的脑袋已经光秃秃的了。

像在几十年后一样，这时的老板也是爱聊过去的事。他正对着一位年轻的客人大肆吹嘘地震前用红砖建造的银座有多好。俊夫点了这家店传统的金枪鱼手握寿司，然后边吃边在旁边听。

终于，那个年轻的小伙子受不了，起身离开了。俊夫这才开口对老板说："旁边那家酒吧的女人会来这里吗？"

"哦，你是说托洛哥的人吗？"

俊夫惊叹于老板如此精准的记忆力。原来，他从一开始就把名字记成了"托洛哥"。

"……嗯，经常看到她们和客人一起来……您再要点儿什么？"

"给我来个金枪鱼腩寿司。"

"没问题。"

"说起来，在那种酒吧工作的女人，大概能挣多少钱啊？"

"这个嘛，要只是正经干的话，应该挣不了太多吧。"

"……"

"地震前的女招待品行都很端正，但现在这一带的女人都跟卖淫差不多。也是因为不景气，只能这样做……来，您久等了。"

"这样啊。"

"要是规规矩矩地干，估计养活自己都困难！"

第二天，俊夫依然只能和肉感美女做伴。俊夫非常同情她，于是硬跟她聊了三个小时的舞蹈体操。

第三天晚上，俊夫考虑过后，在田村町路口旁的公共电话亭前停了车。他走进电话亭，对女接线员读出了印在摩洛哥火柴盒上的电话号码，然后，他就听到了酒吧老板娘的声音。俊夫感觉像是又过了三十分钟那么久，才终于听到丽子的声音。他冲出电话亭，坐进车里，后悔自己当时没有买更快的福特车。

丽子正站在摩洛哥门前等他。

"没能赶上试驾，真可惜啊。"她探头往车里看了看，对正在拉手刹的俊夫说。

"你身体好些了吗？"

"嗯……让我坐坐呗。"

丽子扶着俊夫，坐到了副驾驶位。车里很暗，座位又不像福特车那么宽敞，俊夫没法判断她这段时间瘦了没有。

"感觉自己像是变成了美国人。哎，你什么时候带我去兜风？"

"现在。"

俊夫突然挂挡，踩下油门。汽车发出一阵轰鸣后，总共只开出去两米就熄火了。俊夫这才发现自己忘了松手刹。

俊夫绕着银座兜了一圈，又把车停在摩洛哥门前。下车后，正当他在向丽子介绍汽车的各个部件时，走来了一个捧着花的女孩。

"叔叔，买束花吧……"

俊夫立即按照原来世界五百分之一的标准在心里算了一下价格，掏出五十钱的硬币递给了女孩。女孩十分熟练地把东西递到丽子面前："给，叔叔送您的礼物。"

丽子捧着花，和俊夫一起走进了摩洛哥。老板娘夸张地招呼道："哎呀！中河原老爷，欢迎您和您美丽的新娘子！"

看她这副样子，像是要趁着今晚狠狠宰一笔。

俊夫顺势说道："今晚让我们庆祝小丽痊愈。一起热闹一下吧！"

店里客人还少，所以俊夫就把闲着的女招待都叫了过来，一瓶接一瓶地开啤酒。

"你，坐我[①]边上来！"

一个名叫小薰的女招待对来晚了的肉感美女说。这句男性用语是现在很火的松竹少女歌剧明星水之江泷子的台词，在年轻女性中十分流行。也难怪母性保护联盟[②]的山田和加女士总是抱怨说

[①] 在日语中，男性的自称与女性不同，此处小薰使用的"我"为男性用语ボク。

[②] 母性保护联盟于1934年成立，是旨在维护母亲社会权益的妇女组织。

"真是搞不懂的潮流"。

肉感美女……听说叫"肉美"才是正确的。这位肉美在沙发上坐下后,对旁边正要走过来的一个叫吉江的女人说:"你把那个给中河原老爷看看!"

熟客会管吉江叫"伊特(It)"。这是个有些过时的流行语,是从克拉拉·鲍主演的电影名字中得来的,是非常有性吸引力的意思。也就是说,吉江是摩洛哥最撩人的女招待。

因此,俊夫还在期待吉江会撩起她的和服下摆,但事实并非如此,她只是撩起了自己的袖子。

吉江把手伸到了俊夫面前,只见她的双臂上用鲜艳的红色和绿色文着一条像是正在蠕动的蜥蜴。

"嗯,这可真酷!"俊夫也不甘示弱,说了句流行语。但其实在他心里,还是觉得年轻女人的文身简直口味太重了。

"别露出那么耐人寻味的表情嘛,"丽子说,"这不是真文身,是用油彩画上去的。"

"油彩?"

"今年夏天,这个在海水浴场很流行的!让画家把蜥蜴呀、蛇呀、蛞蝓什么的画在后背和大腿上。"

"唉,要是能去海水浴场就好了。"俊夫打心底里这么想。

"明年我也要 try。"小薰自言自语道。最近,橄榄球好像很流行[1]。

"等到明年就过时啦!"

---

[1] 此处小薰使用了一个橄榄球赛事中的术语"try",本意指进攻方将球带入对方得分区的行为,但随着橄榄球的流行,这个词也融入了当时人们的日常生活中。

被"肉美"泼了冷水后,小薰立刻转移了话题。

"我今天在银座走着走着,居然遇到了庆应的水原!"

"水原?"俊夫问,"是水原茂吗?"

"那不然呢?人家打扮得可帅了!"

"水原已经被棒球部除名了吧?"吉江问,"因为和田中绢代闹绯闻。"

虽然这个时代还没有周刊杂志,但多亏了月刊杂志上什么都写,所以这里的人压根儿不会没话题。

不过,田中绢代可是当下最红的女演员。不管这个绯闻是真是假,只要能跟这种女明星扯上关系,水原茂的人气说不定会超过长岛和王贞治①。

"那是之前的事了,"丽子说,"现在他又开始打棒球了。"

"你喜欢棒球?"

"没有什么特别喜欢的球队,但是喜欢棒球这项运动。"

"那下次一起去神宫吧?"

"哎呀,小薰,我看见中川先生他们了。"

由于来了很多客人,女招待们说了句"多谢款待"后就站了起来。

只剩两个人后,丽子回到刚才的话题说道:"不好意思,你打算什么时候带我去神宫?"

"不,先不说这个……"俊夫说着,往丽子的杯子倒满啤酒,"其实我还有件事想跟你说……"

---

① 文中提到的水原茂、长岛(即长岛茂雄)和王贞治都是当时著名的职业棒球选手。

"哎呀,"丽子笑了,"我正好也有话想对你说。"

"啊?"

"好巧啊!那要不等店里打烊,咱们换个地方继续聊?"

俊夫看了看吧台。老板娘正侧身咬着铅笔飞快地计算着什么。

"不,"俊夫说,"现在就去乌森。只要付钱就行了吧?"

俊夫从外套的内兜里抽出几张纸币,对折好交给丽子。

乌森一带比原来世界里那个还要热闹。正当俊夫下车后纠结不知道该去哪儿的时候,丽子在前面带路走进了最近的一家小餐馆。

女服务员将敞着的窗户合上,留了一个三寸左右的缝隙后走出房间,与此同时,丽子将毛巾展开递给俊夫,问道:"你要说的事是什么?"

"我想先听听你的。"

丽子好像已经隐约猜到了俊夫想说什么,但俊夫对于丽子想说的话却毫无头绪。

"好啊。"丽子说,"我这两天在家躺着的时候,想了很多关于你的事。"

俊夫正用湿毛巾擦脖子的手停了下来。

"……自从你来到我们店里之后,就一直是我陪你。我回想了一遍你说过的每一句话,发现有些奇怪的地方。"

"奇怪?"俊夫目不转睛地盯着丽子。

"嗯,就是我发现你有时候会一不留神说出什么,然后又慌忙改口。而且有一个词经常会被你提起……就是电视这个词!"

"……"

"一开始我还不知道你说的电视是什么,不过那天我躺在床上看报纸上的广播栏目的时候,突然间想到了一个词……电视机。"

"小丽!"俊夫大声叫道。

"虽然目前电视机还在实验阶段,但几年以后肯定会投入使用,就像现在的收音机。那样的话,如果每次都'电视机''电视机'地叫就很麻烦,所以人们肯定会叫简称,也就是电视。"

"小丽,这么说你……"

"等等,等等!我还没说你……"

丽子突然停住了。因为门外传来了一声"打扰一下"。

女服务员拉开门,把头探了进来,发现俊夫正瞪着自己。她好像是误会了,对丽子说了句"拜托您了",就把盛着酒壶和小碟子的托盘放在门边,迅速退了出去。

当然,两个人都没有去端托盘。

"我还没有相信你是坐时间机器从未来穿越来的。你要是想让我相信你,就必须拿出有力的证据。"

"证据?"

"能看到时间机器自然是最好不过的了,但既然你说它丢下你走了……难道,除此之外就没有别的证据了吗?比如你随身携带的,看一眼就知道是来自未来的那种……"

"有!"俊夫激动地叫道,"有的有的!"

"是什么东西?"

"要是带着就好了……"俊夫咂舌道,"我来这里之后怕被别人误会，就都收到柜子里了。"

"是你妻子的照片吗？"

"不，是手表和打火机。手表是自动上弦的，也就是说不用上发条也能走，上面还能显示日期和星期。打火机是气体打火机，里面装的是液化气，能咻的一下打出火来。我明天就拿给你看，一定！"

丽子默默站起身，把托盘端了过来。

"我啊，"她拿起酒壶说，"感觉你要么是个荒唐的空想家，要么真的是坐时间机器过来的。"

她把酒倒进俊夫的杯子里。

"……还是等明天看到手表和打火机之后再干杯吧……酒都凉了吧？"

"没有，"俊夫喝了一口说，"真是好酒。"

突然，不知从什么地方传来了一阵不太熟练的三味线[①]声。演奏者似乎在努力弹奏《军舰进行曲》。

"那现在该轮到你说了。"

"不，我的事儿也明天再说吧。等你看到手表和打火机，相信我以后再告诉你。"

"好吧。那我们明天中午见个面吧，在科隆邦[②]……不行，你可是要给我看那么重要的东西。有了！干脆你来我家吧。"

[①] 三味线是日本的一种弦乐器，由四角状的扁平木质板面上蒙上皮制成，琴弦从头部一直延伸到尾部。
[②] 一家老字号日本甜品店，1924 年创立于东京。

手表和打火机一直放在潮湿的柜子深处,所以俊夫有些担心。但好在那块防水手表没有任何问题,打火机里的液化气也还剩了一半。

"就是这些?"第二天,在江户桥的公寓里,丽子接过俊夫的手表和打火机后,马上认真端详起来。

"是这样用的。"俊夫本想拿过来打火机教丽子怎么用,但他的手被丽子挡了回去。

"这是什么做的?好像既不是玻璃也不是赛璐珞啊。"她用指甲刮了刮打火机的透明部分。

"啊,那是塑料……合成树脂。"

"这块手表上的透明壳也是吧?"

"嗯,塑料工业在未来世界非常发达,什么东西都是用塑料做的。收音机的外壳、泡澡桶、盘子、水桶,这些全都是。"

"棺材什么的也是吗?……管它呢,先喝一杯吧!"

"真的吗?"

丽子把手表放在耳边,站了起来。俊夫这才开始打量整个屋子。

他的正对面是一个书架,里面有平凡社出版的金灿灿的《江户川乱步全集》,还有《小酒井不木全集》,各种侦探小说全集和单行本。就连最上面通常用来摆花瓶和情侣照的地方也已经被书占满。即使这样,书架旁边还堆着很多塞不进去的书,书堆上面摆着个无处可去的花瓶,里面插的应该就是俊夫昨晚买的那束花。

那束花是整个房间里最鲜艳的一抹色彩,其次就是挂在墙上的那件上班穿的和服,还有盖着紫色罩布的梳妆台。除此之外,这间六叠大的昏暗房间里就只剩下一个衣柜和一个小橱柜了。

"这里光线不太好啊。"俊夫对正从橱柜里拿威士忌和酒杯的丽子说。

房间东侧有一扇打开了五寸左右的玻璃窗,但从那里只能看见隔壁仓库的灰色墙壁。就算把窗户完全打开,屋里的光线和通风情况也不会有什么改变。

"这对身体可不好。刚才我过来的时候,看到角落那个房子好像是空的吧,那里看起来采光要好一些,要不换到那里去吧?"

"那儿的租金要贵八元呢!"

"八元啊。但是如果把买书的钱匀出来一些的话……"

"如果书和阳光只能选一个,我还是会选书的。"

"可是,这样对身体……"

"来,酒倒好了。"丽子把放着威士忌和小碟子的托盘拿到俊夫面前。

"小丽,"俊夫抬起手拦下说,"哪有一大早起来就喝酒的,之后再喝吧。"

俊夫是上午十点准时来到丽子公寓的。

"我想今天上午先带你去个地方。"

他们在二丁目停下车,丽子看清眼前的建筑后,连眉头都没皱一下。俊夫赶忙又确认了一次医院的招牌,以为是自己错停在了邮局门口。

接待处的护士说:"请两位在那里稍等片刻。"于是他们穿上拖鞋,走进候诊室等待。不一会儿,一个身穿白大褂的先生就从诊室里走了出来。

"是西八丁堀的滨田先生介绍我们来的……"俊夫把自己对接待处护士说的那番话又重复了一遍。同样的谎撒两次,让他感觉有点儿难为情。

"是吗？我昨天还看见滨田先生的太太背着孩子来了呢！"

这位大夫比他年老时要更瘦一些,声音是从他鲇鱼须一样的小胡子下传来的。

"是孩子生病了吗？"出于对小时候的自己身体状况的关心,俊夫问道。

"没有没有。说是有亲戚送了梨,就给我拿几个来。那孩子现在胖乎乎的,哈哈哈。"大夫笑了好一会儿才停下,把视线移到丽子身上。

"那个……"俊夫一时找不到合适的称谓,所以就直接把手搭在丽子肩上说,"我想请您帮忙检查一下肺部……"

"好的,请进。您也请吧。"

大夫的第二声请是对俊夫说的,不过俊夫想了一下,还是决定在候诊室里坐着等。

估计是拍了片子,诊断花了很长时间,俊夫已经把候诊室里那本《国王》杂志上所有的连载小说都读完了。"下一期一定要买！"俊夫心里正做此决定时,大夫终于出来了。

俊夫刚要起身,大夫就走到俊夫旁边坐下。

"夫人最近是不是做了什么劳心费神的事情啊？看着很累的样子。"

"是,最近是有点儿……"

俊夫看了看诊室的方向,丽子好像在整理衣服。

"……那她情况怎么样啊？"

"不必过于担心。注意补充营养，别让她过于劳累。具体情况我已经和她本人交代过了。"

"好的。太感谢您了。"

"还有，最近这段时间，房事也要克制一点儿。"

9

从十月一日起，一连三天，全市人民都在庆祝大东京市的诞生。世田谷区的神轿和花车也全都动员起来，喜欢过节的包工头一家每天都忙得不得了。

十月三日的早报上刊登了《李顿调查报告书》[①]，然而包工头一家人压根儿顾不上看，吃过早饭后就匆匆赶去了车站。

俊夫也没闲着，立刻决定去江户桥。

自从看过医生以后，丽子就跟店里请假了。俊夫在第二天就和公寓的房东交涉，把丽子的住处换到了角落那间。

今后，丽子的生活就得靠俊夫了。不过，在保证她的营养摄入的情况下，加上帮她交房租及其他杂费的钱，每月的开销也就是一百元左右，算下来，这远比每晚都去摩洛哥消费要划算得多。既然丽子不在，俊夫也就不会再去摩洛哥了。因此，对俊夫而言，

[①] 九一八事变发生后，由英国人李顿爵士任团长的李顿调查团来华调查日本侵略东北真相及中国的形势，1932年9月4日调查团完成调查报告书，后在东京、南京和日内瓦同时发表。该次调查实际上未能为中国"主持公道"，但对世界局势走向产生了很大影响。

他不需要对今后的预算再做调整。

不过,他还做了一个决定。等明年夏天伊泽老师的时间机器一到,自己就立刻用它把丽子带到原来的世界,给她用上对氨基水杨酸①和链霉素②。他想让丽子尽快接受更加先进的治疗。

换房间的那天晚上,俊夫把这个决定告诉了丽子,她说:"要是我和你一起坐时间机器回去,那个长得像小田切美子的女孩会说什么呢?"

俊夫有三个月的时间差,他打算想办法用时间机器解决这件事。不过他目前还没有想出一个万全之策。

"别担心啦!"丽子微笑着说,"我不会坐时间机器的……你还是赶紧给我讲讲时间旅行的故事吧!"

丽子之所以会接受俊夫的好意,是因为她对时间机器的兴趣超过了侦探小说。每天上午,俊夫都会带着鸡蛋和黄油去公寓,而丽子则会迫不及待地催他为自己讲故事。

不过俊夫很快就发现,要是想把事情从头到尾都讲给丽子,可是一件大工程。他先从空袭之夜讲起,但马上就遭到了丽子的连环追问,比如防空警报是什么,防空服长什么样,B-29是什么,还有日本和美国是什么时候打起来的。最后,俊夫发现,自己不得不从昭和七年这个节点开始讲起。

十月三日早上,俊夫来到丽子的住处后,丽子马上就拿出报纸,和俊夫聊起了《李顿调查报告书》的事,这与不关心时事的包工头一家大为不同。她说报告书和俊夫四五天前预言的一样,

---

① 一种有效的治疗结核病的药物,于1946年被发现。
② 一种氨基糖苷类抗生素,对结核杆菌具有良好的抗菌作用。

似乎对中河原传藏来自未来这一说法越来越相信了，听俊夫的讲述时也愈发认真。

当那块带日期的手表指向十二点的时候，两人吃起了用黄油煎的半熟鸡蛋、木村屋面包、卡夫奶酪、斯威夫特牛肉罐头和梵豪登可可——相当丰盛的午餐。

俊夫喝了一点儿威士忌，是他最喜欢的尊尼获加黑方，在明治屋商店卖九元一瓶。

在这个世界，只要是好一点儿的东西，都是进口货。不过，好处就是只要有钱，什么东西都能买得到。

就比如裸照。最近这段时间，当局的监管力度越来越大，以色情低俗为卖点的《犯罪科学》等杂志好像已经被迫停刊。此外，要是在暗处遇到凑上来问"老爷，要不要裸体照片"的小贩，从他手里买下五十钱十张的照片，打开之后里面可能是相扑选手的裸照——你上当了。但是，如果拿着十元到丸善出版社①或者浅沼商会去的话，就可以买到美国的摄影年鉴，里面收录着曼·雷、爱德华·韦斯顿等摄影师的优秀裸体摄影作品。银座八丁目的伴野商店也在公然售卖法国百代公司制作的9.5毫米胶片电影《沐浴的少女》等。可能是因为内务省的审查官们都在忙着删减外国电影里的接吻镜头，还没顾上翻着字典检查书和小电影的名字。

俊夫吃完饭后喝了可口可乐，这也是他从明治屋买来的。但丽子只尝了一口俊夫倒在她杯中的可乐，便立马皱起眉头说"好

---

① 日本专业出版社，1868年由早矢仕有在东京创立，主要出版经济、自然科学、医学、工程、农业、语言、辞典类图书和期刊。早期曾大量引进西方文化和学术书籍，对日本的近代化贡献颇多。

怪的味道",后来就再也没喝过了。看来,可口可乐果然不合战前日本人的口味。

俊夫又拿出从银座的菊水买的格贝索特牌香烟,点燃了一支,就在这时,突然有个年轻男人来找丽子。

男人脸上有一块大大的疤。他狠狠地瞪了俊夫一眼,问道:"你就是那个中河原先生吧?"

俊夫回答了一声"是"后,男人毫不客气地闯了进来,说自己是替摩洛哥的老板娘来的。他说摩洛哥因为丽子的突然离职蒙受了巨大的损失,要求他们赔偿。男人还时不时把手伸进衣服内兜,那不是在找烟,而是想要暗示自己有刀。

丽子吓得脸色惨白,浑身发抖。俊夫怕影响她的身体,于是对男人说:"辛苦你特地跑一趟……其实,我这几天本来就打算去跟老板娘说一声。"说完,他从兜里掏出十元放在男人面前,"还麻烦你跑这一趟,这是车钱,你拿着。记得代我向老板娘问好。"

男人似乎还想说些什么,但看见俊夫一脸不屑的样子,便迅速拿着十元站了起来。

"那今天就先这样,我还会再来的。"男人转过身要走。

"喂!"俊夫大声喊道。

男人吓了一跳,回过头来。

俊夫瞪着男人的脸,掏出一支烟叼在嘴里,对丽子说了声:"嘿,打火机。"从她手中接了过来。

"不许再来了!"

俊夫说完,把打火机的火焰调到最大朝男人喷去。

"哇啊!"

男人吓得连鞋都顾不上穿就逃走了。

秋季棒球联赛在十月中旬拉开帷幕。棒球是一项推理运动,因此丽子很喜欢。她通过分析数据来预测比赛的胜负和战术,看起来确实很有趣。

于是,俊夫选了个天气不错的日子,和丽子一起去了神宫棒球场。

在内场看台坐下后,俊夫就开始欢呼。

"呀,只有这里和那边一模一样!"

跟丽子说话时,他已经习惯管原来的世界叫"那边"。

"看台、球场、球员的队服,还有啦啦队,所有的一切都和那边很像。"

"这么说,棒球在那边也很流行?"

"嗯,职业棒球队分为两大联盟,总共有十二支球队。"

"都有哪些选手?"

"有长岛……对,你知道的教练和解说员应该比选手要多。"

"咦……我知道了,是现在的选手们吧。都有谁啊?"

"首先是现在就站在那里比赛的庆应的水原茂,他后来成了知名教练,负责带东映飞人队……"意识到邻座的学生正用诧异的目光看着自己,俊夫压低声音说,"还有法政的苅田久德、若林忠志、成田理助、岛秀之助、早稻田的三原修,他们后来都成了领队或者教练,继续活跃在棒球界。"

"是嘛……水原后来成了知名教练啊?他那个人看起来像是个急性子。"

"没错。小丽，你听说过水原的苹果事件吗？"

"没有。苹果事件是什么？"

"有一回，激动的观众把苹果扔进了球场，结果水原教……啊不，水原选手一气之下把苹果扔回了观众席。这是个很有名的事件，要是还没发生，估计也快了……水原什么时候毕业来着？"

"后年。"

"是吗？那他明年还会比赛，苹果事件可能会在明年发生。"

"这可真有意思。"

"是吧，毕竟水原就是那样……"

"不是啦，我说的有意思是指，你居然会记不清苹果事件是发生在昭和七年还是昭和八年。说不定，这个事件的发生可能会因为你的意志而改变。"

"因为我？"

"对啊。目前为止，我听你讲了很多过去的经历，我发现这和你的记忆之间有着很微妙的联系。你记忆中发生在过去的事，全都如你所说的那样发生了。与此同时，还有很多你不记得的事也在随机发生。虽然看起来像是随机发生的，但是在那边的世界，这些事一定被详细记录在旧报纸之类的地方。那我们反过来想，那边的世界明确记录了苹果事件发生在哪年哪月哪日，而如今在这个世界的你却并不知道它的日期。那这样的话，是不是就意味着苹果事件可以发生在任何时间呢？"

"我没太懂……"

"你想啊，如果你现在特别想让苹果事件在今年发生，也完全可以做到。只要你走到三垒那一侧的看台上自己扔个苹果就行，水原肯定会把苹果扔回来。这样的话苹果事件就会发生在昭和七年的今天。等你回到那边的世界，找到旧报纸看的话，肯定也会发现上面写着在今天发生了苹果事件。但假如你特别希望苹果事件明年再发生，那就在今年水原出场的所有比赛中全程盯着看台，一旦发现有谁要扔苹果就立刻上前制止。如此一来，就算之后你什么都不做，苹果事件也一定会在明年发生。到时候你再回那边的世界查看记录，应该就会看到苹果事件发生在昭和八年。我说的对不对？"

"真复杂啊……我还是没太听懂。"

丽子的气色慢慢好了起来。估计是因为营养充足，又总是做她喜欢的推理。自从上次聊过苹果事件之后，她就总是在说一些逻辑很复杂的话，让俊夫哑口无言。

十一月底，俊夫像往常一样带着食物来到公寓。

"我有点儿事情想和你说！"丽子突然兴致勃勃地说。

"先等等！你最近说的话对于我来说太难理解了……"

"不是啦，我今天要说的是，我想出去工作！"

"工作？"

"对。当然我只上白班。我有个很久以前在摩洛哥认识的姐妹，现在就在那里上班。说是现在正值年底人手不够，要招临时工，所以就去十二月这一个月……"

"那是在商店还是？"

"不是商店，是百货商场。看，就是那边的白木屋，走几步就到了……"

"可是在百货商场的话要站一整天吧？"

"我的工作是收银，所以可以坐着。而且商场里还有暖气，工作也很简单，所以我想先做一个月试试。等领到工资了，我要给中河原先生准备一个特别好的礼物。"

丽子当然已经知道了俊夫的真名，但她却从来不用那个。因为她认为滨田俊夫这个名字应该是属于伊泽启子小姐的。

一到十二月，俊夫白天的时间就空了出来，不过他倒也没让自己闲着。在东京闲逛了两三天后，他就立马按丽子的指示做起了调查，为此他跑遍了整个东京。俊夫甚至怀疑，丽子之所以出去工作，就是为了让自己去调查。

丽子让他查的东西是那件粗花呢外套，她说可能还会有类似的款式，建议俊夫到夜市的旧货店这种地方找找看。其实俊夫本来也打算抽时间去看看，所以他很快就着手调查起来。丽子给俊夫提供了两个方案，第一个是调查外套的获得途径，第二个是鉴别它的老旧程度。

外套的获得途径非常难查。俊夫到梅丘站旁的小酒馆去问，得知那件外套是在大约一年前，有位客人为了抵押酒钱留在店里的，但那位客人体貌特征都很模糊，对方甚至连此事是否发生在一年前都弄不清了。所以，俊夫又想从当时的目击者入手，却没想到这更难办。虽然那家酒馆才刚开了两年，但老板娘对手下人好像很苛刻，导致这里的员工都干不长。至今已经有多达三十二个女孩在这家店打过工，其中有的人甚至只知道名字。如果要把这些女孩全部找出来询问的话，少说也要花上四五年。

鉴定外套倒是比较轻松。俊夫先是带着它来到了银座的西装店。来到这个世界后,俊夫已经在这里定做过两身西装和一件大衣。

"想请您帮我看看这件外套,它用的是货真价实的基诺克面料吗?"

西装店老板接过外套,翻过来看了看内衬,说:"哟,做这件衣服的店和我们店名字一样啊!"接着,老板又自言自语道:"这字体真时髦,是个不错的商标……"

"它的面料怎么样?"

"哦……啊对,这确实是基诺克面料的衣服。一眼就能看出来,而且它上面还有基诺克的标。"

"我还以为这是假货。"俊夫按丽子教的说。

"您稍等,我到里面检查一下。"

老板拿着外套走进里屋。大约过了十分钟后,他回来了。

"您可真有眼光!我们店里有基诺克公司自大地震之后所有面料的样本,但那里面还真没有和这件外套纹路一样的。这应该是上海那附近产的假货吧。"

"果然啊,太感谢您了。"

然而,西装店的老板却迟迟不愿把外套还给俊夫。

"您这件衣服是在哪儿做的?"

"嗯,那个……对了,九州乡下的一家小服装店。"

"这样啊。"

老板像是想盗用衣服上的商标样式似的,把眼睛凑近外套内衬,拼命往脑子里记。

接着，俊夫又去了好几家当铺。他把外套拿给当铺看后，每家都给出了同样的回答："衣服很好，但是穿得太旧了。一元，怎么样？"

"也没穿得那么旧吧？"

俊夫反驳后，依然得到了相同的答案。

"不可能吧。这衣服从出厂到现在，至少已经五年了。"

每天一到傍晚，俊夫就会到白木屋商场的员工出口，在那里等丽子出来。把她送回公寓后，俊夫会一边吃着西餐厅送来的食物，一边汇报当天的调查成果。

丽子也会和俊夫说起自己的工作。她现在气色越来越好，做收银工作的同时还能推理。她经常因为心不在焉，在收款机上敲错两三位数字，这让商场经理很发愁。

某天晚上，丽子说："每天都出去调查太辛苦了，偶尔也要休息一下，去看场活动怎么样？现在正有小田切美子的照片展哦！"

"好，但我还是想尽快查出外套的来源。"

俊夫虽然嘴上这样回答，但第二天还是果断去六区看了电影。丽子还意味深长地微笑着说"你可以直接去摄影棚和小田切美子见个面"，不过俊夫还是没那个勇气。

八号是公休日，俊夫久违地可以和丽子共度一整天。据说是都内六大百货商场代表集体商议后，决定从今年十月起，将每月的八日、十八日和二十八日这三天作为公休日，一起停业。好像在此之前，百货商场的员工每年只有一次假期，怪可怕的。

但是由于岁末将至，今年已经没有公休了。因此，俊夫只好在十五号那天晚上带丽子去了新桥歌舞剧院。这天是市川小太夫的新兴座剧团首次公演，剧目之一是改编自江户川乱步作品的《阴兽》。

二代市川猿之助最小的弟弟市川小太夫，在原来的世界也活跃于电视荧屏上。但他现在才二十多岁，就已经能跳出传统歌舞伎的禁锢，成立新兴座剧团，在舞台上演出了。

小太夫也非常喜欢侦探小说。他去年还用"小纳户容"[①]这一笔名改编了江户川乱步的《黑手党》并亲自出演，好评如潮。所以这次，他选择向乱步作品中号称最本格[②]的《阴兽》发起挑战。

除了《阴兽》以外，还有另外三个节目，但是考虑到丽子第二天还要上班，两人看完《阴兽》后就离开了剧院，俊夫开车送她回了公寓。由于俊夫的车是敞篷车，四处透风，所以他特意让丽子戴上厚披肩和口罩，穿上厚实的保暖服。

"真不错啊，"俊夫握着方向盘评价说，"那个扮演小山田夫人的演员可真性感。"

俊夫说的是一个名叫梅野井秀男的新派剧女角。他是个很女性化的男人，跟男性的绯闻一直没断过，这也是《阴兽》人气很高的原因之一。

"是啊。"丽子从口罩下含糊应了一声。她好像对女性化的男性不太感兴趣。

---

① "小纳户容"与英国著名侦探小说家柯南·道尔的名字在日语中是一样的读音。
② 本格推理是推理小说的一种流派，又可称为古典派或传统派，与注重写实的社会派相对，注重描写惊险离奇的情节与耐人寻味的诡计，通过逻辑推理展开情节。

"表演呈现的方式也很用心，还搭配上了那些浅草风光之类的电影实拍镜头。"

"我啊，"丽子突然扯下口罩，声音清晰地说，"刚才看演出的时候，我注意到了一个奇怪的地方。"

"奇怪的地方？"

"最后一幕里，人们发现女主角静子的真实身份其实是大江春泥对吧。看到那里，我突然想到了一种可能。"

"所以是什么呢？"

"迄今为止，我听你讲了很多自己的经历，这其中有几个很不可思议的人物关系。比如在前面的西八丁堀有一个婴儿时代的你，而伊泽启子小姐现在在国立孤儿院里……"

"……嗯，只不过她也还是个孩子……可以等圣诞节的时候匿名给她寄个娃娃什么的……"

"可是，"丽子打断了俊夫的话，"我还发现了一件更重要的事。"

"更重要的事？是什么？"

"我现在还没法跟你说。今天晚上我再好好想想，明天告诉你吧。"

"这也太吊我胃口了……大概是关于什么的事？"俊夫拉住手刹，看着丽子问。车已经开到了江户桥的公寓门口。

"等明天吧。你明天晚上……不，明天中午来我们商场吧。我可以趁中午换班的时候腾出来一小时，到时候和你说。"

第二天早上，俊夫正要出门的时候，发现茶室的日历上写着"大安"两个字。他赶忙从神龛边上拿出一本《昭和七年御宝鉴》，打开一看，上面也写着"大安，本日为吉日，旅行乔迁嫁娶开店诸事皆宜"。这么说来，俊夫觉得丽子说的那件"重要的事"应该也算在"诸事"里吧。肯定不是什么坏事。

由于路上没有多少马车和自行车挡路，俊夫到达日比谷路口的时候，一看拐角处电线杆上的时钟，发现还没到十一点半。自己和丽子约定见面的时间是十二点，可是从这里到日本桥连十分钟都用不了。俊夫觉得让人看到自己大白天就在商场侧门等女人有些难为情，于是决定先把车停在河边，到日比谷公园抽根烟。

俊夫混在许多失业者和流浪汉中间坐到河边的长椅上，正抽金蝙蝠烟的时候，一个提着篮子的老太太走了过来。

"老爷，来点儿橘子吗？"

丽子很爱吃橘子，所以俊夫没有砍价，直接以二十钱的价格买了下来。一共只有六个小橘子，刚好可以放进他兜里。

再次回到车上后，他和平时一样，把车开到了银座。在尾张町的路口等待左转的信号时，他看到服部钟表店前有四五个男人正抬着头向上看，嘴里还说着什么。俊夫从车里探出身子，环顾天空，直到后面的汽车按喇叭，他才终于看到空中的那架小型飞机。俊夫无奈地笑了笑，这个时代的人还把看到飞机当成稀罕事呢。

往京桥走的路上，周围依然有很多人在抬头往天上看，但俊夫已经不在意了。

但是过了京桥再往前一点儿，俊夫看到一大群人站在马路上，于是他不得不踩下刹车。隔着人墙，有一个红色的东西——几乎跟原来世界里的一样的东西，俊夫很快就意识到那是一辆消防车。

车被堵在了丸善跟前。俊夫只能把车丢在这儿,自己跑到前面去。

昨天还好端端的白木屋商场,现在却在窗口处冒着滚滚黑烟,挂着白色的逃生布袋,变成了一栋黑褐色的、湿透的大楼。

那栋大楼现在的人气比它是白木屋商场时还要旺。几十辆消防车、水管以及身穿制服的消防员将它团团包围,再外侧聚集着黑压压的人群。还有飞机在上空盘旋。

俊夫挤进人墙后,抓住身边的一个少年问:"里面的人怎么样了?救出来了吗?现在在哪儿?"

少年抬头看着俊夫,眨了眨眼。那是个长相成熟、并不讨喜的小学生,他的胸前用别针固定着一块叠成长方形的手帕,上面写着"一年级一班广濑正"。

俊夫推开少年,向前跑去。

10

十六日上午九点二十三分,西北风寒冷刺骨,帝都五大百货商场之一的日本桥区大街1-9号白木屋吴服①店内发生火灾。起火点位于以近代建筑美著称的商场四层中央部的玩具专区,火焰很快便从装饰精美的圣诞树蔓延至赛璐珞制品区,火势逐渐扩大,烧至该层的文具、书籍及体育用品专区。正值岁末促销,拥挤的顾客

---

① 日本传统服饰的总称。

及商场工作人员等四散跑开，竞相逃离。电梯在起火后很快停止运行，场面极度混乱，惨叫声不绝于耳。五、六、七层及楼顶约有六百人无处可逃，多人跳至相邻的伴传大楼楼顶。此外，还有约三百人在浓烟和烈火的威胁下不断上逃，那呼救声及烟熏中的痛苦呻吟宛如人间炼狱。大火就这样将四层全部吞没后，又以迅猛之势蔓延至五至七层。接到急报的警视厅当即从消防局及全市调集消防水泵三十三个、云梯车三辆，并派出三百名消防员前往火灾现场。与此同时，近卫步兵第二联队出动了一个中队赶去支援，所泽和立川共派出七架陆军飞机进行空中侦查。但仅靠喷水已经无法控制高楼的火势，也无法营救楼顶群众。英勇的消防员们顺着云梯一头扎进大火中。他们将逃生布袋以及缓降逃生绳固定在了各个窗口，迅速展开救援。为防有人从楼上坠落，还在地面设置了安全网。紧张的救援行动一直持续到上午十一时左右，此时已将幸存者全部救出。本次大火致使四、五、六、七层共计约五千坪面积全部烧毁，并于当日十二时半被完全扑灭。包含不幸遇难的十名死者在内，此次火灾有轻重伤员共计一百一十余人，已全部被送至附近日本桥、江户桥、野崎等地的医院救治。一、二、三层虽免于火灾，但也因消防用水受损严重，总损失额预计高达七八百万元。

——摘自昭和七年十二月十七日《读卖新闻》

在附近一栋大楼内设立的白木屋救助站里，工作人员问俊夫："您有没有什么需要通知的人？"俊夫拜托他们给包工头拍了封电报，内容是"最近两三天不回家"。

之后整整两天，俊夫都奔波于白木屋的临时办事处和丽子的公寓之间。他不仅是丽子的身份担保人，同时还是遗属代表，所以百货商场为他安排好了从吃饭到刷牙的全部事宜。

第三天，一个自称丽子伯父的人从山形县过来，接替俊夫成了遗属代表。这位穿着过短的羊羹色西服的新代表，在抵达当晚就拉住俊夫，打开了白木屋送的清酒，并按照农村的习俗为丽子办了一场隆重的守灵仪式。他说自己把丽子看作亲闺女，还不停地惦记着商场会给多少抚恤金。没办法，俊夫只好跟他说能得到一大笔钱，能修建一座像帝国大厦一样豪华的墓，这才总算分到了两三样丽子的遗物作为纪念。

十九日下午，俊夫刚回到包工头家，老板娘就跑出来说："这回可太惨了！"还往地上撒了些盐[①]，之后又帮俊夫把被褥铺在房间里。俊夫第二天中午睡醒后，老板娘就把这几天收到的信都拿给他看，他这才明白为什么老板娘会说太惨了。那信封上有一个连小祖宗都能认得出来的商场标志，里面的东西不用拿出来就知道，是一封长长的吊唁信。

俊夫把那封信摆在火盆上，脸色相当阴沉，所以后面几天包工头夫妇都没怎么敢和他说话。小祖宗偶尔会拿着小军舰来找俊夫玩，不过很巧，每次他来的时候老板娘都刚好在用剩饭做他最喜欢吃的饭团。

---

① 在日本传统文化中，撒盐有净化污秽、辟邪的作用。

238

二十四日傍晚，包工头突然从走廊上把头探进来，招呼道："老爷。"

俊夫装作正在读膝头的那本《国王》杂志的样子，抬起头说："是晚饭好了吗？我现在不太想吃，一会儿再去吧。"

"饭还没好呢……"

包工头说着走进房间，就那么站着看着俊夫，比画了个喝酒的动作。

"出去喝一杯怎么样？"

一进到车站前的小酒馆，包工头就喊了声："老样子，烫两瓶酒。"然后把俊夫带到了白鹤酒造海报下面的座位。

"这个地方是最暖和的，听说新潟那边下大雪啦。"

包工头说完，盯着海报上的美女欣赏了片刻，又转向了俊夫。

"那个……我家那个说您最近总是打不起精神，就给我钱，让我带您出来散散心……"

"啊？这……"

俊夫觉得老板娘如此用心，不愧是一家之主。她能如此敏锐地察觉到自己的情绪，可能比丽子还贴心。现在回想起来，像"别闷闷不乐的""女人多的是"这种安慰人时常用的话，她一次都没有说过。

这时传来一声"久等了"，酒已经端上了桌。包工头提起烫热的酒，边倒边对俊夫说："老爷，别闷闷不乐的了！女人多的是呢。"

"……嗯。"

"您再怎么难过，人死都是不能复生的……"包工头给自己也倒上酒，就又开始盯着海报上的美女看。他把视线锁定在女人腰部，猛地灌了一大口酒，"老爷，说这个可能有点儿怪，我也不知道是不是这么回事。听说那些死在白木屋的女人是因为没穿底裤，才从窗口掉下来的。她们当时抓着逃生绳往下滑，马上就要得救的时候，下边那群凑热闹的开始起哄，她们是为了压住衣服下摆才松的手……我没有别的意思，但您是个洋气的人，为什么……是叫丽子小姐吧？老爷您那位……"

"嗯。"

看来包工头夫妇这几天对吊唁信的内容进行了细致的分析。

"您为什么不让那位丽子小姐穿个底裤呢？您看您自己都不系兜裆布，穿的是裤衩。不过也是，您又不知道会着火。"

"喂，"俊夫对小个子的女服务员说，"拿个大杯子来。"

"老爷，大杯喝酒对身体不好！"

"是啊，是我不对，我的责任。"

"老爷，我也不是说您没让她穿底……"

"不是穿不穿底裤的事。是我疏忽了。我把白木屋失火的事给忘干净了。当初她说要去白木屋上班的时候，我就应该想起那回事，拦住她就好了。那样的话她就不会死。对，我可以救她的。白木屋失火的确是过去发生过的事，但是就像苹果事件一样，我记忆中没有的事，应该是可以被我的意志左右的。"

"什么苹果？您坚强一点儿啊老爷，别总说些胡话。"

当然，包工头肯定听不懂，所以俊夫可以随便说。

"我知道白木屋失火的事,但我不知道在火灾中死了多少名女店员、死的人叫什么名字,所以,我本可以按照我的意志去左右这件事的。要是我当初劝住她,或者推荐她到天花板装了喷水器的三越大厦去上班就好了。你,接着上酒啊!"

"我都说了,大杯喝酒伤身体,老爷!"

"我昨天晚上睡觉的时候想了很久。直到听见凌晨四点的钟声和隔壁的公鸡打鸣,我都还在想。就算是为了丽子,我也必须吸取这次的教训。这个世界是按照我已知的历史运转的,但问题是,我知道的也仅仅是历史的一小部分。所以,我今后必须要谨慎地做每一件事。就比如今天晚上,我得先回忆起昭和七年的这晚发生过什么。今天是昭和七年十二月二十四日……对,今晚是平安夜,所以我们举杯庆祝是对的。那我们就再来一杯吧!"

"啊呀,已经可以了,钱快花完了……"

"别担心,钱不够的话我出。"

"真是太感谢了,那就把明天的大正天皇祭也提前庆祝了吧。小姐,再拿个大杯子!"

空腹喝酒果然威力巨大。第二天早上,俊夫的脑袋已经沉到完全没法离开枕头。他连早饭都没吃,刚听到纸隔门外响起碗筷碰撞的声音,老板娘就为他送来了肠胃药"宝丹"。多亏了那些红色粉末和冷水,俊夫感觉脑袋的重量减轻了一半。他踉跄着走到壁橱前,把丽子的遗物取了出来。

遗物一共有三样,其中的两样还是俊夫自己的打火机和手表。这两样他无论如何都得要回来,所以其实真正属于丽子的遗物就只有一样。

那是一本名为《孔雀故事》的布面书。丽子虽然直觉很准，但平时多少有些神经大条，这本书是她错当成切斯特顿的侦探小说《孔雀之树》买回家的。在丽子大量的侦探小说中，这本书备受冷落，经常被用来当水壶垫。正因如此，这书满是污渍，当俊夫提出自己想带走一本书的时候，她那位刻薄的伯父毫不犹豫地选择了这一本。

俊夫把这本被丽子摸过最多的书拿到被窝里翻开。

虽然封面上全是手印和污渍，但里面却是崭新的，甚至有的书页还粘在一起。书里几乎没有插图，通篇都是用很小的字记载着印度孔雀生活在印度、孔雀肉并不好吃等内容。

这么无聊的书到底是哪家出版社的？俊夫想看看版权页，于是翻到封底。这时，封底背面空白页上的几行铅笔字吸引了他的目光。

"啊，这是……"

俊夫忘记了头痛，从被窝里坐了起来。不过，他很快就意识到正值寒冬，赶紧钻回被窝，俯身趴了下来。

俊夫把书放在枕头对面，只见最关键的那一页写着如下的内容：

		滨	中	伊	小	及
7	(−31)	1	32	5	21?	
20	(+0)	14		18		
	(+18)	32		18		60?
38	(−0)					

俊夫想，明明有中和小，那为什么没有大呢？如果这些数字是内衣店尺码的话，客人肯定买不到合适的。

俊夫把五尺七寸长的身体缩在小小的被子里，盯着壁橱门上的破洞发呆。在他来回打量破洞和那五个汉字之后，突然想到"滨"正是自己真名中的第一个字。接着，在继续盯住壁橱门上那个破洞的过程中，他发现剩下的几个汉字分别是中河原传藏、伊泽启子、小田切美子和及川某某名字中的第一个字。

这一定是丽子在白木屋失火的前一天写的。那天晚上，她戴着口罩压低声音说出的那件"重要的事"究竟是什么，关键一定就藏在这些字里。

左侧的数字代表的应该是昭和七年、昭和二十年和昭和三十八年。昭和二十年旁边的"+0"应该是表示伊泽启子乘坐的时间机器是从那里到未来的。而十八年后的未来，是标着"+18"的昭和三十八年，俊夫又乘坐时间机器回到了过去，所以这一年也是"-0"。接着，俊夫回到了"-31"，也就是三十一年前的昭和七年。

其他数字全都是虚岁的年龄。小田切美子的年龄后面之所以会标问号，可能是因为演员对外公开的年龄很多都是假的。及川先生的年龄后面也有问号，是因为六十岁左右也只是俊夫的猜测。

但是，为什么这个表里会有小田切美子和及川先生呢？这两个局外人到底和时间机器有什么关系？

俊夫盯着壁橱门上的破洞陷入了思考，然而仍在宿醉中的脑袋却越来越沉重。

傍晚，老板娘端着粥和梅干走进房间时，俊夫枕着那本《孔雀故事》睡得正香。

11

临近年末,俊夫突然打定主意要去一趟大阪。

他是为了去见佐渡屋老板,但更重要的原因是他想坐一坐这个时代的飞机,让自己换换心情。

"羽田国际机场"这个响亮的名字在这个时代就已经出现了,结果俊夫去了一看,发现机场还在建设中。宽阔的原野中央有两个大型的飞机库,周围正在建几个略小的建筑。混凝土跑道只完成了一条,日本航空运输公司的客机就是从这里起降的。

"运输"一词让它听上去像是个物流公司,但那肯定是 transportation 这个单词的直译。这家公司简称"日本空运",是日本航空的前身。

俊夫乘坐的是十二点半起飞的第二班定期客机,它是福克公司制造的超级环球运输机,每次能搭载六名乘客。单引擎、单页上翼的结构和林德伯格①横跨大西洋时驾驶的圣路易斯号非常相似。据说自从中岛飞机公司从福克公司收购了制造权以后,这款优质的飞机正在进行国产化。

定期航路贯穿了东京、大阪、福冈、京城和大连。此时京城所在地的朝鲜和大连所在地的关东州②也都被日本占领了,所以完

---

① 查尔斯·奥古斯都·林德伯格(Charles Augustus Lindbergh,1902—1974),美国飞行员,历史上第一位完成单人不着陆横跨大西洋飞行的人。
② 关东州的大连地区位于辽东半岛南端,处于东北亚中心,是中国北方水路交通枢纽,经济和军事地位十分重要。1904年至1945年被日本占领,1955年回归中国。

全没有真正的国际航线,"国际机场"这个名字就目前的状况而言还是名不副实的。

从东京飞往大阪的机票大约是三十元。

除了俊夫之外,同样支付了三十元的乘客还有一对外国的老夫妻、一位穿着军装的海军中校,以及一个看起来像贵族的青年。

坐在俊夫旁边的海军中校很健谈,在航程中一直过来搭话。知道俊夫对飞机感兴趣后,他就立马讲起了与之相关的话题。他先说了最近日本空运的超级环球飞机从大阪飞到东京只用了一小时二十八分,创下了惊人的新纪录。说到这倒是还好,可紧接着他调转话头,讲起了飞机事故。他说去年秋天,神户有一架给咖啡店做广告的飞机不幸在一家女子学校坠毁,机上两人当场死亡,三名女学生重伤;川西航空的水上飞机发动机突然起火,机上三名乘务员跳伞逃生,其中一人因降落伞未能及时打开而摔死在河堤上;还有今年二月,日本空运的多尼尔客机在从大阪飞往福冈的途中,因浓雾和暴风雪在八幡市外的山顶坠落,机上五人有四人当场死亡,一人于次日死亡……

飞机外好像开始有点儿起雾,而且温度很低。飞行当然也是目视飞行。俊夫现在只能向神佛祈祷飞机可以平安到达。

所幸,可能是祈祷奏效了,超级环球飞机只比预计时间晚了一点儿,于三点半左右顺利抵达伊丹机场。

大阪这座城市对于俊夫来说充满新鲜感。他迄今为止只来过大阪几次,对这里的印象不是很深,因此,俊夫感觉自己并不是来到了昭和七年的大阪,而是单纯地来到了大阪这座城市。来到这个世界这么久,自己终于可以摆脱身处过去时代的想法,俊夫感到了前所未有的放松。

要说和印象里差别最大的,应该就是没通地铁这一点了。不过,这个时代依然有卖车票的大婶,这让俊夫感到很开心。

大婶们站在难波的南海高岛屋前,售卖着南海电车票和公交车票。她们手里拿着牌子,不仅卖五钱一张的联票,还卖去往住吉、堺、滨寺等地的长途票。这些应该也都是联票吧。

俊夫的到来令佐渡屋的老板十分开心。他带俊夫去道顿堀的船上餐厅大吃了一顿。

俊夫一直都在后悔自己把悠悠球的点子告诉了佐渡屋老板。如果不那么做,自己有了户籍就可以直接去申请悠悠球的专利了。与光电显像管不同,俊夫并不知道悠悠球是谁发明的。那按照丽子的逻辑来看,悠悠球的发明者是"自由"的,既可以是俊夫,也可以是别人。只要俊夫去申请专利,那么不管明年是哪家公司销售悠悠球,自己都能从中获利。

在聊天中,俊夫觉得佐渡屋老板不愧是生意人。他说自己已经提交了实用新型专利申请书,还提出佐渡屋每生产销售一个悠悠球,就会支付俊夫一钱的设计费。

俊夫答应了。一个悠悠球一钱的话,一万个就是一百元,十万个就是一千元。是个不错的赚钱方法。

然而,一旦专利成为现实的问题,俊夫就未免有些担心起来。自己之前制作悠悠球的时候,曾经对包工头一家人说它的原理很像古代的转茶壶游戏和欧洲的空竹。如果专利局的审查员也认为这是众所周知的东西的话,那专利权就不会获批。另外,悠悠球会在明年春天流行起来，所以说不定已经有某个同行在别处申请了专利。那样一来，只要对方提交申请的日期比佐渡屋早一天，那按照先来后到的原则，专利权就会归对方所有。不过事已至此，俊夫也只能静观其变，把一切希望都寄托在佐渡屋老板身上了。

承蒙佐渡屋老板的好意，俊夫当晚在他家里住了一宿。第二天一早，俊夫欣赏了一下大阪的城市风光后，便搭乘阪急电车去了宝冢。

正值寒假，宝冢新温泉一带有许多带孩子来的游客。正在上演少女歌剧的大剧院亦是如此。俊夫花一元从票贩子手里买下了原价三十钱的"二楼正对舞台的好位置"，才终于进到里面。

大剧院的舞台是为贯彻"让被部分阶级霸占的现代戏剧重新回归大众"这一理念建造的，足足可以容纳四千人。白井铁造创作的讽刺剧《街头艺人》正在台上演得火热。十二月原本是雪组[①]的公演月，不过作为年末特惠，又特别增加了各组合演的《街头艺人》。正因如此，俊夫才得以一睹小丑皮埃尔的扮演者苇原邦子年轻时的样子。而且，列队舞蹈也十分精彩。这个时代的女性大多都是粗壮的萝卜腿，但由于关西没有"舞蹈演员的表演服必须盖到膝盖下面三寸"这种庸俗的规定，演员们的穿着都相当大胆，掩盖住了这个缺陷。再加上剧院舞台足够大，观众只能从远处看她们流畅的舞姿，腿的问题完全不显眼。

[①] 此处指宝冢歌剧团，该剧团自1914年首次演出以来一直发展至今，是一支全部由未婚女性组成的剧团，团内分花、月、雪、星、宙五个表演组及专科组，每个组的表演各具特色。

俊夫回程选择的是燕子号超特快列车。当他在梅田火车站的月台上看到C53型蒸汽火车头那动感十足的雄姿时，悬着的心才放了下来，回程总算不用那么提心吊胆了。事实也确实如此。俊夫完全不知道火车是什么时候出发的，那平稳的发车方式连电力火车都难以匹敌。而且，从大阪出发八小时二十分钟后，火车一分不差地抵达了东京站。

12

包工头听收音机的时候学会了"非常时期"这个词，无论说什么都要用上。小祖宗缠着他要玩具的时候，他就会说"非常时期，你给我忍着"，然后转过头去不再理会；房东来催房租时，他也会挠着头说"毕竟现在也算是非常时期"。这个词听起来确实比"不景气"有分量，而且听到的人还都接受，非常神奇。

俊夫去大阪的这段时间，包工头在车站边支了一个小摊，卖庆贺新年用的稻草饰品和轮饰。结果到了除夕晚上，包工头又推着堆满了货品的板车回来了。老板娘诧异地问："怎么还剩了这么多？"包工头依然用"非常时期嘛"回答。俊夫也不知道到底是因为处在非常时期所以剩了很多货没卖出去，还是因为处在非常时期所以想带回来隆重地庆祝一下新年。反正，包工头夫妇很快就把卖剩的东西都装饰在了家里。

从各个房间到厨房、厕所，家里的各个角落都钉上了装饰品，门外还挂了一个炫彩大绳圈，绳圈上装饰着定价五元、原价七十五钱的伊势龙虾。神龛和灶神爷的稻草绳也都换成了新的，分别还在它们前方的三宝台①供上了三寸镜饼②。接着，包工头又从壁橱里拿出来一个大号的白木三宝台，老板娘跑进厨房，拿来了一块二尺长的大镜饼。

包工头不停念叨着"里白③""橙子"，从老板娘手中接过这些饰品，虔诚地将它们摆在三宝台上。老板娘可不是为外科医生递手术刀的护士，每递一样东西都要说几句"这橙子不新鲜了""好柿饼都让小祖宗给吃了"，让本就是个急性子的包工头更加不耐烦，嗓门越变越大。多亏了这大嗓门，旁边困得不行却还等着吃跨年荞麦面的小隆和小祖宗总算战胜了睡魔。

快到十二点的时候，所有的装饰都完成了。大家齐聚在茶室，边吃跨年荞麦面，边听收音机里传出的新年钟声。听说今年还是第一次有除夕钟声转播，又因为这两件事是同时在十二点整开始的，所以包工头一家人终于学会了边听广播边吃饭。

包工头一张新年贺卡都没有写。但他会在松枝④期间到所谓的熟人家里串门拜年，因此整天忙得不可开交。每天晚上他都要到十二点以后才回家，而且第二天也必须在早上吃杂煮前先喝点儿酒提神。

---

① 用来放镜饼的四方形台子。
② 镜饼是指供奉给神灵的扁圆形的年糕，日本的家庭在过新年的时候，装饰在家中，祈求新的一年一切顺利平安。
③ 多年生蕨类植物，在日本传统文化中寓意着吉祥，日本人会在新年用里白的叶子作为装饰。
④ 日本新年习俗中，松枝期间一般指元旦到一月七日或十五日，各地略有不同。

到了开镜饼①的十一号，如此顽强的包工头也终于喊了声"脑袋要炸了"，就一睡不起了。包工头那天本来是要在町内回收松饰和稻草绳圈的，所以，俊夫主动跟老板娘说："我去帮包工头收吧。"他本以为老板娘会说"可不能让老爷做那种事"，结果没想到老板娘说着"好啊，那就麻烦您了"，又拿来了包工头那件印着商号的短褂。

"您总闷在家里对身体不好，偶尔也该出去晒晒太阳啦。"

已经有两个穿着同款短褂的小伙子推着板车在店门前等候了。

"老爷，辛苦您了！"

俊夫在抬时间机器的那天见过这两人，但今年还是第一次见他们。看来包工头已经到处说过"我家年轻老爷的那位在火灾中那什么了"，所以元旦以来，没有一个人来跟俊夫拜年。

"老爷您身材好，就适合穿短褂。"矮个子的小伙子钻到车把里，边抬边说。

"还真是！"另一个小伙子笑着，绕到板车后方的位置。

"先从最远的地方开始吧。"俊夫代行了包工头的权限，向他们下达了命令。他一时间不能确定两个小伙子是不是在说假话恭维他，所以暂时不想见到熟人。

"您路上慢点！"

在老板娘的目送下，俊夫跟着板车出发了。结着冰的路面被板车压得嘎吱作响，引得路人纷纷侧目。俊夫只好缩起双臂，尽

---

① 到了一月中旬，就要"开镜饼"，即将镜饼粉碎后加工食用，意味过年的一系列活动结束，新的一年开始。

量让短褂显得不那么紧绷。他走到拉车的小伙子身边大声说："话说，那什么……"他努力寻找话题，看向了田野的另一边说，"建了好多房子啊。"

"是啊，"拉车的小伙子附和着，"今年看起来有的忙了！"

"嗯，估计要忙了，今年。"

板车总算经过了熟人集中的地带。俊夫改回平时的语气，突然急切地问："你们真的会忙起来吧？"

拉车的小伙子抬起头笑了。

"老爷也得当心啊，小心以后每天都要被喊出来帮忙。包工头好像已经来了好多活儿了。"

"是吗，那太好了。"

俊夫想，那样的话就不要紧了。今年夏天自己就可以安心地回到那边的世界去了。包工头是那种一有工作就不会懈怠的人，老板娘一家的未来肯定会是一片光明。

小隆将来立志要成为平贺造船中将那样的人。他将来应该能拿到奖学金，上大学肯定是没问题的。太平洋战争爆发的时候他应该刚好二十岁，不过工科生有缓期征召的特权，因此不必担心。

小祖宗最想成为的是像东乡元帅那样的人，第二想成为的是公交车司机，还是后者比较好实现。

俊夫本来想着等回那边世界的时候把剩下的钱都留给老板娘，不过看来好像没有这个必要了。那就用这些钱给伊泽启子买个礼物吧。

俊夫想，昭和八年的特产是什么呢？什么东西是这个世界里有而原来世界里没有的呢……鲱鱼子怎么样？买一大堆把时间机器填满，肯定能赚一大笔。

绳圈回收小队的板车以每小时五公里的速度行进着，不久就来到了去年时间机器降落的那片空地。

俊夫停下脚步，打量着这个充满回忆的地方。空地上的杂草已经清理干净，地面也填平了，到处都打着木桩。

"喂！"

俊夫冲两个小伙子喊道。刚才小伙子们见俊夫面朝空地叉腿站着，还以为他是要方便一下，于是拉着板车到前方四五间的地方等着去了。

"……那些木桩是干什么用的？"

"哈哈，"拉车的小伙子说，"这里也要盖房子了。"

"果然是这样啊。"

俊夫又朝向空地，半蹲着目测了一下木桩的位置，然后又匆忙去追板车。

"这片地的主人叫什么来着？"

"呃……"推车的小伙子看向拉车的小伙子。

"是平林先生。"拉车的小伙子说。

"这样啊，那你知道平林先生的家在哪里吗？"

"知道，前阵子还和包工头去过一趟呢。"

"在哪儿？在这附近吗？"

"嗯，从地藏菩萨像那个路口拐弯，第三家就是……怎么了吗？"

"哦，"俊夫看着两人说，"我突然想起来一件急事，后面的就拜托你们了。"

按照苹果事件的逻辑，就算任由事情发展，该发生的也会发生,但与此同时,俊夫也可以自己主动出手解决问题。万一那片空地上真的盖起房子,那今年夏天时间机器来的时候要是撞上可就遭了,他实在做不到坐视不管。

平林家的女佣看到俊夫来,作势要去摘家里的绳圈。俊夫赶忙上前制止说"车之后才来",并告诉她自己想见主人一面。

俊夫在和室改成的会客厅里等了大约五分钟后,平林先生出现了。他长得像尼安德特人一样,不过身上却很得体地披着和式棉袍。他从桌上拿起一支飞船牌香烟放进嘴里,还递给俊夫一支。

俊夫谢绝后,直接开门见山表明了来意。

平林先生盯着电暖炉的光,用第二根火柴掏着耳朵,有一搭没一搭地听俊夫说。

"既然这样的话,"他答道,"我在那前面不远处还有一块地,把那块地卖给你吧。"

"不,我就是想要那块地,必须是那里……多少钱我都愿意出。"

根据报纸上的广告判断,就算是等等力①一带的住宅区,也不过十元一坪,梅丘这里的话再贵应该也贵不到哪儿去。

听到俊夫的话,平林先生脱掉拖鞋,整个人坐到沙发里,好像不这样做就没法好好思考。他抬头盯着天花板,嘴里嘀嘀咕咕了一阵,最后终于转头对俊夫宣布了自己的计算结果。

"一百元一坪……总共三万元。"

第二天一早,包工头亲自到平林先生家去交涉,把价格砍到

---

① 等等力是日本东京都世田谷区、神奈川县川崎市中原区的地名。

了两千元。

"要我说啊,两千都高了,结果那个乡巴佬一直跪在榻榻米上磕头向我求情说不能低于这个数……"

看来包工头多少动用了一些非常规手段。

"不过,老爷您眼光真好。那地方很不错,以后肯定会慢慢升值的。"

几天后,办完过户手续的俊夫赶紧来到那片已经属于自己的土地,把所有木桩都拔了出来,一颗悬着的心才算放下。白木屋失火之后又发生了这件事,他做事不得不格外谨慎。

俊夫每天都会一字不落地读报纸,广播中的新闻也是从头听到尾。虽然这样导致他没有时间再干别的事情,不过他本来也没什么事要做,倒也不影响。

俊夫现在已经不想要什么弱电方面的专利,悠悠球的事也无所谓了。他可不想永远留在这个世界,八月时间机器一来,他无论如何都要坐着它马上回到那边的世界。手头的生活费足够待到那个时候了。

一月二十九日,陆军大臣荒木贞夫出演了有声电影《非常时期的日本》,展示了其雄辩的口才。

一月三十日,在岁末大选中当选第一执政党的纳粹党首领阿道夫·希特勒就任德国总理。

听到这条新闻,俊夫忽然想到了什么,问小隆:"你知道东条吗?"

"东条?哦哦,是那个陆军大佐吗?"

"什么?东条是大佐?"

"嗯，还是参谋总部的课长呢。叔叔知道他？"

"有点儿了解……你居然连东条在参谋总部工作的事都知道啊。"

"因为东条就住在我们学校旁边。"

"这样啊，他住在太子堂？"

"什么，您不是说知道吗？"

"不，那个……小隆你每天上学要走那么远，真辛苦啊。"

"明年这附近好像要建学校。因为人口增加了。"

"那就太好了。说起来，最近这边盖了好多新房子……啊！"

"怎么了，叔叔？"

"突然想起来件急事，我出去一下。"

俊夫蹬上包工头的木屐，冲出店门。

他来到自己的那片地一看，旁边的空地上果然聚集着很多打夯工，在平整土地。他们来这里肯定是为了盖房。

最迟三个月后，那栋房子也该盖好了，开始有人住进来。这样的话，那家的住户就会在八月看到时间机器到达的全过程。

俊夫觉得，必须得修一个能挡住视线的台子才行。否则，去年招来警察的那场闹剧还会重演。

正当他在空地中央抱着手臂，思考该如何修围墙时，一个破锣般的声音从他的身后传来。

"老爷，你干啥呢？"

俊夫回头一看，只见包工头正站在约十间开外的一个二层小楼的楼顶上跟自己说话。包工头年轻时是爬梯冠军，顺着房子骨架爬上楼顶简直是轻而易举。

俊夫意识到有台子也不管用，从高处依旧可以看到。他又抱起双臂，仰头思考起来。

包工头像是没什么急事，耐心地等待俊夫的回答。过了两三分钟，俊夫一招手，他就立马从楼顶上跳了下来。

"其实……我想在这里盖个房子。"

"当然可以啊。要租出去的是吧，包在我身上！"

"不，不是租出去……"

时间机器不会从上方或者两侧飞来，而是突然出现的，所以只要在那个位置盖个仓库就行。不过，俊夫记不清机器出现的准确位置了，因此必须把仓库建得大一些，预留出足够的空间。

俊夫在地面上画了个草图说明。包工头还是跟之前一样，没有过多过问俊夫建仓库的目的。

"长宽都是五间啊！这个大小，要是不立柱子的话，就有点儿难办了啊……"

"不能建吗？"

"我是不太行。老爷，您稍等一会儿！"

包工头到附近的工地上，叫来了一位工程师。

"是要建体育馆吗？"工程师手里拿着折尺问道。包工头好像是形容过头了。

"不是，是想建一间类似研究室的房子，面积大概在三十坪。"

"那里面建成圆的也行吧？"

"嗯……"

确实，圆的比较好。

"这样的话，参考两国国技馆的样式建会比较容易。把屋顶修成球形，也就是圆顶。"

二月二十一日，收音机里播放了国际联盟日本代表松冈洋右在日内瓦发表的题为"从幕府到日本"的演说。虽然有很大的杂音，但依然能够听出松冈代表十分激动。

二月二十四日，位于日内瓦的国际联盟召开大会，将《李顿调查报告书》作为依据，以四十二票赞成、一票反对、一票弃权的结果通过了要求日军撤出中国东北的决议。松冈代表踢了一脚椅子后愤然离场。

二月底，工程师给俊夫拿来了圆顶房的设计图。

那钢筋混凝土建的建筑，跟及川先生家的圆顶房分毫不差。所以，也不用担心房子的地板比地面高出一米左右这件事。

"可以，就照这个来吧。"

总工费报价约四千元，就算俊夫拿出自己全部的财产也还差一点儿。但圆顶房是一定要建的。俊夫只好以五百元的价格卖掉了达特桑。

俊夫急于完工。因为八月这个时间只是他的推测，可能机器实际到来的时间会更早。

三月中旬，悠悠球开始流行，但好像不是佐渡屋的产品。虽然也想到了可能会是这种结果，但俊夫还是很失落。

三月二十七日，临时枢密院[1]在大会上通过了退出国际联盟的通告书，内田外相于当日将通告书以电报形式发给国际联盟秘书长德拉蒙德。同天，天皇颁布了诏书，斋藤首相的训令也发表

---

[1] 枢密院是由枢密顾问（顾问官）组成的天皇的咨询机构。

在政府公报的号外上。

四月十日，京都帝国大学泷川幸辰教授的著作《刑法读本》被禁，文部大臣鸠山一郎还劝告该大学的小西校长免除泷川幸辰的教授职位。

"老爷，老爷，老爷！"四月底的一天，包工头连声大喊着闯进了俊夫的房间。

"怎么了，怎么了，怎么了？"俊夫答道。哪怕已经身无分文，他依旧没有忘掉幽默精神①。

然而，包工头却压根儿没笑。

"现在可不是开玩笑的时候啊！老爷，不好了！"

"怎么了？"

"红纸来了！"

"红纸？"

"征兵令啊，征兵令来了！"

"啊，给谁的？"

"还能给谁，给老爷您啊！"

"给我……"

"给中河原传藏的。"

"中河……那不就是我，真的吗？"

"您自己看看是不是真的。"

"啊，在哪儿……临……临时征兵令……"

---

① 在日语中，"老爷"和"怎么了"的读音刚好是颠倒过来的。

"老爷,恭喜您①。"

13

中河原传藏是预备役的陆军步兵一等兵。

最近完全没听说有什么地方要征兵的消息。前年满洲事变的时候,东京倒是征了很多士兵出征。但后来事态逐渐平息,光是现役军队就足够了。即便如此,中河原传藏还是收到了征兵令,肯定因为他是共产党,要对他施以惩戒。

但现在,真正的中河原传藏已经不是中河原传藏了,俊夫才是。

知道这件事的只有中河原传藏本人、包工头,以及俊夫自己。连老板娘他们都以为这就是俊夫的本名。

真正的中河原传藏已经不知所踪了。唯一能证明俊夫不是中河原传藏的就只有包工头了。

"要是实在不行,就说出自己的真名吧老爷。也就是拘留几天的事。"

但自己的真名在这个世界已经另有所属了,这才是他头疼的地方。

俊夫反复看着征兵令,想找找有没有能逃脱的漏洞。

大大的红章上印着"步兵第十五旅团司令部"的字样。征兵部队是"步兵第三〇连队",报到地点是传藏的原籍"高田市",报到日期是"昭和八年四月十八日下午一时"。俊夫最晚也得在明

---

① 当时日本的预备役有相关规定,能够进入部队为国家效力是光荣的,旁人须向被征召者道喜。

天晚上从上野坐火车才能赶上这个时间。像是知道应征者在想什么一般，征兵令附有"旅客车费后付证"，这样就不能以没钱坐火车为由拒绝报到了。

征兵令右上角有一处用"◎"标注的注意事项，写的是"务必熟读背面记载的事项"。俊夫自然是照做了。

里面有一项"应征人员特殊情况处置办法"。俊夫想，就靠它了。

一、应征人员因故不能在指定时间到达指定地点时，应依照下述规定处理：
（1）身患疾病者……

俊夫来到这个世界后，连一次感冒都没得过。"突然生病"这个理由实在是有点儿牵强。

（2）和（3）是因交通中断无法抵达的情况。下面写着："除上述情况外，一律不得延期报到。"

不过，第三个部分好像有点儿用处。

三、因应征人员入伍致家属（户主本人及其他同户亲属）难以维持生活时，需经市区町村及警察署长向征兵部队长提交免征兵申请。

俊夫现在身无分文，所以如果他有家人的话，家人很明显是无法维持生计的。他开始后悔以前老板娘提起要给自己说媒的时候自己回绝了她。

如此一来，就只剩下逃跑这一条路了。像真正的中河原传藏一样彻底销声匿迹。

或许可以去三原山制造跳崖身亡的假象。自从今年一月实践女校的学生在三原山火山口自杀以来，三个月间已有六十多人效仿她的行为，成了一种潮流。说不定这方法还真行得通。

但是隐匿行踪之后怎么办呢？他手里只剩下四元七十钱了。

俊夫失踪的话，宪兵和警察肯定会来包工头家里严加搜查。而且俊夫必须充分考虑到，如果他们在八月以后调查到传藏名下的那个圆顶建筑，就会波及伊泽老师和时间机器的安全。

俊夫手里拿着红纸一言不发。包工头拍拍他的肩膀安慰道："反正战争马上就要结束了，估计有个一年也就回来了。"

战争是不可能马上结束的，但和太平洋战争的时期不同，这个时代还没有长时间服兵役这回事。像俊夫……传藏这样的预备役，一般会被分配到热河一带驻守，最多两年就能回来了。

"老爷，上战场的时候尽量往后站，别挨枪子儿！"

"嗯。"

到时候一回来，就马上去坐时间机器就行。只要时间机器还在，什么时候都不算晚。

那天晚上，包工头为俊夫举杯送行，一家人吃了一顿格外丰盛的大餐，共同祈祷俊夫武运长久[①]。

[①] 日本人打仗会用"武运长久"四个字祈福。日本武士自古以来相信战场上的每一个武士都有"武运"，如果战死了，意味着"武运"用尽了，如果没战死，那么意味着"武运"还长久着呢，所以要祈求"武运长久"。

"老爷，别忘了带上御守①啊。"老板娘下午跑遍了附近所有的神社寺院，收集了一大堆御守。

小隆建议说："报纸上报道，本田光太郎博士发明出防弹衣了。买一件带上吧。"

小祖宗说，俊夫可以把自己最心爱的铁皮军舰带走。

"老爷，后边的事您不用担心。圆顶房那边我会每天帮您盯着，保证打扫得干干净净。"包工头说到这，有些哽咽起来，赶忙又说，"这芥末可真辣。"

俊夫一边帮小祖宗剥鲷鱼上的肉，一边说："估计到七八月份的时候，我的一位外国朋友可能会来住。"

"洋人啊？"

"嗯，是以前很照顾我的人，那房子就是给他准备的。所以他要是来了，就请把他安顿在那边。还有，他不会说日语，可能会有很多不方便的地方，还希望你们能照顾一下。拜托了！"

"明白了。既然是对老爷有恩的人，别管是洋人还是什么人，我们都会好好照顾，绝对不会让他感觉到一点点不方便。您就放心吧。"

包工头拍着胸脯保证道。

俊夫这才突然意识到，怪不得自己刚来这个世界见到包工头的时候，就觉得他有点儿眼熟。原来他就是在昭和二十年的时候经常去伊泽老师家里，还参加了老师葬礼的那位老人。

---

① 日本御守是一种护身符，可以祈祷自己的心愿达成，也可以送给亲朋好友。

零

1

明治中央政府创办西式军队时，在装备、训练方式等各个方面都是以法国陆军为标准。然而后来，法国在普法战争中败北，德意志帝国称霸欧洲，所以日本又在明治十八年时，迅速将军队切换到德国模式。因此，明治十九年的日本陆军军服上都有将校服装的肋骨饰带，显得更加笔挺威风。

在甲午战争、日俄战争胜利后，至少在日本当局看来，日本陆军已经是世界上最强的军队了，所以不再模仿他国军队，而是穿上了日本陆军自己的制服制帽。

不过，在昭和十年的时候，偕行社等商店都在出售前面部分竖直、帽檐很小的纳粹式奇怪军帽，还有大腿部分以一种奇怪的方式左右张开的不正经马裤。这些特殊设计在一部分青年将校里很受欢迎。而普通士兵的制服制帽毫无设计，只是单纯套在人身上的"容器"。在帝国陆军里，这种容器比里面的内容更重要，留下了许多传说。但其中有一个绝非杜撰——有一条明治时期被服厂缝制的内裤，被穿着者代代相传，直到太平洋战争结束都依旧在被使用。帝国军人的衣服通常都是用最结实耐穿的布料制成的。

正因如此，在衣料短缺的时代，尤其是战后数年，很多人都爱把帝国陆军的军服当作工作时的衣服来穿。昭和二十年、二十一年前后，军服是日本最受欢迎的服装。到了昭和二十二、二十三年，军服依然占据着工作服的宝座。

昭和二十三年一月底的一天，新桥全线座影院前的河边聚集了很多身穿各式军装的年轻人。

他们面前放着修鞋的工具。和新桥站、有乐町站前的擦鞋工不同，他们都是修鞋工。并且在没有活儿的时候，他们会为了抢先招揽到顾客而站在马路上。

一个穿着航空部队中筒靴的男人正在和朋友聊天。对方穿着一件很特别的粗呢上衣。

"你小子这西装不错啊，多少钱买的？"

"五千呢！拜它所赐，今天连饭都吃不起了。"

穿西装的男人说着，把双手插在兜里，冻得直哆嗦。他环顾四周，然后大步走到马路中间。

土桥方向有一个顾客模样的人走了过来。他和大多数人一样穿着军装，是个个头很高、胡子拉碴的男人。

西装男依旧双手插兜，走上前挡住了他的去路。

"大叔啊，您的鞋子再不粘就要掉啦！交给我吧，二十元就帮你弄，怎么样大叔？"

穿军装的高个子停了一下，就从对方身边绕过去，沉默着走开了。

西装男本想追上去，但又改变了主意。

"切，穷酸老头儿，连二十块钱都付不起！"

西装男骂了几句，这事也就过去了。因为那个五十多岁的高个子大概涵养不错，听到西装男的咒骂，并没有回头。而且这种年轻人对于和自己父母年纪相仿的人是最没办法的。

高个子把戴在头上的战斗帽又压得更低了一些，来到银座大道，往四丁目的方向走去，边走边打量着四周。他的脸上没有任何表情，这肯定是在军队生活多年练就的本领。

战后第三年，银座大道已经不再是一片废墟。不管是老店，还是朝鲜人和中国人的店，都用从黑市搞来的木材勉强修整好了门面。

箱包店里陈列着轻合金的手提箱和人造纤维的皮包。鞋店前面摆着的木制凉鞋都快放不下了，但布料店的橱窗里却什么都没有，只在正中间放了一块写着"向持有特殊布配给券者配发法兰绒和漂白布"的告示牌。

资生堂的拐角处，一位身穿三年前出厂的劳动服的大婶正在卖彩票。虽然挂了一块用圆圈重点标注着"一等奖一百万元，两天后开奖"的牌子，但路上的行人似乎都吃过战争期间政府国债的苦头，大婶很清闲。

或许想从美军这个摧毁银座的罪魁祸首手里多捞点儿钱，相机店和珠宝店统统挂上了写着大大的 GI NO TAX（美军免税）的招牌。其中一家店门前，有两个一眼就能看出是中国人的男人正穿着精致的西装，用自己国家的语言高声交谈着。

还有一家商店把烧毁的地方重新粉刷了一遍，摆放着各种佛像和石雕。除了在店铺深处挂的一幅写有"月落乌啼……"的挂轴外，就再没有一个日本文字。

松坂屋旁边能看到一个用英文写着"银座之洲夜总会"的大招牌，下面还用几乎同样大小的英文写着"未经许可日本人禁止入内"。

高个子一边走一边看招牌上的文字，突然和迎面走来的美国士兵撞了个满怀，嗵的一声摔倒在地。美国兵和高个子个头差不多，但体重看上去却整整是他的三倍。他怀里还紧紧搂着一个身材娇小、举止优雅的日本女人。

高个子摔得四仰八叉，一时之间没能站起来。

日本女人低头看着高个子，喊了一声："God damn（该死）！"她大概以为"God damn"就是"哎呀真糟糕"的意思吧。

美国兵甩开女人的手臂，把高个子扶了起来，用口音很重的日语说："大叔，您没事吧？"

高个子朝他鞠了一躬，说了声："Thank you, Sir（谢谢您，先生）。"然后掸掉身上的灰继续往前走去。估计是觉得这条路后面也没什么好去的，这次他径直朝宪兵正在指挥交通的四丁目路口走去。

下午两点左右，高个子复员兵在银座四丁目坐上了开往茅场町的都电①，等到在小田急线梅丘站下车时，已经傍晚五点多了。

不知何时，他已经把胡子刮得干干净净。那突出的颧骨十分惹眼，让他看起来愈发高大了。

他刚走出检票口，就被挤入着急回家的上班族中，他东张西望地四处看了看，等上班族都走过去后，才开始沿路往前走。

他步伐坚定地走着，拐过了几个弯；但几分钟后，他的步子越来越沉重；最后，他停了下来。他咂了咂嘴，往回走了大约一百米，走到了另一条路。

出站大约二十分钟后，高个子在一户人家前面停住了脚。

那户人家的房子有些与众不同，左半部分古色古香，右半部分却是用崭新的木材建造的。高个子盯着左边的部分看了好一会儿，然后又走到房子正中那崭新的玄关处。他抬头看了看门牌，点点头，拉开了玄关的门。

"请问有人吗？"他把头探进去说。下方的水泥地上，正并排放着一双劳动胶底鞋和一双红色凉鞋。

屋里传来一声"来啦"，隔门拉开，一个五十多岁的女性探出头来说："是卖米吗？我家不买。"

但是高个子却整个身子钻进了玄关。

"老板娘，是我啊。"他反手把门关上说。

女人先是一愣，然后突然震惊地瞪大了双眼叫道："啊呀，老爷！"

---

① 都营电车的简称，东京都交通局经营的路面电车。

高个子咔嗒一声并拢脚跟。

"中河原传藏复员回来了。"

2

茶室基本上没什么变化。

碗柜、神龛都还和十五年前一样。可能因为后来神威不再,神龛上已落满了灰尘,不过下面的榉木长火盆却被打磨得更加光滑,看样子,再过五年就能当国宝了。

"老爷,这么多年您辛苦了。"在里屋正做着什么工作的包工头停下手里的活跑出来,他摘下头巾,露出自己已经全白的寸头,伏在家里唯一崭新的榻榻米上行了一礼。

"真是太久了啊!"老板娘一屁股坐下来说道,她的白发倒是只有两成左右,"我们还以为最多就去两年,谁承想把你往各处派……没想到像老爷您这么好的人也会被上面的人盯上……"

"别说这些啦,快去给老爷倒茶。"

"嗯,这就去。"老板娘直起身来,"不管怎么样,平安回来就好。去年收到战俘收容所的来信后,大家都说太好了太好了……您要是提前通知我们,我们肯定会去接您的。"

老板娘说完站起身来,正要出去的时候,厨房那边的门开了,走进来一个年轻的姑娘。

中河原传藏看了看包工头的脸。那姑娘长得既不像包工头,也不像老板娘,而且怎么看都超过十五岁了。

"是小隆的媳妇,"包工头说,"去年春天那什么的。哎,我说现在还早，谁知道小隆那小子非要娶她进门。"

小隆的妻子羞红了脸，把茶杯放在传藏面前，她动了动嘴，像是在说"请用茶"，但没有发出声音。

传藏上身微躬十五度道谢，然后问包工头："小隆工作了吗？"

"进了一家电器公司，现在正好出差去了……他说啥时候回来来着？"

"明天。"小隆的妻子回答道。她的脸上又开始泛起红晕。

传藏看了看之前放自己组装的那台收音机的地方，那里放着另一台只有底盘的收音机。他正想起身走过去，却突然听到旁边房间传来叫声。

当过上等兵的传藏立刻警觉起来。不过仔细一听，他发现那只是婴儿的哭声。

老板娘比小隆妻子的行动还要快，她的身影刚从茶室消失，声音立马就从旁边的房间里传来了。

"噢噢，好了好了好了，这就给你换尿布啦。"

小隆的媳妇紧随其后赶了过去。应该是孩子吃上奶了，隔壁安静下来。然而，玄关处又传来一声轰响，门被粗暴地推开，接着一个破锣似的声音喊道："我回来了！"话音还没落拉门就开了。

"啊，累死了，今天打棒球……"

闯进来的高个儿小伙发现传藏后，一下子愣在原地。

传藏为了确认这个年轻人就是小祖宗，飞快地在心里计算了一下年龄。

包工头为了唤醒愣着的小祖宗，解释道："你还记得吧？这位是中河原老爷，他回来了。"

小祖宗把方顶帽扯下来，跪在榻榻米上低头行了个礼，然后一边眨着眼睛，一边假装认真地检查起拉门上的图案。

"良文，"包工头说，"你去黑市买点儿酒来。"

"嗯。"小祖宗一跃而起，朝厨房走去。

包工头瞪着厨房的方向说："真是白长了这么大的个子，连好好打声招呼都不会。"然后他又突然坐直身子，看着传藏，"老爷，有件事儿我得跟您道个歉。"

"道歉？"

"住在您房子里的那个老师啊，在空袭中过世了……老爷您可能不知道，他还有个养女，也跟着一起……"

"……"

"我要是再多做点儿什么就好了，但那位老师好像是个赤化分子，上头还时不时来调查，所以我也不敢和他来往过密……但是现在再看，老师真是料事如神，我却和那些爱说闲话的家伙们一起骂他是卖国贼……真的很抱歉，都是我不好。"包工头哽咽道。

"算了，这也是没有办法的事，运气……只能怪运气不好。"

"唉，实在是对不住您。葬礼还是住在旁边的滨田家帮忙办的……到时候，我陪老爷去一趟他家寺庙吧。"

这时，老板娘用围裙擦着手回来了。

"老爷，洗澡水马上就好了。孩子他爷爷，把那件事也告诉老爷吧。"

"别念叨了，我现在正要说呢。老爷，其实还有件事要向您赔罪。"

"……"

"老师过世以后，有个人非要住您那块地，我只好租给他了。"

"租出去了？"

"实在是对不住您。不过作为补偿……"

"是谁？他是哪里人？"

"一个叫及川的人。"

"及川？"

"嗯。"

"这样啊，是及川先生啊。"

"那人非要住那里，最后，我只好同意让他先租到老爷您回来之前……"

"没事，是租给及川先生，没问题。"

"啊？老爷您认识及川？"

"嗯，可以这么说吧。"

"是吗？哎，原来是这样啊，哎呀。"

不知为何，包工头不停地感叹。

3

第二天早上，中河原传藏终于在十五年后再次尝到了甜味噌的酱汤。

为了让每天的早饭里都能有这个汤，老板娘每个月都会背着包去一趟深川的味噌店。

"电车上人太多了！前一阵儿，味噌都从包里挤出来了。后边儿一个男人说这味噌闻着挺香，还说想拿他的红薯和我换什么的。"

话还没说完，隔壁房间又传来婴儿的哭声，老板娘立马跑了过去。所以，传藏到最后也不知道汤里的红薯到底是不是在那趟电车里换来的成果。

传藏依旧保持着多年来的习惯，把汤喝得一滴不剩，一下子省去了洗碗的工夫。他朝大家行了一个礼后站起身来。

"我吃饱了，到附近去散散步。"

甜味噌汤的味道直接把传藏的记忆拉回到十五年前。他沿着那条曾经走过的路，只拐错了一个弯，就找到了圆顶房所在的那片土地。

圆顶房表面有一些奇怪的纹路。那是战争期间人们用劣质油漆绘制的迷彩，三年来的雨水依旧没有把它们完全冲刷掉。

圆顶房前面什么也没有，及川家那栋现代风格的建筑还尚未建成。也就是说，及川先生现在应该就住在圆顶房里。

入口的台阶旁边倒着一个缠着铁丝的圆形七厘炭炉[①]。房门顶上系着一根绳子，另一头系在四米开外的杆子上，晾在绳子中间的内裤和衬裙正随风飘荡。风很大，传藏为了避免被衬裙下摆打到脸，不得不绕路走到门前。

[①] 一种陶制炭炉，其名称源自"煮东西使用价钱七厘的炭即可"之意。

过去为了省钱，这扇门用了最便宜的材料，现在已经开始腐烂掉漆。传藏小心翼翼地敲了敲门，等了有二十多秒，然后加大力度又敲了一次，门开始吱呀作响。

"来啦——"里面传来一个女人的声音。她故意把"啦"字咬得很重，像是暗含着自己已经听到了的责备。她也确实到门口了，因为门很快就开了。

看到探出头来的女性，传藏吓了一跳。如果不是在战场上经过了多年的历练，他现在肯定吓得站不住了。

那正是自己在战俘营时，贴在床头日日观看的照片上的人，他绝对没看错。为了向自己证实这一点，他小声嘀咕道："小田切美子……"

"对，是我。"对方有些不耐烦地说。她作为一名电影演员，应该早就习惯了这种情况吧，"……有什么事吗？"

"啊，"传藏总算回过神来，"我……我是这块地的主人……"

"哎呀，那您就是中河原先生……"小田切美子赶紧收起开门前就一直挂在脸上的那副不耐烦的神色，"真是不好意思。您快请进……"

高约两米的隔板把圆顶房分成了几个小房间，传藏被领到其中一个类似客厅的地方。

"女佣出去了，我给您倒点儿热……"

"不了，那个……"

等传藏努力从记忆深处找出"您请不用张罗"这句话的说法，想在时隔十五年后再次用上时，已经错过了开口时机。无奈，他只能坐在恶作剧盒子般露着弹簧的沙发上，环顾起整间客厅。

地上铺着古朴的绒毡毛毯，隔板角落放着一台战前 RCA 生产的 2A3 双推挽式电动留声机。不过这台机器应该并没有被使用过，盖子上放着一张小田切美子年轻时候的照片。还有一台带自动换面功能的斐尔可牌小型电动留声机。旁边的唱片盒也是一样，在塞满 SP 唱片的盒子上面，摞放着几十张美国兵用的 V-Disc[①] 唱片。

屋里的光线很昏暗，传藏站起身，走到美子照片那里仔细欣赏起来。照片中的美子身穿露肩晚礼服，笑得有些勉强。看到这儿，传藏忽然感到浑身一冷。用混凝土建的圆顶房里很阴冷，这么大的面积，光靠烧那么一点儿黑市的炭根本起不到任何作用。传藏十分后悔当初没把窗户开大一些。

听到脚步声逐渐靠近，传藏赶忙回到沙发上坐好。

"家里没什么招待您的……"

传藏鞠了个十五度的躬，看向了那个美子放在桌上的托盘。里面有一杯咖啡以及装满白砂糖的罐子。传藏在心里暗暗感叹，明星果然不一样。

"我听说您去了菲律宾……"

"对，我昨天刚复员回来。"

"啊，这样啊。应该我去拜访您才对，结果还反倒让您特意过来……"

传藏又鞠了一个十五度躬回礼。美子往传藏的咖啡杯里加了两大勺糖说："您趁热……"

又一次弯腰致谢后，传藏端起杯子，刚一拿到鼻子边，他便闻出那是自己在收容所里喝过很多次的美国产的速溶咖啡。

---

① 专为美国军事人员提供唱片的唱片公司。

传藏喝了一口,放下杯子问道:"您爱人去工作了?"

"啊?"

见美子表情有些奇怪,传藏于是改口说:"及川先生……"

"及川就是我啊。"

"不……"

"及川是我的本名,及川美子。"

"……"

"哎呀,我还是单身呢,老小姐了。"

"老……"

传藏涨红了脸,赶忙拿起杯子,把里面的咖啡都喝光了。放下杯子的时候,他想到了一个问题。

然而此时,美子先开口了:"那个,这房子……"

"啊?"

传藏被美子占了先机,显得有些狼狈,不过他又意识到即使现在抛出自己的问题应该也不算突兀。

"……那个,及川小姐的家人呢?"

"就只有我和女佣。不过现在房源很紧缺,想马上找到房子实在是……要是可以让我再住一段时间……"

"我不是这个意思,当然可以,您尽管住。我也很希望及川小姐能一直住下去。"

"哎呀,真的吗?那太感谢了,真是帮了我一个大忙。"美子喜出望外,不停点头道谢。

然而传藏却盯着墙壁嘟囔起来:"原来是这样,只有您和女佣两位吗……"

"嗯,"美子立刻收回笑脸,"不过这个房子很大,所以我装了隔板,如果有其他人想住进来的话……"

"不是不是。"传藏反应过来,赶忙解释说,"请放心,我不是要让别人住进来。只不过,那个……你们两个女人是不是不太安全……"

"没事啦。这可是混凝土的建筑。"

"也是。如果您还有亲戚什么的想住进来,我也完全不介意,您自便就好。"

"好,谢谢。不过,我一个亲戚都没有。"

"啊?没有亲戚?"传藏又出神地盯着墙壁。

"那个,我再给您倒杯咖啡吧。"

"不用了,"传藏用手盖住杯口,"我也该告辞了。"

"您再待一会儿吧。"

美子一个劲儿地挽留,不过传藏还是以"我还有点儿事"为由,站起身来。

美子一直把他送到了从战火中幸存的门柱那里,目送他离去。

"下次再来啊!"

传藏说自己有事其实并非借口。这件事就在包工头家的壁橱里。

从圆顶房回来后,传藏从里屋的壁橱里拿出行李。里面装的全都是他曾经穿过的所有西服和内衣。每年老板娘都会把西服拿出来阴干,还在里面放了樟脑丸,所以一个虫眼儿也没有。除了那件粗呢外套，剩下的衣服都只穿了半年左右，所以还能接着穿。而且这些衣服在定制时也采用了原来世界的裁剪风格，所以现在看来也完全不过时。这些衣服足够应付眼下了，想到这传藏才松了口气。

行李底下放着一个打火机和一块手表。打火机的气体果然已经挥发完了，然而手表在晃了两三下之后，秒针又开始动起来。传藏觉得，手表的制造商知道这个情况一定会很高兴吧。不过，他还不想那么早把这两样东西示人，所以又把它们放回行李箱底部。

这时，包工头走了进来。

"那件衣服得熨一下吧，老爷？"包工头盘腿坐下，把什么东西放在了榻榻米上，"我买了烟，您来一根吧。"

是烟盒上有藏青底色配方正灰色字设计的和平牌香烟。

"谢谢……"

"我说老爷啊，您之后是怎么打算的？"

"这个嘛……"

传藏从烟盒里抽出一根叼住，又递给包工头一根。

包工头起身走到靠墙的桌子前，上面摆着经济学的书和英语词典。他把放在旁边的火柴和烟灰缸拿过来又坐下。

"良文那小子太糟蹋东西了。"包工头把和平烟别在耳后，从毛线围腰里取出一个黄铜烟袋，又从烟灰缸里抓起一根三厘米左右的烟头塞到里面。

传藏拿火柴给两个人点上烟，包工头抽完之后，眨了眨眼睛说："老爷，您家那边还不……"

在这十五年里,包工头似乎一直坚信传藏是被赶出家门的浪荡子。

"嗯,昨天回家看了一眼,我父亲已经去世了,现在是母亲在料理家事。至于传宗接代……我最小的弟弟还在……"

这编的自己都快信了,传藏心想。

"这样啊,"包工头笑着说,"那您还是在我们家……"

"嗯,如果可以的话,还想再叨扰您一下。"

"我就说嘛……当然没问题。不过,对不住啊老爷,可能得麻烦您跟良文在这个房间挤一段时间。"

"是良文受委屈了。"

"怎么会!是我们对不住您,还得让老爷和良文挤在一起。这段时间您先凑合一下,很快我就会在后面盖上一间新屋子了。"

包工头在用黑市的木材搞建筑活儿,看来他这生意挺红火。

"……总之我完全不介意,您想在这儿住多久都没问题。以前老爷经常帮助我们,现在我们报答您是应该的。"

"谢谢……"

包工头起身准备离开,刚走到门口又转过身来。

"啊,对了老爷,可别在外面喝一些奇怪的酒。听说有人喝了炸弹酒[①]还是什么酒,眼睛都瞎了。别到时候跟前阵子椎名町的那件事一样。"

"椎名町?"

"老爷您还不知道吧,前一阵有个怪人去了椎名町的银行,

[①] 战后的日本物资匮乏,用土法制作的"炸弹酒"在民间流行,这种酒含有大量杂醇,可致人中毒。

给大家下了毒。"

"啊,那件事啊。"

"啊?"

"叫什么来着……"

传藏记忆中的椎名町事件已经是三十一年前的事了,他怎么也想不起来凶手的名字。

不过,包工头似乎压根儿不关心椎名町事件,而是直接跑去了厨房。

"他奶奶,他奶奶,我就说老爷还是……"

傍晚,出差回来的小隆一看到传藏,就赶紧冲过来确认是不是他本人,然后还让妻子去黑市买点儿东西,准备给中河原传藏开个欢迎会。正因如此,小隆妻子那天晚上陪这俩人熬到了半夜,眼睛都熬红了。

正如当年传藏预料的那样,小隆靠奖学金进了大学读工科,获得了延缓征兵的特殊优待。不过他的专业并不是原来设想的造船工程,而是电子工程。

"我是因为叔叔才喜欢上收音机的,必须得好好感谢您。当初我要是选了造船工程,现在估计早就失业了……我能进现在的电器公司,实在是太好了。"

"公司经营得还行吗?"

"嗯,虽然是个小公司,但前景很好。而且多亏进了这家公司,才……"

"老公!"小隆的妻子在旁边娇嗔道。虽然她只是负责斟酒,自己没喝，但脸已经红透了。

"怪不得。"传藏说，"这公司确实未来可期啊，都有这么漂亮的姑娘当员工。"

"疼疼疼！"小隆叫道。可怜的他似乎代替传藏被猛掐了一下大腿。

接着，两个人就把话题转到了专业领域上。传藏得以从小隆的描述中了解到很多弱电领域的近况。

战争结束后，人们对收音机的需求急剧增加，昭和二十一年时，四波段收音机已经停产，比之先进的超外差收音机，产量已达七十七万台，而昭和二十二年，也就是去年，这个数字达到了八十万。这些收音机大部分采用的都是从军方流出的 6.3V 电子管，所以在神田的收音机一条街上，到处都是带有船锚标志的金属壳电子管，MT4B、MT3S 等型号的发射管，以及 UY807 型电子管等产品。

从小隆透露出的信息里，传藏逐渐确定，目前晶体管尚未被发明出来，威廉逊放大器以及麦金托什放大器亦是如此。

传藏的脑细胞一下子活跃起来。当然，他记得晶体管是由贝尔实验室研发出来的，另外两种放大器也都是以发明者的名字命名的，所以按照当时丽子那套逻辑的话，他不可能申请到这几项专利。不过……比如说，在贝尔实验室发明出晶体管之后，对它做进一步的研究开发，应该也能赚钱。

小隆现在也是专业人士，他似乎从传藏的语气中听出了什么。半夜一点左右，小隆妻子再三用夸张的眼神示意后，传藏终于站起身来。

"叔叔,您后面有什么打算?"

"打算?"

"嗯,我是指之后的工作方面。"

"没,暂时还没有。所以如果你那边有……"

"这样啊,那就包在我身上吧。"

4

传藏找工作的事进展得很顺利。

几天后,小隆就带着传藏来到了他任职的公司。传藏只是针对他们正在试制的磁带录音机提出了一些修改建议,社长便面色铁青地召集了公司高层。而三十分钟后,传藏就已经坐在这个木制二层楼的公司里最好的椅子上,等着签合同了。

身穿美军夹克改造的工作服,看起来三十多岁的社长说:"我想请您担任设计主任一职,如果可以的话,最好明天就能上任……"还给传藏递上了一支菲利普·莫里斯香烟。传藏接过烟,却拒绝了设计主任这个职位,原因就是他记得这家公司。

几年后,滨田俊夫就会加入进来。而传藏搜遍记忆的各个角落,也没想起这家公司有位姓中河原的设计主任。

最后,传藏成了负责从外部提供咨询的技术顾问,而条件就是不得参与其他公司事务且专利权归公司所有。

"我们每月向您支付顾问费五千元,您觉得可以吗?"社长说。

"五十元?"传藏听后反问道。

小隆在一旁赶紧补充:"中河原先生上个月刚刚复员回来。"

"那真是太辛苦了"社长这样说完,马上叫来财务给传藏支付了第一个月的顾问费。

传藏和社长参观了一圈公司,并提出两三点建议后,就跟小隆一起去了附近的一家红豆汤店。

"小隆,真是太感谢你了。社长说想过几天举办一场宴会,让我和你一起参加。"

"是吗,那真是太好了。"

"哎呀,每个月能拿到五千元……"

"都快比我的工资高一倍了呢。"

"啊?小隆每个月的工资也有几千吗?"

"别这么说啊,叔叔,我好歹是个……"

"我问你啊,现在的物价是什么样的?比如伙食费……"

"我想想啊,如果只算配给的话,每个月的伙食费在三百元左右,但是光靠配给肯定是不够的……要想到黑市吃点儿好的,一次就得花个两三百元。这世道就这么荒谬。"

"哎,那大学生的学费这种呢,每个月大概多少钱?"

"学费倒是涨得不多,不是什么大花销。书本费会稍微贵一点儿,每个月加上学费,一千元也足够了。您怎么问起这个……"

"嗯,其实是有一家我认识的人,他们母子相依为命,母亲一个女人独自经营着一家理发店。昨天我装成客人去看了看,私下里一打听了才知道她儿子今年中学毕业。他很想上大学但是交不起学费……"

传藏差点儿就因为每月五千元的收入而兴奋过头,把所有事都和盘托出，好不容易忍住了。

"所以，我想资助他上学。那也是个喜欢摆弄收音机的孩子。"

"哦，这种事情可不能你一个人做，我也要出一份力。"

传藏从红豆汤店出来，和要回公司的小隆道别后，走进了公用电话亭。他通过查号台问到了一个中学的电话号码，拨通之后和对方说了将近二十分钟，然后拿着从文具店买来的信纸和信封去了邮局。邮局准备的笔由于出水不流畅十分难写，四页的信他用了半个多小时才写完。邮局的女员工歇斯底里地说"邮局可不是写信的地方！"传藏只好回答说："我知道，我是来汇款的。"接着把汇票和信一起装进信封，又请那位歇斯底里的女人帮忙挂号。

邮局不远处就是国营电车的车站，传藏过去买了一张到横滨的车票。

他年轻时就在想，如果知道匿名给自己资助学费的人是谁，一定要竭尽所能地报答他。

所以此刻，他为了完成这个愿望，决定去南京町奖励自己吃一顿丰盛的大餐。

5

包工头的头发已经全白了，老板娘的也已花白，小隆把头发梳成了三七分。不过三个人的模样倒是没什么变化，传藏时隔十五年再次见到他们的时候还是一眼就能认出来。

只有良文变化很大，传藏至今都不敢相信他就是以前的小祖宗。他当年是圆脸，如今却变成了瘦长脸，当年只有三尺高的他，现在已经和传藏差不多了。

不仅仅是外表，小祖宗挂在嘴边的话题也已经不再是汽车、军舰和东乡元帅了。

一天晚上，小祖宗和传藏并排躺在被窝里，他抽着和平烟说道："叔叔，您知道集体相亲吗？"

"之前听说过，这世道还真是什么事都有。"

"明天在多摩川就有一场集体相亲，我打算去看看。"

"啊？可是你才……"

传藏震惊的是，小祖宗明明才十九岁，就已经是个彻彻底底的战后派①了。

"不是你想的那样！"小祖宗涨红了脸，"是大学报社的人明天要去采访，我才说要一起去的。"

"哦，是这样啊。你爸知道了肯定得吓一跳。"

"嘿嘿……怎么样？叔叔要不要一起？"

"啊？"

"到时候会有很多年轻女人来，里面肯定有美女。您要是有喜欢的，我去帮您说。"

"你小子，别拿大人的事开玩笑。"

"没在跟您开玩笑。您人生最重要的时期都是在战场上度过的，接下来要做的应该是好好享受青春。明天您也没什么事吧？"

---

① 战后派是指那些出生或成长于二战后，特别是在战后日本社会和文化变迁中成长的年轻一代。他们的成长环境经历了战后的重建、经济的飞速发展以及文化的现代化，通常更为开明、接受西方文化和现代社会的变化。

"嗯……不，对了，我明天要去个地方。"

"是吗，那太可惜了。"

把烟丢进烟灰缸后，身为大学啦啦队副队长的小祖宗很快就打起了呼噜。

第二天早上十点左右，传藏换好出门的衣服，离开了包工头家。

其实他也没什么地方要去，但如果待在家里，肯定就会被小祖宗拉去参加集体相亲。在传藏看来，与其过去被一群年轻女人盯着看，还不如自己背着炸药包冲进敌营。

新宿的帝都影院正在上演克拉克·盖博和葛丽亚·嘉逊的电影《怒海情波》。传藏本想去看电影，后来想到今天是周日，人可能会很多。

回过神来，传藏发现自己走到了圆顶房前。

据报纸的娱乐版说，小田切美子刚刚结束拍摄，目前正在家中休养。这样的话，及川美子现在应该在家。

传藏在心里说服自己，前几天离开时美子说的那句"下次再来"肯定不只是客套话。他走到圆顶房门口，鼓起勇气敲了敲。

传藏把名字告诉了探头出来的年轻女人，她说了句"请稍等"后就不见了身影。很快里面传来"房东来了"的声音。看来，美子已经告诉了这位上次不在家的女佣，如果来人自称中河原，那就是房东，不要把他赶走。

"哎呀，欢迎光临。"

虽然出来迎接的及川美子是脸上挂着笑说的，但那显然并非发自真心。因为她把传藏请到客厅,端出咖啡之后,就立马换上了严肃的表情,似乎已经认定传藏是来赶她走的。毕竟她也知道房东传藏现在没地方住,正寄宿在包工头家里。

所以传藏扯了个谎。

"我刚刚看了看前面那块地,打算在那儿盖个房子住。"

"哦,是这样呀。"美子立刻恢复了笑脸,递给他一块美国产的黄油手指牌巧克力说,"您来一块儿吧。"

"好,谢谢……我很喜欢看电影,从很久以前就是小田切小姐的粉丝,"这次他说的是实话,"所以,今天是想找您要个签名。"

"哪里的话……"

虽然两个人的共同话题就只有昭和初期的电影,但即便如此,他们还是聊了一个多小时。当时有一部电影,其中有个滚落的石头把美子压在下面的场景,直到听说那石头只是道具,传藏才总算放下心来。这十五年里,他一直在担心美子拍那场戏的时候有没有受伤。

"拍电影的时候会有各种各样的小道具。下次要不要来摄影棚看看?我带你去里面参观。"

"好啊,谢谢。"

去之前得做一套新衣服。传藏刚想到这时,女佣就进来了,说是有人来访。

"哎呀,是吗?"

美子站起身来,传藏也照做了。

"那我就先……"

"哎呀，再坐一会儿吧，"美子回过头说，"他也是我的影迷，我介绍你们认识啊。"

"啊，可是我还……"

一个身穿美军军服、皮肤黝黑的男人正站在玄关处。传藏发现他戴的是中尉军衔的徽章后，下意识鞠了一个十五度的躬。但是对方好像是把他当成了收音机修理工之类的人，并没有回礼。

"别客气，下次再来玩啊。"

传藏在美子的说话声和日裔美籍中尉隔着眼镜的视线中，走出了圆顶房。在他看到门口的刹那，他不禁发出一声惊叹。

"嚯……"

只见门前停着一辆闪闪发光的新车。传藏凑近看了看车的前格栅，上面赫然写着"林肯大陆"四个字。

后来，传藏基本上每三天就会去拜访一次圆顶房。

但是他能和美子说话的时间少得可怜。美子最近在忙新电影筹备的相关工作，经常不在家，就算她在家，门前也会停着那辆林肯大陆，传藏只能无功而返。

而且有时候林肯大陆的主人还会在传藏和美子聊天的时候来。

第二次遇上二代中尉时，美子向传藏介绍说他是"山城先生"。山城中尉伸出手来握手说："叫我乔治吧。"

在两个人私下聊天的时候，美子告诉传藏，乔治·山城中尉的父亲早在战前就是美子的影迷，中尉一开始是受父亲之托来送粉丝信的。

山城中尉看起来二十七八岁。而根据电影年鉴介绍，美子今年三十五岁，不过在美国人看来，美子大概只有二十二三岁吧。身为美国人的山城中尉这样频繁地拜访美子，应该不仅仅是为了帮影迷父亲的忙，而是另有所图吧。

"最近山城先生带我去了 GHQ① 的官方俱乐部。就是以前神田的那个如水会馆……二楼有一个叫宇宙尘的房间，里面有一整支乐队，可以在里面跳舞。昏暗的房间里，玻璃球闪耀着五颜六色的光，实在是太漂亮了。"

传藏根本没有能力邀请美子去昏暗的宇宙尘跳舞。他最多也就只能从黑市搞点儿红薯来送给美子了。

6

包工头已经六十六岁了，但精力依旧十分充沛。

每周他都会以"我去参拜一下观音菩萨"为由出去一趟。起初传藏还在感叹人随着年龄的增加会越来越虔诚，直到有一天他经过新宿的帝都影院时，刚好撞上了从里面走出来的包工头。帝都影院五楼小剧场的招牌上写着"相框展"，还贴着裸女的照片。俊夫再次感叹，原来参拜的是这种菩萨。

"可千万别告诉他奶奶啊，老爷。"

包工头在尾津组市场后面请传藏喝了烧酒。

"不过啊，现在可真是好时代，居然能明目张胆地欣赏光着身子的女人。"

"我说包工头，你都这把年纪了……"

---

① GHQ（General Headquarters），美国驻日盟军总司令部。

"嘿嘿嘿……咱俩不知不觉就这把年纪了。老爷，您多大来着？"

"虚岁四十五了。"

户籍上面写的是中河原传藏出生于明治三十七年。虽然按原来滨田俊夫的年龄来算的话，应该是四十八岁，但传藏自己早就把这事忘得一干二净了。

"四十五吗？那还是要早点儿安顿下来啊。"

"啊？"

"老爷也该赶紧找个媳妇了。都已经四十多岁了，还在打光棍……"

"可是就算再急……想结婚也得先有个对象啊……"

"对象？要说对象的话，不是有现成的吗？"

"哪儿呢？"

"圆顶房的夫人嘛。"

"啊？"

"啊呀，太浪费了，烧酒都洒出来了……那位夫人长得很漂亮，作为演员却又十分低调，年纪也跟您正好匹配，我觉得很合适啊。"

"可是……"

"有什么可是的啊，老爷您不是也喜欢她吗？"

"这个……"

"嘿嘿，脸都红啦，老爷。反正你可得早点儿下手啊，不然白菜可就要被猪拱了。"

"猪？"

"不是有个年轻的美籍军二代一直黏着她吗？他好像在追求那位夫人。"

"……"

及川家的女佣是包工头帮忙找的，所以他得到这些情报简直是易如反掌。

"那位夫人要是被美国佬娶走，也是日本的损失啊。要不我去帮您跟夫人说？"

"等……等等啊，包工头，再等一阵子。"

多亏了包工头这番话，传藏不敢再去圆顶房了。第二天，包工头用报纸包了几个烤红薯，不停撺掇传藏赶紧给美子送去。传藏却说自己"要先忙公司的事"，坐到小祖宗的书桌前，开始在大大的笔记本上画圆圈和三角。包工头只在桌上放了一个烤红薯，他刚一走，传藏就掏出一本《自由》杂志放到笔记本上，读了起来。

到了下午，包工头冲了进来。

"老爷，不好了！"

传藏赶紧把《自由》和笔记本合上，不过他马上意识到不必这么紧张。这次肯定不是征兵令了。

"出什么事了？"

"不好了，宪兵来了。"

"宪兵？"

"他们问中河原传藏在不在。怎么办？"

"怎么办？先出去看看再说吧。"

传藏到玄关一看，发现那里站着两个戴白色头盔的美国士兵，两个人中间还有个又小又黑的家伙，仔细看才发现是派出所的巡警。

"您就是中河原传藏先生吧?"巡警说。

"嗯……"

"是这两位美军宪兵队员说想调查一些事情,请您去 CIC[①]一趟……"

巡警十分惶恐,但美军宪兵的命令就等同于是麦克阿瑟[②]的命令。那位麦克阿瑟的权力比天皇陛下还大,传藏自然是想不去都不行的。

"我收拾一下就去。"

传藏回到房间,开始换衣服。

包工头、老板娘、小隆妻子三个人挤在一起,盯着传藏换衣服。

"老爷,"包工头低声说,"是不是您在黑市买东西的事暴露了?"

"嗯,可能是因为前一阵子买了一条好彩牌[③]香烟。"

传藏决定穿那件旧粗花呢外套去。他已经做好直接被送去冲绳做重体力劳动的准备了。

门前停着一辆吉普车。巡警坐在开车的白人宪兵旁边,传藏和另一个日裔美籍宪兵一起坐在后排。那个宪兵无论是长相还是身形都和小结级别的相扑运动员力道山一样。

---

① CIC(Counter Intelligence Corps),二战后美军在日本设立的情报机构,是 GHQ 下属第二参谋部的"防间谍部队"。

② 道格拉斯·麦克阿瑟(Douglas MacArthur,1880—1964),美国军事家、政治家,美国陆军五星上将。

③ 一个历史悠久的香烟品牌,由英美烟草公司制造和销售,在两次世界大战期间是美国军队的特供烟。

吉普车从派出所门前经过时,巡警说了声"Thank you very much(非常感谢)"后,就下车离开了。传藏感觉自己现在比当年在菲律宾的山里迷路时还要无助。

传藏的无助感持续了三十多分钟,到达位于九段的 CIC 大楼门口时,心里的不安愈发强烈。他一下吉普车,那个力道山便吹了个口哨,做了个跟我来的手势。他似乎十分确信传藏不会逃跑,从上楼梯到走到目的地的房间门口,始终没有回头看一眼。

在一道西部片中经常出现的齐腰矮门前,力道山用英语向门内喊了些什么,然后转身朝传藏做了个类似把鸡赶回笼子的手势。传藏尽量维持着一个日本人的尊严,在走进房间时努力让自己看起来不那么像一只鸡。

坐在对面大桌子后的男子抬起头来。

"啊,山城先生!"传藏叫道。

山城中尉站起身说:"百忙之中请你过来,实在是不好意思。"又指了指桌子前面的折叠椅,"请坐吧。"

传藏坐下后,中尉从胸前的口袋里掏出香烟,推到桌子的边上。

"不知道合不合你的口味。"

何止是合口味啊,这可是传藏近来最爱抽的切斯特菲尔德香烟。传藏觉得,就算对方是要治他在黑市买东西的罪,也不至于在这种地方给他下套,于是抽出一根叼在嘴里。

中尉也绕过大桌子,来到放着烟的这一侧。他用芝宝打火机给传藏点上火,接着坐到了桌沿上。山城中尉的腿不长,跟加里·格兰特和法兰奇·汤恩[①]做同样的动作,效果简直是云泥

---

① 两人皆是 20 世纪中期十分有名的男性演员。

之别。

中尉打开手中的文件夹。

"接下来,请你回答我的问题,"他对传藏说,然后又朝旁边桌子喊,"真木,are you ready(你准备好了吗)?"

那个叫真木的是一个长相酷似狸猫的日裔美籍,身上佩戴着中士军衔的徽章。他嘴里嚼着口香糖,朝中尉长官答了声"yeah(嗯)",把双手放在打字机上。

山城中尉开始了严肃的问询。

"中河原传藏先生,你在一九三三年应征加入日本陆军,随即前往中国,对吧?"

"是的。"

传藏边回答边观察中尉的脸色。

中尉的眼神藏在眼镜片后面,也不知道他到底在想什么。

"先是在河北,后来又去了山东、江苏,然后在一九四二年被派到菲律宾,一九四五年被美军俘虏。"中尉吹了个口哨,"Thirteen years military service(服役十三年)!"对真木中士说完后他耸了耸肩。

真木中士面无表情地打着字,不知道是不是把口哨声和感叹号都记了下来,接着抬头看向中尉,像是在说可以接着问了。

"嗯……"中尉的视线回到文件上,"你在军队一共服役了十三年。这是日本陆军对你的惩罚吧,为什么而惩罚呢?是因为你有反战思想。"

"山城中尉大人!"传藏叫道,"我绝对没有做过任何对美军不利的事。"

"啊？"中尉瞪圆眼睛，连忙摆手笑着说，"不是不是，我们把你叫过来不是为了给你治罪。Never mind（别担心）。"

"那到底是……"

中尉翻看着文件。

"这里写着你的长官在马尼拉军事法庭上所提供的证词——中河原上等兵对战友说，这场战争日本必败无疑，再打下去也没什么意义……你为什么断定这场战争一定会败？"

"因为我知道会败。"

"你怎么知道会败？"

"因为……"传藏盯着中尉在距离地面五十厘米的地方晃来晃去的鞋尖，"就是总觉得会败……"

"什么叫总觉得会败？"

"就是，那个……"

"还有，你的长官在证词中还说：'一九四五年八月十二日，中河原上等兵说，日本会在十五日无条件投降，所以不要再继续抵抗了，下山吧。'"

"……"

"这个复印件是马尼拉的美国宪兵队送来的。去年，他们怀疑中河原传藏是美国秘密情报部的人，对他进行了调查，但他本人却并不承认……我第一次读到这个复印件的时候，因为很忙就放在一边没管。但是前些日子，小田切小姐介绍你的时候说你叫中河原，这才提醒我想起了这份文件。后来我又做了很多调查，今天把你叫过来……我再问一遍，你是美国秘密情报部的人吗？"

"如果我回答 yes，你们打算怎么办？"

"我会向五角大楼报告。这样的话,你应该会得到巨额的奖励。所以,回答我。答案是 yes 吗?"

"我不能撒谎。我的答案是 no。"

"No?好吧,那请回答下一个问题。你是哪一年、在哪里出生的?"

"明治三十七年四月十九日,在新潟县出生的。"

"那你是在新潟县长大的对吧?"

"嗯。"

"请说出你小时候生活的城市的名字。"

"高田市……"

"那是你的户籍地吧?好,那请你描述一下那里的样子。那是一座什么样的城市?"

"……有道路,有房子……"

"说几个你小学时朋友的名字吧。"

"我想想……山田、中村……"

"山田、中村……这些都是日本最常见的名字啊,就算在加利福尼亚也有很多叫这个的。"

"……"

"这儿有一张中河原传藏的小学毕业照。"

"啊?"传藏惊得叫出了声,为了掩饰赶紧假咳了两三声。

中尉从文件夹里取出那张已经有些泛黄的照片,摆在俊夫面前:"这里面哪一个是你?"

"嗯……"传藏接过照片,皱起眉头说,"过去太久我想不起来了。而且这照片也不清楚……"

中尉从桌子上跳下来,盯着照片,用被尼古丁熏黄的手指指着其中一个人说:"这个就是中河原传藏先生。"

"啊……对,没错没错,我想起来了,这个的确是我。"

"No!"山城中尉往后退了一步,指着照片说,"那个人是中河原传藏,但你不是!"

"啊?"

传藏一下子站了起来。然而,他知道就算那个力道山不在,自己也不可能逃出去。

山城中尉迅速绕到桌后,从后面的铁盒子里拿出什么东西后,又走回来。

"你认识这个人吗?"

中尉给他看的是一张贴在衬纸上的照片,上面是一个中年日本人正脸和侧脸的影像。

传藏盯着看了一会儿,摇了摇头。

"不知道。"

"你不认识?也是,你才刚回日本。这个人是日本共产党的领袖……远近闻名的大人物。"

"……"

"这个人现在换了另一个名字,不过……"中尉弯下腰,捡起了传藏刚刚掉到地上的照片,把它们放在一起,"和刚才这个人对比看看,他们就是同一个人……same person(同一个人)。"

"……"

中尉把照片放在传藏眼前看了一阵子后,像是心满意足般又把泛黄的照片放回文件夹里。然后他看着铁盒子思索片刻,觉得太麻烦，就直接把贴了衬纸的照片也和其他文件放在一起。他拿起桌上的切斯特菲尔德烟递给传藏，自己也拿了一根，把两根烟都点上火后，又坐回桌子上。

"你现在是冒用的别人的户籍。为什么要这么做？你的真名是什么？"

"山城先生，"传藏盯着中尉说，"你为什么非要打探出我的隐私？这到底和你们有什么关系？"

山城中尉耸耸肩，摊着双手说："关系？那关系可大了！你不仅预言了盟军的胜利，甚至还精确地预言出了胜利的日期。我们CIC必须调查清楚你究竟为什么会知道这些事情。"

"……"

传藏一个劲儿地抽着切斯特菲尔德烟，烟就剩下一点五厘米长了，他依旧在抽。

山城中尉担心证人被烫伤，拿掉那截烟屁股，又递给他一根新的。

但传藏推开中尉的手站了起来。

"山城先生，我明白您的意思了。我可以把全部的事情都告诉您，但是我想单独和您慢慢说。"

7

战后不久，神田一桥的如水会馆就被美军接管，成为GHQ的官方俱乐部。所谓的宇宙尘就位于二楼，有一个巨大的圆顶。

涂成黑色的粗糙混凝土墙面上，镶满了玻璃做的星星，它们正随着灯球的旋转而闪闪发光。中央舞池外面围了一圈桌子，还有一个带有WVTR转播设备的演奏台摆在房间一角。除了灯球外，室内的光源只剩每张桌子上的一支蜡烛。这个房间估计是模仿美国某个夜总会设计的，不过在驻军对日本建筑的改造案例中，这里可以算得上是相当成功的一个了。在入口的地方，经常会有来自堪萨斯一带的乡下军官夫人张着嘴巴不停往里张望。

中河原传藏跟在山城中尉身后，一边打量四周，一边走进宇宙尘。乐队的演奏还没开始。在享用纽约牛排和沙拉的过程中，中尉先是非常礼貌地介绍了自己的身世。

他的父亲是出生于山口县的第一代美籍日裔，在加利福尼亚经营着一个大农场。而他自己则是毕业于麻省理工学院，又在波士顿大学拿到了心理学硕士学位，无疑是个饱学之士。山城中尉喜欢时不时用一些晦涩的汉字词汇。

桌子旁边除了他们两人，还有两个年轻的女人。在CIC的停车场里坐上那辆林肯车的时候，中尉把她们介绍给了传藏。长得漂亮的那个女人叫简，她是山城中尉的未婚妻，另一个姿色比较普通的是简的朋友，叫凯蒂。简是山城中尉的未婚妻这件事，对于传藏来说绝对是个好消息，但当这两个人也跟着他们来到宇宙尘的时候，传藏还是有点儿慌。虽然她们说的是英语，但从凯蒂那典型的东方面孔来看，她们显然是日裔二代。所以传藏压低声音对中尉说："我想咱们两个单独谈谈。"这时，中尉哈哈笑起来，回答说："这两位淑女听不懂复杂的日语。"

用过餐后，他们两个陪淑女们去洗手间，等她们方便完出来后又一起回到了桌边。中尉拉开椅子请淑女们坐下后，就坐回到自己的位置上,把蜡烛挪到手边,拿出一根派克钢笔。

"那么,第一个问题,您冒用了别人的户籍,我想知道您为什么这么做。"

中尉拿过菜单,用派克笔在空白处写下"第壹"两个字。"壹"字比"第"字大了快一倍。

"要回答这个问题,我得从头说起……"

传藏决定按当年自己跟丽子解释时的顺序来讲。

他解释给丽子听的时候,是为了让她相信自己,而这次是对方主动要求解释,所以讲起来要容易得多。而且也不用再去解释太平洋战争和空袭,能省去很多麻烦。

但无论如何,还是必须从时间机器开始说起。就算坦白了自己真实的经历,不提到时间机器也没法解释为什么昭和七年生的滨田俊夫也就是传藏现在已经四十五岁了。

传藏冷不丁地问了一句:"山城先生,你知道时间机器吗?"

"时间机器?"中尉反问道。

"嗯,就是在H. G. 威尔斯的小说里提到过的……"

中尉愣住了。

传藏有些失望,自己不会又要介绍电影的梗概了吧?

这时,坐在一旁的简用英语和中尉说起话来,大概意思好像是她喜欢这首曲子,一起去跳舞吧。乐队已经开始演奏起舒缓的音乐了。

饱学之士深鞠一躬站起来,挽过简的手臂走了过去。

传藏被晾在一边有些不知所措,这时凯蒂对他说:"跳支舞吗?"

经过中尉这以身作则培训女士优先意识的"速成班"教育,

传藏不由自主地站起身来，顺势把凯蒂的椅子拉开，和她一同进入舞池。

抛开舞伴的样貌不谈，这里的氛围与原来世界的赤坂夜总会十分相似：大乐队演奏的舞曲，周围翩翩起舞的外国人，闪闪发光的灯球……传藏想，或许可以把话题拉长，好让中尉每天晚上都能带自己来这里享受。

传藏跳完两支慢舞重新回到桌边的时候，中尉已经点好了啤酒和汤姆·柯林斯鸡尾酒在等他。

中尉站起身来，似乎不只是为了迎接凯蒂。

"刚才你说的是 H. G. 威尔斯的小说《时间机器》吧？"他十分流畅地将刚才俊夫用日语片假名念出的部分用英语重复了一遍。

"您知道这本书？"

"嗯，以前读过。但这本书又……"

"那就好说了。"

两人相对而坐，聊得十分火热。这次即便是简来搭话，中尉也并没有理她。

大约过了二十分钟，就在简要生气发作的时候，中尉毅然决然地站起身。他跟女士们说现在突然有紧急情况需要处理，催促着大家走出宇宙尘。

接下来的一个小时左右，林肯大陆的 V12 发动机马力全开，首先把女士们送到了位于筑地的女兵宿舍，接着又带传藏赶到梅丘的包工头家里拿上了打火机、手表等物品。在这个过程中，中尉把自己跟简告别吻的时间缩短到平时的一半，传藏也没来得及和睡眼惺忪的老板娘解释原委。

最后,他们把林肯停在CIC的大门前,中尉朝值班的中士喊了些什么,然后把传藏带到了一间暖气很旺的房间,又叫日本员工送来两打蓝带啤酒和一大盒奶酪饼干。

中尉就那么喝着啤酒,全神贯注地听传藏讲述到天亮。

听到白木屋事件的时候,中尉变得尤其激动。

"哦,可怜的丽子小姐!"他双手合十,闭眼默哀了一阵,突然猛地睁开眼睛叫道,"你知道未来的事情!快告诉我,次一下……不对说反了,下一次,美军会在什么时候发动战争?"

"一九五〇年,"传藏回答说,"朝鲜发生动乱,美军再次出动。"

山城中尉脸色苍白。他好像并没有继承日本血脉中的大和魂。

"我绝对不会把你说的话告诉任何人。所以,你和我详细说说关于那场战争的事吧。"

8

不知道山城让治[①]中尉是怎么和上层做的工作,他明明应该是"CIC不可或缺的人",现在却被允许在两个月后退役返回美国。在那两个月间,他说"就当是为了弥补这么多年你受到的折磨",一直在张罗着撮合传藏与及川美子。

中尉最开始提出这个想法的时候,传藏坚决不同意。

---

① "让治"的日语发音与"乔治"的英语发音很接近,故前文中这位日裔美籍中尉自我介绍为"乔治"。

"什么啊，不可能。这种绝对做不到的事，就算是你也……"

"Take it easy（放松），传藏先生，你听我说。我对小田切美子的情况做过详细的调查。她是一个叫及川德治的制片人的女儿，但他们并无血缘关系。美子小姐在一九二八年以养女的身份在及川德治名下落户，在那之前的经历尚不清楚。美子小姐也对我说过不要过问她以前的事，大概是有什么难言之隐吧。不过刚好你也有一段不能告诉她的经历，所以也算是扯平了。"

"那位及川德治先生现在在哪里？多大了？"

"及川德治已经于一九三九年过世了，享年六十三岁。"

"……这样啊。"

"啊，还有那个叫启子的人。你把她丢在及川家的沙发上之后就消失了。可那是一九六三年的事，虽然从现在算起来倒是还能赶得上，但是等到一九六三年，你六十岁，启子小姐十七岁，你们两个的年龄不般配，而不般配就是爱情不幸的根源……"

"你说的这些我都明白。可是……"

"对了，话说回来，传藏先生，及川……我的意思是，你还记得在一九六三年见到的那个及川先生长什么样子吗？"

"不记得，已经过去太久了。"

"毕竟只是在十六年前见过两面。不过，传藏先生，我已经知道及川先生长什么样子了哦。"

"你怎么会……"

"对了，传藏先生，你这么长时间以来一直占用着别人的名字，差不多也该换换了，改个姓就行。"

"改姓？"

"嗯，等你和美子小姐结婚之后，就可以落到她的户籍。那样一来，你就可以丢掉中河原这个姓了。"

差不多一个月之后，山城中尉郑重其事地穿着黑色家纹的和服，和包工头一起去圆顶房提亲。

负零

1

电话响了。

那部电话机从十几年前装好以来,已经像这样响了上千次。之后回想起来,现在这次铃响也只不过是那上千次中的一次,可能连打电话来的人的姓名、交谈的内容都会被忘记。不,应该说大概率会被忘记。

要说令传藏印象深刻的电话,至今也就那么几通。而这当中只有一通电话,让传藏从对方的语气到来电日期都记得一清二楚。那是家里刚装好电话之后不久,从医院打来的。他之所以能记住接到那通电话的日期,是因为那天刚好是她女儿出生的日子。

电话还在响着。传藏盯着电话机的方向,猜测刚才走廊里传来的喊声应该是在说"我去买点儿东西",叹了口气站起来。

从书房的桌子到走廊里的电话机,大约有十步路。自己以前的社长曾经提出过一个设想，就是当电话机响铃三十秒以上时，就自动提示无人接听，并把对方来电的内容录下来。传藏在走过去的这段时间心里暗想，还是有必要再研究一下这个功能。他刚刚正在桌上用小电视看外国电影，电话铃响起时，正好演到主人公为了拯救自己的恋人，偷偷潜入歹徒家里的片段。至少在当下，他无比认同"不顾对方情况，不分场合打来的电话，是一种暴力"的观点。

不过，毕竟传藏已经六十多岁了，不会做出拿开听筒后就返回书房这种任性的行为。他猜测来电者可能是小隆，于是一边在心里暗骂这小子现在在公司身居要职了，连电视都不看，就知道一心扑在工作上，一边拿起了听筒。

"喂，我是及川……"

他盯着电话机的拨号盘说。房屋结构如此，即使他回过头去，也看不到放在书房里的电视，所以他忽然像有生以来第一次看到电话机的人一样，认真地观察起拨号盘。

"嗯，在家。"

他对着话筒说，缓缓移动着视线。他戴着一副玳瑁的老花镜，所以能清楚地看到拨号盘上的每一个数字。然后，他好像很喜欢那些数字似的，视线在上面停留了好几秒。

"好的，恭候您的到来。"

他说完后就把电话挂了，接着又盯着拨号盘看了好一会儿。

传藏回到书房的桌子前面时，小电视的屏幕里，主人公披头散发、领带歪斜。但很快镜头切换，原本是主人公正脸的位置上出现了一个衣帽架，主人公本人则是出现在画面左侧的一角。然而,传藏的视线始终落在那个衣帽架上。接着,他伸手关掉了电视。

"全都忘了,"他小声嘟囔道,"我那时候是提前一个月……"

大约过了三十分钟,传藏身后传来开门的声音。除了小偷外,应该只有两个人会不吭声直接进书房。传藏转过身去,想确认一下来的是谁。

"美子啊,"他兴致缺缺地说,"启美还没回来吗?"

"她说会在晚饭前回来。啊呀,你在干什么?这是启美的作业?"

桌上的小电视已经不见了踪影,取而代之的是满桌子的笔记本和书。其中有两本日英词典,还有《谁都会的英语语法》和《标准英语字帖》等书。

传藏解释说:"不是,是我想用英语写封信。"

"你不提前知会一声就拿启美的书,她会生气的。"

"我就是突然想给山城先生写封信。"

"啊,给山城……是啊,也差不多该联系下了。"

"啊?"

要不是传藏拿着笔的手已经停下,恐怕就要浪费一张航空邮件专用的信纸了。

"好像马上就要开始卖票了,酒店也要早点儿订……毕竟这可是日本第一次举办奥运会啊。"

"对,没错!"传藏由衷地表示赞同。

"不知道简过得怎么样。代我在信里向她问好。"

美子来到桌边,探头看了看传藏写的信。

传藏至今不知道她到底是不是从女子学校毕业的。不过就算是，她毕业这三十多年来应该也没再碰过英语语法。

美子本人好像也不打算把英语重新学起来。她并没有像看日文信那样认真阅读，说了声："今天市场上的生鱼片看着很好吃，我买了点儿。"然后就离开了书房。

及川传藏每天吃晚饭的时候都会喝上两合①清酒。他和酒馆老板以及很多人都坚信，这就是最好的养生方法。

传藏喜欢清淡的下酒菜。烧鳗鱼和肉这种太油腻的东西，夏天喝啤酒的时候配着吃还行，配清酒就不合适了。清酒的下酒菜还得是章鱼、海贝之类的醋拌凉菜，但生鱼片才是绝佳搭配。

在那天晚饭的饭桌上，不仅仅有美子买来的生鱼片，山城让治的话题也成了"下酒菜"。

"启美你还记得山城先生吗？他来日本那会儿，启美几岁来着？"

"昭和三十二年吧，"美子说，"也就是……"

"小学三年级的时候！"

满嘴日式炖牛肉的启美亲自回答道。她面前没有摆生鱼片，因为她讨厌吃鱼，只喜欢吃肉。不过她也喜欢吃蔬菜，所以不用担心营养不平衡。但传藏很担心她每天都吃那么多肉的话，会不会长得又高又壮。启美现在已经比妈妈美子还要高了。

"……是那个从美国来的人吧，在我们家住了一晚上，然后把死了的父亲的骨灰送到了山口县寺庙，对吧？"

---

① 合属于日本过去广泛使用的尺贯法度量单位，表示的是容积。换算成现在通用的计量单位，1合大约相当于180毫升。

传藏想，启美可真是记忆力超群。体格和头脑都很优秀……就这样都没有被选为健康优良儿[1]，真不知道文部省那帮官员到底在干什么。

"别总把死字挂在嘴边。"传藏纠正道，"要说'去世'。山城先生的父亲六年前去世了。虽然山城先生日语说得很好，但还是不太擅长读日文。好像他父亲还活……健在的时候，都是他父亲读给他……"

"所以爸爸今天才要用英语写信啊。"

"是的！"美子立刻答道，"我们想请他来看明年的奥运会……买票之类的准备工作越早越好。所以才借用了你的书……"

"当然可以啦，妈妈。那爸爸的信写完了吗？"

"嗯，写完了。"

"哦……"

本来期待爸爸会请自己帮忙的启美显得有些失望。她将来想当空姐，所以在非常努力地学英语，还会和外国笔友互通邮件。

其实传藏只写了四个单词，就改用罗马字[2]写完了信。当然，他为了维持自己在女儿心目中的形象，是不会告诉她真相的。

"启美经常寄航空邮件吧，明天能帮我寄一下吗？"

"当然可以啦！"

传藏喝了口酒，一脸慈爱地看着爱女。

---

[1] 由日本朝日新闻社、文部省、都道府县教育委员会联合表彰的优秀儿童，必须符合身高和体重超过同龄人的平均值、学习成绩优异、运动能力强、性格开朗等标准。

[2] 将日语发音用拉丁字母表示的方法，类似日语的拼音。

"说起来,启美好像有不少课外书啊。"

"啊,启美,真的吗?你在看什么书,该不会是……"

"哈哈,别担心,都是些很难的英语书。对吧,启美?"

"嗯,是硬核推理小说、科幻小说什么的,妈妈。"

"科幻?"

"科学幻想小说。就是写外星人、机器人、时间机器什么的……"

"时间机……那到底是什么东西?"

"是一种能穿越时空,在过去和未来里自由穿梭的机器。"

"啊,还有这种奇怪的机器吗?"

"所以才叫科学幻想嘛,幻想啊。"

"啊呀……"

母女二人大声笑起来。

传藏咳嗽了一声说:"对了,院子里的圆顶房已经很破了……"

"老公,那里可是有很多我们的回忆……"

"不是啦,"传藏笑着说,"我只是想把里面稍微整修一下。"

传藏从几年前就开始把圆顶房免费借给住在附近的人使用。因为那里大小合适,所以很多团体活动都会借用那块地方,像是镇议会的会议、鲜鱼商会的合唱团、隔壁退休老人发明的椅子式[①]茶道讲习会等。传藏对于他们让自己帮忙订拉面的事情叫苦不迭,为此还装了一部热线电话。也正因来往人员太多,里面被搞得脏乱不堪,传藏很想有一天能当场抓住那些在墙上乱涂乱画的人,然后狠狠教训一顿。

---

① 指坐在椅子上而不是跪在榻榻米上练习茶道的方式。

五月，传藏打听到车站前的一家乐器店二楼正在以两小时五百元的价格出租，于是他把这个消息告诉了町会事务所以及其他人，然后才把工人请到圆顶房。

更换门和荧光灯并不难，但由于内外墙都要重新粉刷，所以直到二十四号的傍晚才完工。

"真是辛苦啦，多亏有你才能弄得这么好。"

传藏向小祖宗道谢。包工头已经退休了，现在是二儿子小祖宗继承他的衣钵，承包建筑工程。

"叔叔，其实椅子还没弄好呢。沙发已经到了，但是夫人要的三十把折叠椅，工厂说目前没有现货，要等个四五天……明明说好二十四号前送过来的！"

"椅子没到就没到吧。"

美子想学车站前的那家乐器店，今后开始收场地使用费，但传藏眼下并不打算把圆顶房租出去。

"……来，喝一杯吧。"

启美替妈妈送来了威士忌，传藏劝小祖宗一起喝。

"谢谢叔叔的好意，但我后面还有活儿要干……"

传藏觉得，这孩子和包工头比起来靠谱太多了。

"是吗，那太可惜了。那等你有空咱们再好好喝。"

传藏把威士忌酒瓶和杯子放到架子上后，三个人一起出了圆顶房。

"代我向你父亲问好。"

"嗯，你们全家有时间过来玩儿！"

小祖宗说完便跳上停在院子里的小货车，猛踩一脚油门离开了。传藏在心里给包工头找理由，肯定是因为以前的工人都是走路回去，所以就算喝得酩酊大醉也没事。

等到小货车开远后，传藏走回主屋，点了一支烟。

"哎？爸爸，那个打火机是你新买的吗？"

旁边的启美探头看了看。

"不是，这是以前买的。"传藏心想，其实是很久很久以前了，"之前一直用的那个不见了，所以就又开始用这个。这个真的很耐用。"

启美笑了。

"爸爸总是忘记把东西放在哪儿了。"

"是啊，"传藏自言自语道，"忘了……"

"啊，我就说吧。把之前的打火机忘在哪儿了？"

"不，我说的不是那个。启美，之前吃晚饭的时候你讲过一个叫时间机器的东西吧，"传藏故意把时间机器这个词说得很生硬，"你那里有写这个的科幻小说吗？"

传藏很想读一读原著小说。

"有啊，多着呢！"

"多？"

"最早的一本是H. G. 威尔斯的中篇小说《时间机器》，这是时间机器主题的经典代表作，还有很多讲时间机器悖论的炫酷小说。"

"别总用'炫酷'这种稀奇古怪的词。悖论是矛盾的意思吧？"这点儿东西传藏还是懂的。

"是啊。其中最炫……最有代表性的就是杀父悖论。"

"杀父？"

"如果乘坐时间机器回到过去，在父亲结婚前把他杀死，那么现在的自己会怎样呢？每个作家都给出了自己的答案。你到我的房间来看看吧，爸爸。"

走进主屋后，启美就带着传藏走进了自己的房间。

她站在摆满英文书的书架前打量了一圈，突然抽出一本递给传藏说："这本书里有一篇《最早的时间机器》，很适合新手入门。"

"哎？这不是日语吗？"

这下不用找启美借词典也能看懂了，传藏十分开心。

"因为现在科幻很流行啊，很多书都翻译成日语了。"

"是吗？那把这本借我看看吧。我最近晚上总是睡不着，今天晚上就读读看。"

传藏拿着书，悠闲地走出启美的房间。然而在门关上的一瞬间，他就像撒了欢儿的兔子一样飞快地冲进书房。

启美借给他的是东京创元社出版的《赞助者的一句话》，作者是弗雷德里克·布朗，译者是中村保男。传藏坐在桌前，把书翻到了启美说的《第一台时间机器》那一页。那是一篇只有两页的微型小说。

格兰杰博士隆重宣布：

"诸位，这是第一台时间机器。"

他的三位朋友盯着那台机器。

只见那六英寸见方的盒子上，有几个仪表和一个开关。

"只要将它拿在手里,"格兰杰博士说,"把仪表调整到想要去的日期后,按下按钮,就这么简单——你就穿越到那个时间了。"

三位朋友之一的斯梅德利,伸手拿起那个盒子查看了一番后说:"这东西真有用吗?"

"我已经做了一个简单的测试,"博士说,"我把刻度调到一天前,随后按下了按钮。就在这时,我看到我自己——虽然只是我的背影——正要从房间里出去,把我吓了一跳。"

"如果那时候你冲到门口踢一下自己的屁股,会怎么样?"

格兰杰博士笑了:"应该做不到吧,因为那样会改变过去。这就是时间旅行所引发的悖论。如果有人回到过去,把自己还没和奶奶结婚的爷爷杀掉,结果会怎么样?"

斯梅德利把盒子拿在手里,突然从三个人身边向后退去。他大笑着说:"这正是我要做的事!在你们说话的时候,我就已经把仪表的日期调到了六十年前。"

"斯梅德利,快住手!"格兰杰博士冲了过来。

"站在那儿别动,博士,要不然我现在就按下按钮。如果你不来坏我的好事,我可以解释给你听。"格兰杰停下了脚步,"我听过那个悖论,而且也一直很有兴趣,因为我一直都想找机会把我的爷爷杀掉。我恨透了他,他是个冷血的施暴者,是他让我奶奶和我父母的人生都过得十分悲惨。我今天终于等到了这个机会。"

斯梅德利按下了按钮。

瞬间一切都化为混沌……斯梅德利站在一片原野上。很快他就弄清楚了自己的方位。如果未来格兰杰博士的房子是盖在这里的话,那他曾祖父的农场应该就在从这里往南走大约一英里的地方。他开始往那边走,路上还捡了一根称手的木棍。

快到农场附近时,他看到一个红头发的男孩正在用鞭子抽狗。

"住手!"斯梅德利大喊着冲了过去。

"少多管闲事。"那个年轻人说着,继续抽打手中的鞭子。

斯梅德利抡起棍子打了下去……

六十年后,格兰杰博士隆重宣布:

"诸位,这是第一台时间机器。"

他的两位朋友盯着那台机器。

传藏心想,果然是这样。

自从三年前全学联①的反安保斗争②开始以来,他就一直在

---

① "全学联"的全称是"全日本学生自治会总联合",成立于1948年9月,是以在校大学生为主要成员的学生组织,在战后初期的日本学生运动中发挥了重要的领导性作用。
② 1960年因反对修订《日美安保条约》所引发的"反安保斗争"是日本历史上规模最大、持续时间最长的抗议运动。

内疚，是不是昭和七年的自己太懦弱了。虽然仅凭他一个人的力量可能没办法阻止日本发动太平洋战争，但他明知父亲会在昭和十四年死于华中战场，却没有想办法去试着不让这一切发生。他打从一开始就认定父亲战死是必然的结果，无论如何都无法改变。但是如果在来到昭和七年的时候，哪怕是把父亲打伤，就能让他无法应征，父亲可能就不会战死了。传藏每每在报纸上读到全学联的新闻，都会为自己年轻时的懦弱而气愤。

不过现在传藏读了这篇微型小说后，虽然还有些地方没有弄明白，但至少理解了作者弗雷德里克·布朗也和丽子一样，认为改变过去会引发悖论。这样一来，理解他的人又多了一位。传藏心里也松了口气，觉得自己没有像这位斯梅德利和全学联那样贸然行动是明智的。

但是传藏告诉自己，事情还没完全结束。一直到今年五月二十七日过去之前，自己依然处在曾经经历过一次的原来世界里。在此期间，绝对不能因为自己的疏忽大意而改变过去本来要发生的事，否则就会产生悖论。

这三天才是关键时刻。传藏盯着挂在墙上的电影公司制作的挂历入了神。

2

第二天早上七点左右，传藏就出现在了厨房。

美子正在切味噌汤里要用的葱，看到他后惊讶地瞪大眼睛。

"哎，你这是怎么了，起这么早？比平时早了两个小时啊！"

"没事,就是天太冷了,"传藏说,"我去上厕所,正好顺便过来看看。"

"那你快去吧。"

"嗯。对了,你还记得我之前跟你说过,今天晚上会有公司的人来家里的事吗?"

"不用准备饭菜吧?"

"嗯……所以今天那个人可能会往家里打电话,如果接到的话,你能不能跟他说让他过来?"

"我当然会那么说啊。我怎么会拒绝和你工作相关的人来家里呢?"

"是啊,确实是这样。"

快到十二点的时候,传藏又出现在厨房。

这次美子正在烤鱼干。

"老公,帮我把窗户开一下,屋里全是烟。"

"嗯,"传藏照办了,并隔着烟雾说,"那个人来电话了吗?"

"没有。"

"啊……但刚才电话不是响了吗?"

"那是电话局打来的啦,好像说是在做什么测试。"

"好吧……那再之前呢?我记得八点半的时候也响过一次吧?"

"那通电话是启美接的,好像是她朋友打来的。"

"是吗?这就怪了。"

"没关系啦。反正不是已经说好今天要来了吗?"

"嗯……可能下午会打来吧。"

傍晚，传藏没有再到厨房去，所以并不知道晚饭要吃什么。

他也不用去厨房。从下午开始他就一直在书房里竖着耳朵听，可电话却一次也没响过。

晚饭准备了启美喜欢吃的猪排。

刚和朋友打完保龄球回来的启美，埋头大吃了好一会儿猪排，才总算缓过劲来，抬起头说："今天早上来了个电话。"

"是你朋友打的吧。"美子说。

"不是，是一个叫滨田的人。"

"什么！"传藏惊得手里的酒杯都没拿稳。

"启美，快去把抹布拿过来。"

"然后呢，他怎么说？"传藏追着启美来到厨房。

"他说今天晚上来拜访。"

"那你是怎么回答的？"

"我说好的，我知道这件事，您过来吧。"

"……"

"没问题吧？爸爸今天早上不是说过了吗？"

"……嗯。"

"他应该会在九点左右过来。"

快到九点的时候，传藏拿着一罐和平牌香烟来到客厅。他每次都会在客人来之前把桌上的烟盒装满。虽然客人顶多也就抽个两三根，但这个烟盒还发挥着储备仓库的重要作用。

把一整罐和平牌香烟都装进去后，传藏看了看手表，坐到沙发上,拿了根烟叼在嘴里。然后他摸了摸灯芯绒家居服的口袋,发现自己把打火机忘在餐厅了,于是只好把烟又放了回去。他用中指敲着膝盖,环顾整个房间。

矮书架上摆着的文学全集和历史系列丛书,传藏一次都没有读过。上面还放着手提式电视和小型收音机。那台收音机是一个月前公司送来的年度最新款,内部线路和传藏四年前设计的一样,不过听说外壳是花了几十万,请一个知名设计师设计的。美子听到那位设计师的名字后,便马上把它放在了那里当装饰,结果传藏至今还没听过这台收音机的声音。

传藏突然意识到,这个外壳的形状可能会导致在低音时出现啸叫[1]的情况,于是起身走到收音机前。他刚弯下腰打算把收音机的电源插到书架边的插座里时,眼前出现了一张美女的脸。那是摆在电视旁边的美子年轻时的明星照。

传藏给收音机通上电后,再一次看向那个相框。他伸手拿起来后打量了一圈周围,在书架的书中间找到了一个十厘米左右的空隙。传藏把相框放进去,退了两三步看了看,觉得怎么看都像是欲盖弥彰了,赶紧把相框又拿了出来。结果历史系列丛书差点儿倒了,传藏又拿了桌上的空香烟罐塞在缝隙里挡住。空烟罐的大小刚刚好。

传藏正要拿着相框走出客厅时,门铃突然响了起来,他愣在原地。

传藏当即把相框倒扣在收音机旁边,冲出了客厅。

---

[1] 啸叫是一种声反馈现象,话筒与音箱同时使用,音箱发出的声音能够通过空间传到话筒,且反馈信号的幅度和相位满足一定条件时就会发生。

3

男人低着头，嘴里不停嘟囔着什么。

传藏压根儿没心情和来的客人打招呼。因为他突然意识到这个房子的设计有个很严重的问题：玄关正对面就连着走廊，不管谁从房间里出来，都会直接被玄关处的客人看到。要是打了照面，美子肯定会出来打招呼，到那时候对方的反应肯定要比看到照片要大得多。这样的情况可并没有写在今晚的剧本里。

"哎呀，快进来吧，我们在屋里聊……"

传藏赶紧招呼对方进了玄关。传藏十分气愤男人穿的竟然不是容易脱的浅口皮鞋，他半推半搂地把来人带进了客厅。

反手把门关上后，传藏总算松了口气，他让对方在沙发上坐下，自己也坐了下来。对方浅浅地坐在沙发沿上，递出了一张名片。

传藏照例恭敬地接过来，视线落在名片上的一瞬间，他惊得不敢相信自己的眼睛。名片上是这样写的：

浪漫满屋酒吧　小梢

传藏努力理解着现在的情况。不管是从服装，还是从其他方面来看，眼前这个人肯定就是事先约好今晚要来访的人。但这个人为什么递出这样的名片呢……

传藏突然意识到，这并不是女性经常用的那种圆角名片，而是男性使用的标准尺寸的名片。

传藏想，眼前这位先生大概是错把这张普通尺寸的女招待名片和自己的名片一起放进口袋，然后把这张当成自己的名片拿了出来，直到递给传藏都没意识到。

不对，这哪是直到递出去的时候都没发现啊……传藏这才意识到当年自己的疏漏。在过去的三十一年里，他一直没想过当时递出去的名片会不是自己的。

不过现在，传藏已经没工夫再为三十一年前的事脸红了。

传藏心想，反正已经这样了。眼前的男人肯定也以为这张名片就是写着公司职位的、滨田俊夫的名片。

所以传藏为了不让对方看到名片的正面，特意将小梢的名片放进家居服兜里，然后马上做起了自我介绍。

"如你所见，我是个退休老人，没有名片，叫我及川就好。"

这些年，传藏在常去的西装店等地方的时候总是倍加注意，避免碰到滨田俊夫。当然，对方还不知道时间机器的存在，应该也不会察觉到眼前这个白发老人就是未来的自己。但传藏的白发比较惹人注目，很容易让别人留下印象。他必须确保今天晚上的滨田俊夫和及川传藏是第一次见面才行。

面对初次见面、年龄约为自己两倍的老人，对面的男人显得很拘谨。他把双手放在膝盖上，看着自己的手开口道："我今天晚上想厚着脸皮拜托您一件事。我也知道突然这样说有点儿唐突，您家院子里有一座研……圆顶房吧？今晚能不能……不对，请您务必允许我借用一下那个地方……"

传藏回答了一声"哦"后，就开始观察对方。他心想，这就是我年轻时候的样子吗。

小隆之前就总说:"我们技术部有个姓滨田的男人,和叔叔年轻的时候长得一模一样。"传藏来到昭和七年的世界,住在包工头家里之后,只有每两天刮一次胡子的时候才会在镜子里看到自己的脸,但小隆却每天都能看到,所以他说的应该不会有错。这的确就是自己当年的样子。

"其实是因为有人……不,有个人拜托我……让我一定要来这里……那时候那个人……战争期间就住在这里,就是他让我今晚在这里……"

滨田俊夫说得前言不搭后语。他很怕突然向一个素不相识的人提出这种奇怪的要求会被拒绝,所以似乎拼尽了全力在解释。

然而,在传藏看来,滨田俊夫完全不是毫无关系的人。他不忍心对这位"血亲"的苦恼模样置之不理,于是立刻决定为他解围。

"原来如此,有时确实会有这种事,比如在战场上约好十年后在神社见面之类的。"

"对。"滨田俊夫就像是快要饿死的人得到了饭团一样。

"明白了,我这边完全不介意。那就请你自便吧。"

滨田俊夫掏出一块新手帕。他在擦汗的同时,蹭掉了上面的价签。

"太感谢您了!实在不好意思跟您提出这么过分的请求……"

"没事没事。"

传藏眼看着价签飘到沙发底下,又把视线落回对方身上。滨田俊夫不仅用了新手帕,还穿了新定制的粗花呢外套,身上依稀还能闻到理发店喷的古龙香水味。

传藏想,要是把这件粗花呢外套换成藏青色西服的话,这副样子就和五年前那个在银座餐厅里的小祖宗一样了。

不过,那时候的小祖宗在未来妻子面前十分拘谨,一句话都没说。相比之下,今晚的滨田俊夫可要能说多了。

"如果您不觉得叨扰的话,"俊夫又开口道,"我还是想跟您解释一下事情的原委……"

听他那语气,如果自己拒绝的话,他会像被掐着脖子一样憋得慌,所以传藏赶忙答应了。

"好,那个……"

传藏刚要说"当然可以",门外突然传来了敲门的声音。

"啊,请稍等……"

传藏留下这么一句话后,就跑到门边。好在他就坐在离门最近的沙发上,而且每天坚持晚上小酌一杯养生,他抢在美子前面伸手开了门。

传藏只打开了一道二十厘米左右的缝,把脑袋挤过去,小声对她说:"这边我来招待就行。启美睡了吗?"

"嗯,早就睡了。"

"那你也快去睡吧。"传藏一把夺过托盘,回到滨田俊夫身边。

"是我太太,说她穿着睡衣不方便进来打招呼。"

解决掉危机之后,传藏随意给美子编了套说辞。当然,他刚刚根本没工夫去看美子穿了什么。

"哪里……"俊夫赶忙起身接过托盘,"是我这么晚还来叨扰……"

"你要牛奶还是柠檬?"传藏把右手停在离托盘二十厘米的地方问道。

"那就加牛奶吧……啊,谢谢。"

果然是"血浓于水"啊,传藏感叹道。他把牛奶倒进红茶后递给滨田俊夫,自己也加了牛奶。

滨田俊夫一直不说话,传藏还以为他不打算再继续解释事情的经过了。但他好像是有备而来,在喝了一口红茶,并将茶杯放到桌子上后,开始严肃地从头讲述起来。

"其实,我刚才说的那个约定就发生在十八年前的今晚——东京遭受空袭的那个晚上,是住在这里的那个人被燃烧弹击中后最后留下的遗言……"

幸好在三十一年前对丽子的解释和十五年前对乔治·山城的解释起到了衔接纽带的作用,传藏对自己初二的时候,也就是四十九年前发生的事仍然记忆犹新。不过,像空袭时期棺材的配给之类的细节问题,他已经完全忘了,所以还是十分触动。

故事逐渐推进,不一会儿就来到了昭和二十三年。传藏内心振奋,打算等一个合适的时机聊聊黑市和宪兵,让对方放松一下,结果滨田俊夫又开始说起匿名捐助者的事,这让传藏十分狼狈。由于滨田并不知道自己眼前的人就是捐助者,所以他讲得很夸张,说到最后,就好像那位捐助者不是洛克菲勒就是超人了。无奈之下,传藏只能专心思考起彩电的新设计方案。

大约一个小时后,滨田俊夫总算是变了语气。

"正因如此,一会儿可能还会有人来拜访,如有打扰还请您多多包涵。"

"啊？"传藏不由得看向对方。

"我觉得在深夜前来叨扰实在冒昧，所以提早来了一会儿。不过我想，那个人应该也不会半夜偷偷溜进来吧。他应该也快到了……"

"啊，原来如此……"

传藏心想，顺着他的话回答可真费劲。对方还不知道时间机器的事，如果再继续和他聊下去，可能会出什么岔子。

于是，传藏站起身来。

"那我就先回屋了，这里和研究室您都可以随意使用。我还不打算睡觉，所以如果有什么事情就按这个铃叫我。"

传藏也按照俊夫的说法，把圆顶房叫作研究室。虽然他记得自己没按过那个按钮，不过还是以防万一给他指了指。

"另外，如果觉得无聊，这里的电视和收音机都可以……"

明天之后就看不到电视了，还是趁现在多看几眼吧。

"烟这里也有，您需要的话……"

那个世界也没有和平牌香烟。

"那还请您自便……"

传藏差点儿说漏嘴，拜托他处理时间机器了。所幸滨田俊夫好像错误理解成是在让他关门之类的。他深鞠一躬，目送传藏离开了。

传藏走出来后，看了看手表，发现还不到十一点。他想着应该在十二点前就可以看完《护士物语》。

回到书房后，传藏自己看起了《霰弹枪斯雷德》。十一点三十五分的时候,有职业棒球赛精彩回放。他想知道自己刚才看到一半的广岛队对巨人队的比赛结果,以及他最爱的东映队是胜是败。

于是,传藏忙活了起来。他把旁边书架上的小电视机搬到桌子上,又往椅子上放了两块坐垫,盘腿坐下来,把耳机戴上后,打开了电视。接着,他环顾四周,又摘下耳机,站起来,到书架上去拿喜力牌香烟,然后再次坐回椅子上,戴上耳机,拿出一根烟叼在嘴里,手插进口袋。很快他又从椅子上站起来,耳机也随之掉了下来。正要出门,他看到书架上原来有火柴,拿起来晃了晃,确定里面还有,拿上火柴,又坐了回去,划着火柴给烟点上火。他一边把火柴甩灭,一边环视着周围,刚要再次起身又停下,把用剩的火柴杆放到香烟盒子上。后来他又从椅子上站起来,去捡掉在桌子下面的耳机,头却因此撞到了桌角上。他在心里暗骂耳机插孔应该做得更牢固一点,坐回去后,没好气地把耳机插好,又塞进耳朵里。

他忙活了这么大半天,却事与愿违,电视一点儿也不好看。像这样每周都播的节目,也难免会有没意思的时候吧,传藏想着,又把频道调到《护士物语》。但也许是因为自己从半路才开始看,传藏对这个也没什么兴趣。他只好又换回到《霰弹枪斯雷德》,正好嘴里的烟快抽完了,他摘下耳机站起来,从书架上把带有老爷车图案的烟灰缸拿过来。他在烟灰缸里把香烟掐灭,又点了一根新的。这次他没再戴耳机,就直勾勾地盯着那台没有声音的电视机……

传藏突然想到了什么,低头看了看手表。时针正指向十一点五十一分。电视里，一位美女正说着什么，好像是广告。他又看了一眼手表，这次看的并不是指针，而是整块手表。那是自己早在三十一年前就带着、能自动上发条并且显示日期的手表，最近他又重新拿出来用了。虽然实际只戴了三年左右，但这块手表从瑞士的工厂生产出来至今，已经经历了三十多年的岁月。然而，它还是像全新的一样闪闪发亮。

传藏一下子站起身。滨田俊夫应该会在客厅待到十二点。还有几分钟时间。

传藏先来到卧室，确认了美子睡得很熟后，又轻手轻脚地走到客厅前。虽然需要真正放轻脚步的只有最后四五步，但他仍旧走得很小心，这让传藏深切地感受到小偷也不是好当的。

传藏在门前又看了一眼美子的卧室。然后，他悄悄跪在地上，把眼睛凑近锁眼。

所幸，滨田俊夫刚好就在正对面。他正侧身坐在那里，不停抽着和平牌香烟，基本上每隔两秒就会吐一口烟，那烟的前端连着长长的火星和烟灰。他又抽了几口之后，那长长的烟灰还是承受不住掉了下来。滨田俊夫急忙站起来，掸了掸自己唯一一条好裤子。虽然已经没什么必要了，但他还是把烟放在烟灰缸上用手指敲了敲。不过也多亏他站了起来，传藏得以看到了那个放在堆满烟头的烟灰缸前的打火机。那是即将随滨田俊夫一起去往昭和七年世界的打火机，和现在餐厅里那个曾陪传藏一起去往昭和七年世界的打火机是同一个东西，不过这个比传藏的要新三十一年，还闪着光……

滨田俊夫看了看手表。传藏也赶忙看了看自己手腕上的那块。现在是十一点五十五分，至少还有两分钟的安全时间。传藏又看向了那块新表。

滨田俊夫放下了戴着表的胳膊，突然快步朝传藏这边冲了过来。传藏躲也已经来不及了，不过他迅速判断出，是一壶红茶、初夏的凉爽夜晚等因素让滨田俊夫提早五分钟动了起来。为了不被怀疑，自己必须抢先行动。他拉开门，大声喊道："我刚才忘记说了，洗手间就在走廊尽头左拐，直走到头后的右手边。"

对方嘴里嘟囔着什么，从传藏身边走了过去。

传藏趁着滨田俊夫穿过走廊后不见踪影的这段时间，探头朝客厅里看去。打火机就放在桌子上。传藏刚想走进去的时候，余光瞥见了一个白色的东西。

他吓了一跳，转身一看，才发现是美子的半个身子从卧室门后探了出来，像是要过来。传藏赶紧走过去。

"怎么了？"美子睡眼惺忪地问。

"没什么事。"传藏把手搭在美子的肩膀上，一起走进了卧室。

"你们吵架了？"

"啊……没有啊，滨田去厕所了。"

"哦。滨田先生这人可真没礼貌。"

"啊？"

"都这么晚了，还在别人家里啪嗒啪嗒跑得那么大声……我还以为出什么事了呢。"

"嗯，那个……他还年轻嘛。好了，你快睡吧。"

"首先，他第一次来，就在别人家待到这么晚……"

327

刚睡着就被吵醒的美子不停在埋怨，传藏好不容易才哄好她，让她回床上去躺着。他打算后天就把所有的事情都跟美子坦白。后天会发生很多事，他一个人应付不来。

突然，外面又传来啪嗒啪嗒的脚步声。那声音越来越大，穿过了外面的走廊。

"太过分了！"美子从床上下来。枕边那本水上勉的小说被她碰到，啪的一声掉在地上。

"……我得去跟他说说。实在是太没礼貌了！"

"喂，等等！"

传藏急忙上前制止。但那可是经常受邀出演比实际年龄小十多岁角色的美子，她身手相当敏捷，很轻易就挣脱了传藏的手，来到了走廊。

"喂！"传藏追在后面，到走廊一看，发现美子已经到客厅前了。

她打开门朝里面看了看，然后又看向玄关。

"他回去了。"美子转头对传藏说，"连声招呼也不打，收音机也不关，什么人啊！"

"他还有急事，一会儿还要见个人。"

"应该还没走远。你去把他叫住，我要说他几句。"

"我说了他有急事嘛。他人很不错，小隆也总说他将来会大有作为。"

"就算在工作上再出色，也应该知道起码的社交礼仪吧。下次这个滨田再来，我绝对不会让他迈进家门一步。"

"喂，你声音太大了，别把启美吵醒了。"

这句话很奏效。美子突然抬头看着传藏，夫妇二人一起去了启美的房间。

"看来打保龄球给她累坏了啊。"

美子小声说着，给启美重新盖好毛毯。

4

及川家一带属于高级住宅区。住在这里的人，即使是公司职员，职务也都是课长级别以上的高级白领。传藏今天晚上才知道，这些人是如何为了公司努力工作到深夜的。他在半夜两点前一共听到了五次汽车的声音，每一个都是最新型高级轿车的引擎声。

最后，他终于听到了那台活塞已经严重磨损的破旧老爷车喘息般的引擎声。声音在很近的地方停下，没过多久，一声排气管回火发出的轰鸣打破了深夜的宁静。

传藏不禁看了看旁边。美子刚刚说自己睡不着，看小说看到了一点多，但此刻呼吸十分平稳，看样子已经睡熟了。一九三〇年型福特的司机也因此幸免于被她骂"没礼貌"，传藏也可以不用找"冻醒了"之类的借口，顺利地从床上溜下来。

传藏只是穿个家居服，所以不用开灯，却看到有光透过窗帘照进房间。他微微拉开窗帘，发现是对角的启美房间还亮着灯。

传藏一边把胳膊伸进家居服的袖子，一边跑到启美的房间。打开门后，他松了口气。传藏走到床边，把启美的手放进毛毯，重新给她盖好。然后他注意到枕边随意地放着一个笔记本和圆珠笔，就把它们拿到了书桌上。他粗略地翻了翻女儿的笔记本，但是因为眼镜放在卧室里了，所以他只能看到本上整齐地排列着一行行娟秀的字迹。

　　传藏合上笔记本，抬头看了看头顶的荧光灯，心想肯定是刚才他们两个人离开时，美子忘记关了。但是当他走到门前，刚要伸手去按旁边的开关时，他又抬头看了一眼荧光灯，忽然意识到刚才他们好像并没有开灯。不过，这种事也无所谓了。他把灯关上，回到卧室，从裤子口袋里取出钥匙，赶往院子里的圆顶房。

　　传藏在草坪中间的小路上停下脚步。刚粉刷过的圆顶在月光下闪耀着银白色的光辉。当然，自从昭和七年之后，他就再也没有在半夜眺望过这个圆顶，三十一年前的记忆也已经模糊不清了。然而即便如此，他也并没有因为眼前的景象和记忆中的不一致而感到失望。因为这就是自己在三十一年前真真切切看到的场景。光是想到这一点，他心里便会涌起抑制不住的怀念之情。

　　圆顶房里的时间机器亦是如此。不过传藏已经没有多余的时间去联想由此引出的一系列人和事了。他跑到时间机器前，痴痴地盯着它。

　　如果有梯子的话，他肯定要爬上去看看机器顶部的样子。三十一年前他就没看到，所以他现在很后悔自己没有在圆顶房里事先放个梯子。这就像外国人见到自己很久不见的朋友时，即便是男人也会抱在一起相互亲吻，如果他们每天都能见面，就肯定不会有那么强烈的情感了。

　　欣赏完机器的外观后，传藏就走了进去。他没有亲吻墙壁，而是伸手抚摸着每一处，心情已经平静了许多，所以除了照明，他没有碰任何其他的按钮、控制杆以及正面的云母板和仪表。他看到了旁边的布袋子……把伸手进去摸了摸。

传藏心中开始浮现曾经的回忆。三十一年前，他抵达昭和七年的世界的时候，就是袋子里的钱救了他……后来也是多亏了袋子里的那些钱，他才得以生活下去……

"奇怪。"

传藏嘴里嘟囔着，用手在袋子里摸索，接着又伸着脖子往里看。就算没戴眼镜，他也一眼就看出来，那里面没有任何比米粒大的东西。

他打量着整个机器，想看看是不是还有其他袋子，然而哪里都没发现。传藏把控制杆下方、云母板旁边以及所有角落都找了个遍，结果连一张钞票都没找到。

他打算从对面开始再从头到尾检查一遍，然而刚一转过身，就脚滑掉进了座位坑里。

他一边揉着擦破的膝盖，一边在坑里细心寻找了一番。在检查完之后，他终于明白了一件事。

现在，机器里的袋子是空的，但是两天之后，那里面必须装着纸币。

5

传藏在睡梦中被叫醒了。

"老公，那我们就先走啦。"

"好……"

他的眼前站着一位中年美女。空气中弥漫着香奈儿五号的香气。

"饭菜给你放在冰箱里了。"

"好的……路上慢点儿。"

传藏想起来好像是之前收到了相扑比赛前排座的票,所以今天美子和启美打算去看。

"国技馆的烤鸡肉串味道不错,你们可以去尝尝。"

多亏了相扑协会的这场比赛转移了美子今天一整天的注意力。为这母女俩助助兴也是应该的。

"是嘛!"美子在三面镜前最后检查一下自己的仪容仪表。

"你起得真早啊。"传藏说。

他心想,就算美子再关心大鹏能不能大获全胜,也用不着这么早就起来收拾自己吧。

"我说,"美子转过她那张看起来比实际年龄年轻二十多岁的脸,"你以为现在是几点?已经下午两点啦。"

"啊,真的吗?为什么不早点儿叫我起来。"

"因为你看起来睡得很香啊。"

"妈妈,"一个小美女探出头来,"要是再不出发,就看不到十两的比赛了哦。"

"是啊。他今天跟谁比赛来着?"

"花光啊。"

"老公,你知道那个叫北之富士的相扑选手吗?虽然只是十两,但是长得很帅,我觉得他以后肯定大有可为。"

"他真的很优秀哦,爸爸!"

"好啦,快去吧。十两级也好长得帅也好,赶紧去加油吧。"

传藏像赶人似的催着美子和启美离开后,就冲到了圆顶房。虽然也不是要用时间机器干什么事,但是不待在它旁边传藏总觉得不放心。

传藏将沙发挪到电话机前坐下,把那本按照职业分类的电话簿放在膝盖上,首先在索引里找到了"旧"字的那页。

然后,他开始从头一个个拨打旧货店、旧邮票店、旧书店的电话。

"这直接关系到一个人的生活。"

他在刚开始的四五通电话里,还在情绪饱满地这么说,但这话好像并没有起到什么效果,所以他后来就直接问:"您店里有昭和初期的纸币吗?"

所幸,旧货店很少有正规的公司那样的制度,所以基本上不会有店在周日休息。他们的态度都很好,还有人热情地推荐起和同开珎[1]与太政官纸币[2]。

传藏以平均一分钟两通的频率不停地打电话,指尖都磨出了水疱,于是想到了用铅笔来代替手指拨号。

晚上七点左右,他在面前的纸上写下"六百二十五元七十六钱五厘"。这是截至目前打电话从旧货店中筹得纸币的总数。但等到滨田俊夫去了那边,这些钱都撑不了半年。

---

[1] 始铸于奈良朝元明天皇和铜元年(708),即唐中宗景龙二年。圆郭方孔,币面为"和同开珎"四字,系仿唐开元通宝而铸。

[2] 明治初年日本政府发行的一种纸币。

美子马上就要回来了。传藏下定决心要把一切都跟美子坦白，然后借她的钻石戒指和珍珠首饰代替纸币放进袋子里。

不过，他还是打算最后再打一个电话试试。传藏用铅笔拨动号码盘，打给了一家位于深川的当铺兼旧货店。

"您店里有昭和初期的纸币吗？"

他刚顺口说出这句话，店主就回答了。

"啊，正好有！前天有个外地人拿了大概一百张以前的百元大钞过来，问这还能不能换点儿钱……"

"真的吗？"传藏把那张写着六百二十五元的纸一把扯掉撕碎，拿着铅笔放在下一张纸上，"……您的店在哪里？我现在就过去。"

不过最后，传藏并没有饿着肚子开车过去，因为店主要亲自来送，还特意强调店规，说"我们店里大额交易都是这样的"。传藏觉得，他可能是想捞点儿私房钱吧。

因为店主说"今天时间不早了"，所以传藏就和对方约好明早八点前送到。

第二天早上九点左右，传藏在家门口来回踱步，眼神不停地在手表和车站间切换。滨田俊夫应该会在十点左右过来。他在心里想着，不知道说服美子并借走她的钻石戒指要花多长时间。

传藏根据自己算出的时间，转身朝玄关走去的时候，一个声音从背后传来。

"请问这里是及川先生家吗……"

电话里那个声音的主人出现了，他是一个身高五尺左右的矮个子。

"怎么这么晚才来!"传藏在高处朝他吼道。

"那个,不好意思。我一起床,我家那位就非让我把味噌汤……"

"别说废话,钱呢?"

"在这儿。点了一下大概有一百张……"

传藏一把抓过那沓钱后就奔向了圆顶房。

结果他因为没带钥匙,又折了回来,旧货店的老板还站在那等着。

"那个,什么时候结账……"

"一会儿再说!"传藏喊着,冲向了玄关。

他拿上钥匙,去圆顶房,把钱塞进机器的袋子。做完这一系列动作,他才喘着粗气回到了玄关。

"那个,结账……"

"你还在这啊。"传藏把自己提前准备好的印着圣德太子的一万元钞票拿出来,"一张一千元对吧,一共是……"

"一共有九十五张,所以是九万五千元……"

传藏总感觉哪里不对,但还是先把钱付给了他。

"谢谢惠顾!"

旧货店老板肯定觉得传藏会点数,所以应该不敢撒谎。但他确实记得当年一共只有九千四百元。虽然已经过去很久了,但他记得很清楚,自己当时是先给了包工头二百元,然后又拿着剩下的二百元去了银座。

突然,传藏想起来了,老板娘数钱的时候……他猛然抬起头来。

然而，那个把一张玩具钞票混在里面的旧货店老板已经消失得无影无踪。

这时，门铃响了。

6

"呀，欢迎！"

传藏打开门，对滨田俊夫说完这句话后，就看向了站在他身后的年轻女孩。

"前天晚上给您添麻烦了……我看您当时好像已经休息了，回去的时候就没跟您打招呼……"滨田俊夫说完后礼貌地低下头。

"没关系啦……"传藏答道，又继续用炽热的眼神盯着伊泽启子。

挡在她前面的那个碍事鬼抬起头。

"及川先生，这位叫伊泽启子，之前在这里……"

"啊，"传藏说，"请多关照！"

他朝伊泽启子微微点头致意。及川传藏必须装作是和她第一次见面。

"那个，很抱歉总是跟您提一些过分的请求，能不能再让我们去一下那间研究室？"滨田俊夫小心翼翼地试探道。

传藏立刻从裤兜里掏出圆顶房的钥匙。

"当然可以，你们去吧，这是钥匙……"

传藏把钥匙递过来的时候，滨田俊夫的表情有些奇怪，但还是在说了声"谢谢"后接过了钥匙。

"我还有事,"传藏说,"先失陪了,你们自便。"

比起伊泽启子,美子那边才需要他。要是她出来看到上次那个没礼貌的家伙又来了,肯定会引起一场纷争。

"啊,那……在您百忙之中还来打扰,实在是不好意思。"

传藏像是要把人赶走一样关上门,背过身去。走廊里空无一人,只能听到起居室里传来的电动吸尘器的声音。他看了看手表,慢慢朝书房走去。

传藏坐到桌前,点了一支烟。火在第一次按下的时候就已经打着了,但他还是把那个从兜里拿出来的打火机反复打了好几下。它用到现在都完全没有老化……

就在这时,门开了,美子拎着吸尘器走进来,笑着问:"刚刚那个年轻人是谁啊?"

"啊?"传藏吓了一跳,"你都看到了?"

"小伙子看起来还不错嘛。"

"啊?"

"长得挺帅的。"

传藏这才意识到,前天晚上美子只是听到了滨田俊夫的脚步声,并没有看见他的脸。

"是公司的人……叫山田。"传藏有些后悔,当时应该把山田这个名字安到前天那位头上的。

"和他一起来的那个女孩是他妹妹吗?"

"不是,是未婚妻啦。"传藏不由得较了个真,但是仔细想想,伊泽启子现在还只是个十七岁的小姑娘,被认成妹妹也正常。

"哦。那他们是来看圆顶房的吧?"
"呃……嗯。"
美子应该是只听到了自己和滨田俊夫最后那几句对话吧。
"年轻人聚在一起开派对可真好啊。对了,不如邀请他们在我们家圆顶房里举办婚礼吧?说起来,你这个人还挺有眼力见的。"
"啊?"
"你是想让他们小情侣单独相处,才没跟过去的吧?那等下就把茶水送到客厅里吧。现在正烧着水呢……哎呀,你起来一下。"

传藏被电动吸尘器赶到了走廊。

他看看手表,那两个年轻人已经去圆顶房十分多钟了。滨田俊夫应该要开始研究机器的按钮了。

传藏有些懊悔,自己刚刚不该只顾着看伊泽启子,应该好好看看滨田俊夫才对。他马上就要去昭和七年了,自己再也没机会见到他了。

传藏在走廊来回走的时候,美子出来了。

"收拾完了……我现在去泡红茶,你去圆顶房把他们叫过来吧。"

"嗯。"

传藏又看了看手表。已经过了十二分钟,但是如果现在去圆顶房的话,滨田俊夫恐怕还没出发。他记得自己那时候犹豫了很长时间……

突然,传藏蹬上凉鞋,不顾一切地冲出了玄关。他要去圆顶房阻止滨田俊夫。那样的话,滨田俊夫就不用再经受一遍自己吃过的苦了,而且伊泽启子也不会孤身一人被丢在这里。曾经的滨田俊夫去了昭和七年,才会有如今的及川传藏,如果俊夫不去,不知道传藏会变成什么样,不过传藏觉得之后会怎么样都不重要了,毕竟自己已经是个六十二岁的老人了。

初夏澄澈的蓝天衬得研究室的白色圆顶格外清晰。但是此刻的传藏根本没时间欣赏风景,他径直跑向门口。

然而,他突然在离门大约还有三米的地方停住了脚步。传藏看着眼前紧闭着的门,才想起来那是从里面随时都能打开,但在外面必须用钥匙打开的酒店式房门。之前美子考虑到把圆顶房租出去后可能会有各种麻烦事,所以专门弄成了这样。

传藏飞快地返回主屋。小祖宗之前拿来的备用钥匙应该在书房里。

"老公,快把他们叫过来啊!茶都要凉了。"

现在哪里还顾得上茶凉不凉这种事啊。传藏把抽屉里的东西全都倒出来,趴在地上开始翻找。他还不小心撞到了桌腿,桌子上的笔筒打翻了,钥匙从那里面掉了出来。

"哎呀,你这是在干什么啊?闹这么大动静。"

传藏推开美子,冲出了书房。已经过去二十三分钟了。

传藏进到圆顶房后,站在那愣了好一会儿。

其实在进入圆顶房之前,他基本上就猜到已经来不及了。果然,所有事情都还是会像三十一年前他经历过的那样再发生一次。

但问题反倒是之后的事。在这个昭和三十八年的世界里,之后发生的事情都是他在三十一年前没有经历过的。到刚才为止的所有事情都还是传藏可以预想到的,但他对之后会发生什么完全一无所知。

正因如此,接下来的任何行动都要格外谨慎。而且,还有很多需要解决的问题。

首先,该拿眼前这位可怜的伊泽启子怎么办?传藏走到沙发边上。

她的呼吸很轻柔,还在睡着。即使在现在这种紧张时刻,传藏还是禁不住在心里感叹,她和美子就连侧脸都一模一样,长得实在是太像了。

就在此时,伊泽启子像是察觉到了近处的传藏,睁开了眼睛。

"哎,俊夫!"

她望着天花板说。传藏听出了那声音中满满的爱意和信任。滨田俊夫丢下这样的启子独自跑去昭和七年,实在是太傻了。

"哎,俊夫……啊呀!"

伊泽启子这才发现眼前的人是传藏,赶忙坐起来用那件粗花呢外套挡住胸口。

她看了看原本放机器的地方,又看了看传藏。

"俊夫去哪儿了?时间机器被搬到哪儿了?"

"嗯,那个……"

传藏心想,这痛苦的时刻终究还是到来了。但又该从何说起呢……

"……其实,那个……"

"可是俊夫说那台时间机器是我的东西……"

"嗯,那的确是你父亲的……但是滨田先生他……"

"啊,"伊泽启子的眼睛忽然亮了起来,"那俊夫应该已经把所有的事情都告诉您了吧。"

"嗯……我们到那边去吧。到那儿之后再慢慢说……"

他把伊泽启子带到主屋的客厅后,就去了起居室。

"水都凉透了,我正重新烧呢。"

"嗯。"

"你表情怎么这么奇怪,是出什么事了吗?那两个人到客厅了吧?"

"没有,那个……"

"啊,已经回去了吗?"

"不是,"传藏压低声音说,"那个女孩还在客厅……"

美子凑到传藏身边。

"那个男人还在圆顶房里吗?"

"没有,他已经走了。"

"什么?一个人回去了?"

"……嗯。"

"是吵架了吧?还是怎么了?反正肯定是些鸡毛蒜皮的事吧?"

"别说这个了,现在的关键是那个女孩该怎么办……"

"唉,她肯定受打击了吧。是不是第一次吵架啊?她在哭吗?"

"倒是没哭……"

"那就是还在气头上。要不要给她吃点镇静剂什么的?"

"嗯……对了，那个……"

传藏终于鼓起勇气凑到美子耳边，低声说了些什么。

"啊？"美子抬起头说，"这样做不好吧，那可是别人家的女儿。"

"那孩子没有父母了，以后我想代替她父母照顾她……至少目前这段时间……"

美子盯着传藏看了一会儿，然后什么也没说就走去了厨房。

传藏先把美子泡好的红茶端到了书房。因为抽屉里的东西都摊在地上，所以他毫不费力就在里面找到了自己偶尔会吃的安眠药。

伊泽启子正怔怔地坐在客厅里等着。

"我现在要去那什么一下，你稍等。"

传藏说得含糊其词，把红茶放到桌上后，就走出了客厅。传藏把站在走廊里的美子推进了起居室。

美子有些担心地抬头看着传藏。

"没关系的。"传藏说。

伊泽启子应该从早上开始就什么都没吃。自己一离开客厅，她一定会端起红茶大口大口地喝。

即便如此，传藏还是过了十多分钟之后才回到客厅。不一会儿，他就从客厅探出头来，朝走廊里的美子招了招手。

美子走进客厅，小心翼翼地看向沙发。

日日与三面镜相伴的美子对自己的长相了如指掌。传藏紧张地注视着她，不知道她看到一个和自己长得如此相像的人会做何反应。

伊泽启子已经靠在沙发上睡着了。美子观察了一会儿之后,看着传藏轻声问:"就让这孩子睡这里吗?"

根据她的表情来看,她应该是觉得自己年轻的时候要比这个孩子更漂亮。

"过来帮我一下。"

两个人合力把伊泽启子抬到了卧室。

"她应该会在这里睡到傍晚。这件事情有点儿复杂,我晚上和你说。"

在那之前,传藏还有件事情要做。

"……那这孩子就先交给你了。我要去一趟包工头家。"

7

"欢迎啊,老爷。"

虽然包工头已经八十一岁了,但他除了掉牙齿、耳朵不太好使之外,身子骨依旧很硬朗。

"小祖宗在家吗?"传藏扯着嗓子问。

包工头答非所问地感叹道:"啊,这样啊!"

这时,小祖宗走了出来。

"我爸嫌哥哥拿来的助听器戴着耳朵痒,根本不愿意用。叔叔,您找我是有什么……"

"嗯,我想请你帮个忙。今天晚上能派两三个年轻小伙子给我吗?"

"当然没问题。是要准备派对吗?"

"不，不是的。"

今天晚上十点左右，时间机器就会回来。滨田俊夫去了昭和七年之后，就会拜托年轻的包工头搭一个脚手架，从上面起程，但搭乘者却不是滨田俊夫，而是那个巡警。必须得想办法解决一下那个巡警的问题。

"其实是我和一个人发生了一点儿小纠纷。虽然已经是三十多年前的事了，但至今还没解决。今天晚上那个身手很好的男人会来圆顶房，毕竟那家伙是个柔道高手，所以为了以防万一，我还是想请你们来帮帮我。"

"叔叔，"小祖宗像当年的包工头一样砰砰拍着胸脯说，"……包在我身上。"

伊泽启子到了傍晚还一直在昏昏沉沉地睡着。传藏有些担心是不是自己把药的剂量弄错了，每隔一段时间就到卧室确认她的呼吸。每次他都会在心里说服自己，这肯定是她已经两天没睡觉的缘故。总之看她这样子，估计要睡到明天早上了。

吃完晚饭后，传藏一家和往常一样，聚在起居室里看起了电视。每次放广告的时候，传藏和美子就会心神不宁地进出房间，但他们俩以前也会这样，所以启美好像并没有放在心上。

快到九点的时候，《谜不可触》播完了，美子关掉了电视。这也和往常一样，是解散睡觉的信号。

不过，平时一家人还会对刚刚的电视节目简单评价几句，有时还会发散到保龄球好坏这类的话题上。然而只有今天晚上，传藏第一个遵守规则站了起来。于是，启美只好说了声"晚安"，走出了房间。好不容易才等到她的脚步声消失,传藏赶紧从起居室离开。

传藏正待在卧室里看伊泽启子那上下起伏的胸口的时候,美子进来了。传藏不由得有些慌张,涨红着脸到床边坐下来。

美子把三面镜前的椅子拖到传藏跟前坐下,满脸期待地看着他。

"嗯……"

传藏看了看手表。就算不看他也知道,现在是九点刚过。

"小祖宗他们一会儿要来圆顶房。"

"啊,这么晚?"

"嗯,有点儿事情要处理,很快就好,所以不用备茶招待。"

小祖宗他们在九点半如约而至。

"呀,真是辛苦了。"

一直在门口站着等候的传藏赶紧把他们带到了圆顶房前。除了小祖宗以外,还来了四个年轻的小伙子,他们全都戴着工地用的安全帽,手里还拎着棒球棍。

传藏让大家围成一圈,开始部署自己的"作战计划"。

"我一会儿会先进去和对方谈谈。如果到时候没谈拢,我感觉自己有危险的时候,就会吹这个。"说着,他从口袋里掏出一个口哨,轻轻吹了一声,"如果你们听到哨声,就进来把他制服。不过事先说好,别下手太重了。"

时间机器是在十点零四分的时候出现的。

在那之前,传藏已经看了几十次手表,他再次抬起头时,机器出现在了距离地板大约一米的上空,轰的一声砸在地上。等在外面的小祖宗他们肯定觉得这不是里面打斗的声音,而是什么地方的烟花厂爆炸了。

传藏紧握着口哨,躲在沙发后面。

一秒,两秒……机器门突然开了,一个黑黑的东西从里面滚了出来。这个穿黑衣服的巡警刚刚大概一直在用力推机器的门。

学过柔道防身术的巡警很快就站起来,打量起四周。接着,他的视线又落回到机器上,小声嘟囔起来。

"哦,原来是个电梯啊。"巡警再次环顾四周后,发表了下一个看法,"这里是地下秘密工厂吧……"

听到这话的瞬间,一个想法从传藏的脑海里闪过。

他从沙发后面站起来朝巡警大喊:"喂!你在这儿干什么?"

"啊?"巡警转过身来。

传藏表情严肃地说:"这里是帝国陆军的地下兵工厂,我是宪兵大佐中河原传藏。"

"啊!"巡警立正站好,敬了个礼,"其实,那个……"

"为了保密,还请警察官务必大力协助我们。"

"好的,那……"

"好,那辛苦你了。"

传藏走到摆放着威士忌酒瓶的架子旁,心想好在刚才把剩下的安眠药装在兜里了。

"喂,喝一杯吗?"传藏转过身说。

五分钟后,传藏打开门把头探了出去,只见小祖宗一伙人正摆出一副准备决一死战的架势。

"解决了，"传藏说，"已经谈妥了。"

没能展现空手道初段水平的小伙子们感到十分遗憾。传藏把他们带到了车站边的酒馆，嘱咐老板娘让他们想喝多少喝多少。

"那叔叔呢？"

"我还有点儿事情要处理……"

传藏在回家的路上想，还是从H. G. 威尔斯的《时间机器》开始说起吧。他很后悔自己几年前再次去看乔治·帕尔导演的电影时没有带上美子，要不然，就能在解释的时候省点儿事了。

但不管怎么说，这次都有时间机器的实物。传藏给丽子和山城解释的时候还需要展示的那些"未来"的证物，但现在只要让美子见到机器，她肯定会相信自己的话。

其中也有一些事情是传藏不想讲给美子听的。不过，美子应该也不至于再为三十一年前的事情跟自己生气。而且，为了和美子商量今后该如何安置伊泽启子的问题，他无论如何都得把那件事解释明白。

传藏回到家后，发现起居室的灯关了，就马上去了卧室。美子这会儿可能还坐在三面镜的椅子上等自己。一想到有这积极的倾听者，传藏的倾诉欲就更强烈了。

因为卧室里除了美子之外，还有一个年轻的女孩，所以传藏觉得自己应该先敲个门。他轻轻敲了两下，却没有得到任何回应。传藏看了看启美的房间，猜测美子肯定又去和启美聊什么罗伯特·福勒[①]之类的了。不过他今天晚上没有去和她们一起熬夜的

---

① 罗伯特·福勒（Robert Fuller），1933年7月29日出生，美国影视演员。

心情。

现在这里面只有伊泽启子一个人在睡觉……传藏忘记了自己的年龄,心怀激动地轻轻拉开房门。

"啊!"

传藏倒吸了一口凉气。三面镜的椅子还在刚才美子拖过来的地方。但是那上面和床上却没有人……传藏飞奔到启美的房间。

"喂,美子……"

美子也不在这里。漆黑的房间里只有启美在安静地睡着。

传藏把家里所有房间都看了个遍。然后,他拖着那七十四千克的身体开始焦急地在走廊里来回踱步。

突然他停下脚步,急匆匆地冲到卧室。正如他所料,刚才还放在床头的那件滨田俊夫的粗花呢外套已经不见了。

圆顶房一共有两把钥匙,其中一把在传藏口袋里,而另一把在早上给了滨田俊夫,他应该是把钥匙放在外套口袋里了。

传藏赶紧跑去圆顶房,然后发现自己口袋里的钥匙已经用不上了。他沿着小道赶去圆顶房的路上,看见敞着的门,就已经猜到发生了什么。从门口往里看,那里已经没东西了。

8

有两个人倒在了之前时间机器所在的位置旁。

一个是让传藏受了三十一年苦的罪魁祸首,为了守住机器的秘密他正呼呼大睡。

另一个人则抚慰了传藏三十一年来所受的苦。意识到她没有呼吸的那一刻，圆顶房在传藏眼前开始天旋地转。他拼命地找她的脉搏，把耳朵贴在胸口上听，圆顶房终于停止了旋转。

"美子！喂，美子！"

传藏摇晃她的身体，拍打她的脸颊，给她做自己并不熟练的人工呼吸。然后他想起来架子上有威士忌，把它拿了过来。巡警没喝两杯就醉倒睡了过去，所以酒瓶里的威士忌还有很多。传藏并没有用巡警的那个杯子，而是直接从瓶子里喝了一大口，嘴对嘴地喂给美子。

她不想喝酒，也没有要接吻，所以大部分威士忌都顺着她紧闭的唇淌到了脖子上。不过，这也正好达到了泼水的效果。她全身打了个寒战，睁开了眼睛。传藏赶紧把她抱了起来。

"美子，是我啊，你没事吧？"

美子直直地盯着传藏的脸，然后突然冒出一句奇怪的话。

"及川先生……"

"啊？"

传藏的手臂一下子失去了力气。好在美子自己用手臂撑住身体，不至于倒下。

"你是及川先生，你是……我该怎么办？"

"什么怎么办？"

"你就是那时候……我坐时间机器来到昭和三十八年的时候，房子的主人……"

"啊？你在说什么？"

传藏吓了一跳。眼前的圆顶房又开始天旋地转起来。

美子在水泥地上坐直身子，盯着传藏飞快地说：

"我全都想起来了。那个女孩睡醒之后就跑了出去,我一路追在她后面来到这里,看到那个……那个时间机器。因为那孩子跑了进去,所以我也只好跟进去……然后,就看见云母板从下方开始发光,我吓坏了……那时候,我就已经想起了一点儿。结果那孩子把我推了出来……然后,我就在这里醒过来了……"美子一脸严肃地盯着传藏,"我不是及川美子,我真正的名字是……"

美子说出的那个名字在圆顶房里回荡。在余音消失之后,整个圆顶房就只剩下巡警十分惬意的鼾声。

两个人都一言不发,好像在专心聆听那鼾声的细节似的。

他们都在等对方先开口。后来,是传藏先忍不住了。

"美子,"他还是选择了用多年来习惯的称呼叫她,"你告诉我,究竟发生了什么?"

她避过传藏的视线,看着原来放着机器的地方开始了讲述。

"那天晚上,我在这家的卧室里醒来,晃晃悠悠地来到了这个研究室。我双手紧紧抓着俊夫的外套,用那个兜里的钥匙打开门,进到了研究室里面……接着我就看到了时间机器,钻了进去……"

"……"

"我一看到仪表上的数字,就立刻反应过来是俊夫按自己的理解动过它……既然只有机器回来,那俊夫肯定就是出事了。我想去救他,所以拼命调整刻度,扳动控制杆……按下按钮后,云母板就开始发光……和我刚才看到的一样!对,就是那时候有个奇怪的阿姨闯了进来,我赶紧把她推出去,然后把门……啊,这么说,那个阿姨就是……"

"先别说这个了,后来怎么样了?"

"嗯……云母板的光柱一点点上升……我当时害怕极了。然后突然感觉像是被抛到了空中……醒来的时候,就发现自己正倒在机器的地板上。我的头可能是撞到了哪里,特别痛……然后我就什么也想不起来了,不记得自己为什么会在那里,就连自己是谁也不记得了。"

"这样啊,"传藏长叹了一口气,"是失忆啊……"

"嗯,这三十六年来,我始终都没记起之前的事。"

"三十六年?"

"嗯,因为那时候是昭和二年,"她这才看向传藏,"今年是昭和三十八年吧?所以……"

"但你为什么会跑到昭和二年……"

"我也不知道,"她又看向了机器消失的位置,"我为了去救前往昭和九年的俊夫,打算先到那之前的昭和八年等他。我当时明明把刻度调好了的,但不知道为什么……"

"美子,等一下。"

传藏走到电话机旁边,把数字写在了纸上。

是十二进制的问题。美子想去的是昭和八年,所以打算把刻度调到三十年前——也就是数字30。但是因为是十二进制,00030表示的是 $12 \times 3+0=36$,所以她调到了三十六年前。

传藏一下子就破解了这个困扰爱妻三十六年的疑问,他撕下那张纸,一脸得意地回到她身边。

"美子,我明白啦!"

然而,她并没有回头。

"那个人怎么样了啊……"五十三岁的伊泽启子盯着机器曾经停留的地方自言自语道,"我终究还是没能见到他。那个去到昭和九年的俊夫,怎么样了啊?他现在在哪里?还活着吗……"

对传藏来说,要解决这个问题也是不在话下。

"当然还活着,"他大声答道,"他现在就在你面前呢。"

9

传藏和美子就这样不约而同地道出了各自的身份。回到家里的卧室后,两个人为了早点儿弄清对方的秘密,开始疯狂倾诉起来。结果,互相倾诉又变成了互相提问,他们十分焦急地追溯着对方的记忆。

传藏的烟都抽完了,但他不想浪费时间去客厅拿和平烟,只好抽起了烟灰缸里剩下的烟头。美子刨根问底地弄清了传藏在昭和七年的生活,与此同时,他也差不多了解了美子的半生。

昭和二年,伊泽启子在时间机器里醒来的时候,失去了记忆以及所有东西,只剩下那件滨田俊夫的粗花呢外套。她孤身一人在街上漫无目的地徘徊,后来才知道这里是梅丘附近。

不过,无论在哪个时代,一个年轻女孩孤零零地走在街头总会有人上来搭讪。最开始来了一个年轻男人过来和她搭话,还好心带她去了旅馆。但那个男人到地方之后还想做出一些更"亲密"的举动,她好不容易才得以脱身。之后她又遇到了一个工人模样的男人,他告诉启子如果遇到困难的话可以把那件外套卖了,还提出自己可以帮忙卖。后来，大概是那件外套卖了个好价钱，工人就再也没来找过她。正当她在犹豫报不报警的时候，一个警察走了过来。由于她说不出自己的名字和住址，警察就把她带到了一幢灰色建筑里昏暗的房间。那里面有很多流浪的女人和小偷，她不再是一个人了。

启子在一位和她同住了两天两夜的女共产党员的帮助下，进了一家火柴厂做女工。监工和同事每天都对她恶语相向，但她还是一直努力干活，累得汗流浃背。结果有一天，同宿舍的女工把启子怀孕的事情汇报给了上级，工厂马上以为她的健康着想为托词，建议她从明天起换一份工作。

再后来，她就和共产党员一起印传单，还因此进过看守所。昭和三年的春天，她在一家小旅馆的房间里生下了孩子。给她接生的是个在公园里卖焦糖的老婆婆，当她问启子"接下来作何打算"的时候，启子不知该如何回答。终于在之后的一天，走投无路的她给孩子留下了一封信和自己在三天前花十钱买的一个拨浪鼓，然后打算告别这个世界。

失去了孩子的她就像是一具没有了灵魂的躯壳，独自徘徊在浅草的瓢箪池边。就在这时，一个中年绅士叫住了她。启子本就打算破罐子破摔，于是便跟他走了。绅士请她吃了一碗五十钱的高级天妇罗盖饭，还问她："喜不喜欢电影？"启子以为他要带自己去看电影，结果那个绅士在六区的尽头拦下了一辆出租车。过了大约三十分钟后，他们到达了目的地。那里并不是旅馆，而是一个摄影棚。

那个绅士就是著名电影制作人及川德司。摄影棚里的人纷纷来到及川面前殷勤地低头问好。及川对其中一个人说了什么，很快就有一群穿围裙的大婶走了过来，把她带到了一个房间里。她们把启子围在中间，一顿捯饬。两个小时后，她看到镜子里照出的美女，吓了一跳，赶紧去告诉了及川。及川微笑着说："我刚才给你想了个艺名。"说完，给她看了一张写着"小田切美子"的纸。

"后来我就成了经常出现在报纸和杂志上的电影演员，后面你就都知道了吧？对，其实你已经在荧幕上见过我很多次了。"

她就这样总结了自己的故事。

不过传藏心里还有些疑问。

"你刚才说的那个孩子……"

"啊呀，"她马上解释道，"别误会，那是你的孩子。"

"不是。不，我是说我知道是我的孩子。我想问的是那孩子后来怎么样了？"

"死了。"

"死了？"

"嗯，那孩子后来被人收养了，但是在空袭中……啊！"

"美子，怎么了？"

传藏注视着她。她却像是要把床头看出个洞来一样死死地盯着。然后，她像背诵一样缓缓地说："我生下那孩子的时候，脑海里就浮现出一个名字……我把孩子放在那里的时候，在那张写着'拜托您照顾'的纸上写下了这个名字……"

"美子！"传藏内心的焦急达到了顶峰，"是什么名字？还有，你把孩子扔在哪儿了？"

她就那样盯着床单说:"启子……我给她起的名字是启子。"

"……"

"我当时就是莫名觉得那个名字很好……"

"那……那你扔的地方是……"

"孤儿院门前……国立地区的那个……我为了让自己死心就扔到了远一点儿的地方……"

传藏也开始盯着床单看了起来。

他的耳边依旧可以听到美子的声音。

"跟孩子分别一年后,我拍了电影,挣到了钱……也和及川养父商量过,想去把启子从孤儿院里接回来,但他觉得如果我这么做会影响到当时的人气,让我再忍耐一下……大概过了四五年之后,我听说启子被一个好心人收养了。我觉得那样可能对启子更好,就放弃了把她领回来的念头。战争结束后,我听说启子和她的养父一起在战争中遇难了,我悲痛欲绝……后来,我想尽办法把原来启子和她养父一起生活过、后来被炸毁的那片土地租了下来,并搬了进去。"她抬起头,看着传藏说,"我就是伊泽启子啊。我在国立的孤儿院长大,成为父亲的养女,乘坐时间机器来到昭和三十八年,又回到昭和二年,生下了启子,又把启子遗弃在国立孤儿院门前……那孩子就是我啊!所以,是我把那孩子……是我……"

10

两个人现在唯一能做的就是拿玻璃杯喝威士忌。他们偶尔会偷瞄对方一眼,然后像是要断气了一样不停地喝着威士忌。估计在卧室里那瓶用来助眠的白马威士忌被喝光之前,他们都会维持这样的状态了。

然而,突然有一个声音在两个人耳边响起。

"爸爸妈妈,喝那么多威士忌对身体不好啊。"

"我说启美啊,乖乖去睡觉好不好?"

美子的母性本能被唤醒了。

"你们俩大半夜的说话还那么大声,我就是想睡也睡不着啊。"

"……"

"哎呀,我觉得爸爸妈妈没必要想那么多。妈妈既是自己的妈妈,又是自己的女儿。爸爸和自己的女儿结了婚。可即便过去真的有这些事,你们现在不是也幸福地生活在一起吗?爸爸妈妈可能还是血缘最近的近亲结婚,但我作为你们的孩子不仅什么问题都没有,还这么活蹦乱跳的,还有什么好担心的?不过说起来,爸爸妈妈今天才刚知道这些事情,可能确实会很震撼……但是山城叔叔很早之前就……"

"啊?你怎么会知道山城……"

"爸爸,我知道有点儿不太好,但是上次你让我帮忙寄的那封信,我打开看过了。"

"你……"

"后来我和山城叔叔互通过两次信。山城叔叔说他很想二十五号过来,但因为工作原因来不了,让我替他好好看比赛……山城叔叔早就知道爸爸是滨田俊夫,妈妈是伊泽启子啦。

只不过，他不知道妈妈为什么要隐瞒自己的过去。因为我还是个孩子，所以山城叔叔并没有在信里说得太详细，但他好像觉得妈妈有某些辛酸沉重的过往。好在妈妈只是单纯失去了记忆，我也就放心了。我要马上写信告诉山城叔叔……好啦，妈妈，你打起精神来！我现在知道了妈妈这么优秀的人竟然也是我的姐姐，别提有多开心了。"

启美握住了美子的手。但她突然又放开，盯着既是妈妈又是姐姐的美子问："对了妈妈，那个东西怎么样了？"

"什么那个东西？"

"就是时间机器啊。妈妈到了昭和二年以后，从时间机器里出来……后来就把它放在那里没管了吧？会不会是有人把它拿走了啊？你觉得呢爸爸？"

"有道理，我到昭和七年的时候，这附近并没有像时间机器的东西。老板娘也是那么说的。肯定是被人偷了，真是太可恶了。"

"真遗憾，再也见不到时间机器了。"

"等等，启美……我想起来了！我从机器里走出来的时候，已经忘了它是时间机器这回事。所以我还绕着它看了一圈，心想这个像绿色保险柜一样的东西究竟是什么。然后我跟跟跄跄地走了几步，再回头看的时候那机器已经不见了，就像是凭空消失了一样……"

"消失了……美子，到底……"

"妈妈，等一下。你刚刚说的这些有点儿奇怪啊。你应该是在十一点左右坐上时间机器的吧，那不是半夜吗？而且这一带在

357

过去还是荒野,你是怎么在四周一片漆黑的晚上看出来它像是个绿色保险柜的呢?"

"等等……对了,我走到外面的时候,天已经蒙蒙亮了,应该是黎明那会儿。"

"啊,真的吗?这么说的话,妈妈你一直在时间机器里待了五六个小时呀。"

"等一下啊,我看看能不能想起来记忆是在哪个地方断掉的……对了!我在机器里发了好几个小时的呆,然后突然开始想这里究竟是哪儿。那里空间很小,还有灯……对啊,明明是三十六年前的事,但我又觉得简直就像是刚刚发生的一样……我把墙上一个像棍子的东西推到了另一侧,然后又按下一个贝壳做的按钮。"

"那就是你把控制杆推到未来,并按下了启动按钮。为什么……"

"肯定是我在潜意识里并不想让别人看到时间机器吧。我是下意识那么做的,然后马上就走了出来。"

"也就是说,机器会在今天黎明的时候回到这里。"

"是啊,爸爸,所以如果不在天亮之前把圆顶房的地板拆掉的话,时间机器就会撞上去了!"

"这可坏了!"

传藏飞奔到包工头家。

睡眼惺忪的小祖宗从里面走出来的时候,也和他父亲一样,并没有过问传藏这么做的目的,而是立刻连包工头也发动起来,分头召集来了一群小伙子。

传藏回到家后,一家三口一起用防雨板把圆顶房里的巡警抬到了书房。从他的鼾声来看,估计能一觉睡到中午。不过他们还是听从了启美的建议,美子把家里的酒全都拿了过来,传藏则是用马克笔在图画纸上写下一行字后贴到墙上。

现布置给你一项特殊任务:请务必从这里面鉴别出走私酒。

中河原大佐

三个人走出书房,刚锁好门,就听到了汽车引擎的声音。小祖宗开着一辆装有凿岩机和传送带的大货车过来了。

∞

传藏夫妇和启美并排坐在沙发上,认真地盯着眼前地板上那个直径五米左右的圆坑。

小祖宗用了三十分钟就把那个坑挖了出来。传藏要在天亮之后,给小祖宗付八万元的工钱,还得带上点心去向刚才被吵醒的邻居们赔罪。

毕竟是为时间机器花了这么多钱,传藏一家无论如何都不能错过它出现的瞬间。

"还不来啊。"传藏等得有些不耐烦了。

"马上了,"美子看着微微亮起的窗户答道,"就在天刚亮的时候。"

"爸爸,"坐在两人中间的启美说,"等时间机器来了之后,你打算干什么呀?"

传藏的目光越过启美,看向美子。

"我嘛,"美子的声音也越过了启美,"可再也不想坐时间机器了。"

"嗯……那我们就这么把它放在这里吧。或者要不要把它送回到未来去?"

"爸爸,怎么能那么做呢?既然我们有了时间机器,就应该充分利用起来。想要还给未来的人,什么时候都不晚啊。"

"启美,你不知道。爸爸妈妈……"

"我知道啊!你们刚才的对话我都听到了。但是只要我们不把使用方法弄错就行了。"

"……"

"有了时间机器的话,就能解决很多悖论,创造循环……"

"什么是循环?"

"在写时间机器的科幻小说里出现过的。"

"那是小说啊,都是编出来的。"

"但我觉得在现实世界里也是可行的。因为我已经在前天的时候做了一个实验。"

"啊,启美,难道你……"

"放心吧妈妈。我没有坐时间机器……对了爸爸,要不要来根烟?"

"哦?你帮我把烟拿来了啊。我的刚好抽完了。"

"爸爸,你不觉得这个打火机特别新吗?"

"嗯。确实,这打火机质量真的很好。从我买来到现在都已经三十一年了。"

"你弄错啦。那是滨田俊夫刚刚买的全新打火机。"

"啊?"

"前天晚上快到十二点的时候,我趁着滨田先生去厕所,把爸爸忘在餐厅里的那个旧打火机跟这个新的调换了一下。滨田俊夫先生是带着旧打火机去的昭和七年。"

"什么……"

"滨田买的打火机,现在就在爸爸手里。而滨田拿走的打火机,既不是在哪里买的,也不是在哪里生产的,它是只存在于昭和七年到昭和三十八年这段时间里的打火机……"

"这个的确是新的,上面并没有以前那些划痕。这么说的话,我从三十一年前就一直带在身边的打火机,其实是来自更早的三十一年前的……这太不可思议了。"

"这是科幻小说里常用的手法哦,叫作'无限循环'。感觉很有趣吧?不过有了时间机器的话,还能做更多的事情。"

"你说的是……"

"可以去未来调查清楚伊泽老师的身份……也可以回到过去帮助别人什么的……"

"但是,启美……"

"我知道爸爸之前想改变过去却没能成功,但其实,爸爸还是多少改变了一点儿过去的吧,只是连同爸爸在内的所有人都没有意识到这些变化……这就是科幻小说里提到的历史的自我收束作用。为了避免矛盾,人的记忆会自动修正。"

"……"

"我们或许还可以救下妈妈的养父伊泽老师。"

"启美,真的吗?"

"嗯,没准儿还能把年轻时候的爸爸妈妈从痛苦中拯救出来。"

"……"

"当然了,把年轻时候的爸爸妈妈带过来肯定是不现实的,因为那样会引起很大的悖论,但我觉得,一些最小限度的改动还是可以实现的。比如,我们可以给年轻时的妈妈一些钱,那样她就不用那么辛苦了。不过那样的话,妈妈应该就不会成为电影明星了吧。没错,我想肯定可以变出一个没有电影明星小田切美子的世界。"

三个人都不再说话,默默注视着前方。

小小的窗户外已经开始泛白。

天就要亮了。

全新的未来即将展开。

而全新的过去也即将到来。

后　记

我有过一次短暂失忆的经历。

二战结束后的第二年春天，我给东京八重洲口前的一家小酒馆里做驻场舞池伴奏。在某天晚上下班后，我走到锻冶桥路口时，对面走来了四五个美国兵。在与他们擦身而过的时候，有一个美国兵突然给我来了一个上勾拳，我当场就晕倒在人行道上（这种事情在当时是很常见的）。

我也不知道我到底晕了多久，等我醒过来站起身时，脑袋里面疼得很厉害。周围的一切都变得很奇怪。

……我看到附近有很多灯光。我在心里暗自疑惑，为什么没有施行灯火管制？要是空袭来了该怎么办？而且我怎么穿着这么花哨的衣服，为什么没有缠着绑腿，也没穿防空服呢？

大约过了十分钟后，我又恢复了正常。我在那十分钟里，失去了一年左右的记忆。

我把这件事讲给了一位科幻作家朋友。他听完后笑着说："你是在那十分钟里回到了过去的世界啊。"但是，我的想法却和他刚好相反。

从我的视角看来，失去了一年记忆的我，其实是属于"空袭时代"的人。我在打量过四周之后，发现自己来到了"战后"的世界，十分震惊。也就是说，我体验到的其实是我前往了"未来"的世界。

我喜欢思考这些东西，并把它们一个个积累起来，在这个过程中，《负零》这个故事逐渐成形。

要想写成这部小说，我就必须去查阅过去的资料。在那个过程中，我切切实实地体验到了很多"过去"的事。

我读到当年在《少年俱乐部》上刊载的那篇佐藤八郎写的洛杉矶奥运会感想文的时候，耳边真的有种听到了松内播音员的直播解说的感觉。

我的挚友五十岚平达先生给过我一张当年的汽车产品目录，它的颜色就像刚印刷出来的一样鲜艳，甚至让人有一种只要支付三千元的定价，就能马上得到那辆车的错觉。

昭和七年的时候，正好是"色情、荒诞、无趣"的时代。从那时的照片上看，银座的咖啡厅和酒馆里全是长得十分漂亮的女服务员，而且可以为客人提供非常尖端的服务，只需花费一百元就能享受到令人难以置信的顶级玩乐。我与河出书房新社的藤田三男、龙圆正宪在"现在"的银座喝酒时聊起过这些，大家听完后都不禁感叹"要是什么地方有时间机器就好了"。

所以我在想，要不要把自己的业余爱好从制作老爷车模型换成制作时间机器。

昭和四十五年八月
广濑正